甄建波文学作品自选集

ZHENJIANBO
WENXUE ZUOPIN ZIXUANJI

甄建波　著

天津社会科学院出版社

图书在版编目（ＣＩＰ）数据

甄建波文学作品自选集 / 甄建波编著. -- 天津 ：
天津社会科学院出版社，2024.6
　　ISBN 978-7-5563-0945-0

　　Ⅰ．①甄… Ⅱ．①甄… Ⅲ．①小说集－中国－当代②
散文集－中国－当代 Ⅳ．①I217.2

中国国家版本馆 CIP 数据核字 (2024) 第 016179 号

甄建波文学作品自选集

ZHEN JIANBO WENXUE ZUOPIN ZIXUAN JI

责任编辑：沈　楠
责任校对：付聿炜
装帧设计：高馨月
出版发行：天津社会科学院出版社
地　　址：天津市南开区迎水道 7 号
邮　　编：300191
电　　话：(022) 23360165
印　　刷：高教社（天津）印务有限公司
开　　本：880×1230　　1/32
印　　张：8.75
字　　数：189 千字
版　　次：2024 年 6 月第 1 版　　2024 年 6 月第 1 次印刷
定　　价：68.00 元

序

我的**文学创作路**

我叫甄建波，1975年出生在天津宝坻的一个农村家庭。我小的时候嘴儿巧，净说一些大人话，几乎全村的大人都喜欢我。他们说我长大后是块当兵的料儿，最适合做某位首长的警卫员或通讯员……所以从那时起我就立下了当兵的志愿。

没想到我七岁时得了一场大病：神经根炎，差一点儿就死了，在天津儿童医院住了将近半年。后来由于押金用完了，父亲把我接回了家。直到现在我还记得，那些大夫和护士送我时的情景。有一位老阿姨还劝父亲："再让他住一个月的院，一个月以后他的病才会好利落。"可固执的父亲说了一句很喷人的话："你让我到哪儿去下这笔钱啊？"我看到老阿姨的眼圈都红了，现在我和我的父亲一并向您们道歉了。

出院以后我就变成了瘸子，父亲整天让我锻炼还给我掰腿，疼得我直叫唤，一段时间下来我似乎不那么瘸了。八岁那年，父亲为我买了十几只羊，为的是让我在放羊的时候继续锻炼。那会儿我有好多放羊的伙伴：罗锅二哥，芦印儿，小米……如今他们都各奔东西了，很难再见面了。开始我放的羊很壮，数量不断地增加，十几只、二十几只，可是后来仅剩下几只了，因为我不想好好放羊，我必须把那些羊赶到碱地上，那上面长满了野菜，马苓、荠菜、圆叶菜……反正羊吃了就拉稀，一只只由屁眼子里往外冒汤的羊相继死去了，我不管，因为我想上学。

九岁那年我如愿以偿上了学，我的腿已经恢复得不错了，只要我板着劲儿走路，谁也看不出我瘸。可那些知道我底细的小伙伴们经常追着我喊：小瘸子，小跛子。这彻底伤害了我的自尊心，从此我变得沉默寡言，胆小怕事，嘴也变笨拙了，当军人的理想彻底抛弃了。

虽然我的腿瘸了，嘴笨了，可是我的心可不笨，那时我只要有了想法，就用笔记下来，所以每次我的作文都是班里最优秀的，可是一个学生只靠作文成绩好是不现实的，可惜我并没有意识到。之后我的成绩虽然也冒了几次尖儿，可还是未能圆满通过中考这一关，但考上了一所普通高中，可是终因父母的一席话，我辍学了。他们说："你想继续上学我们不反对，可是你要能考虑到家里的经济情况，不上学去上班我们也高兴。"

为了让他们高兴，我就去了一家乡镇印刷厂做了一名印刷工。小小的工厂就是一个小小的社会，我哪里懂得里面的深浅，再加上先前的老毛病，我很快就被定型为：笨蛋、废物。没人拿我当回事儿，我受到最多的是白眼儿、奚落、愚弄……我常常躲到一个角落里，偷偷地哭，狠狠地怪自己：废物、笨蛋！那时我唯一的救命稻草就是那些散发着油墨香气的书籍。《外国文学史》《中国现代文学名篇选读》……向书中的人物学习在逆境里是怎样拼搏的。

那会儿厂里为每个工人订了一份报纸——《天津日报》的农村版，后来改成了《天津农民报》，我很喜欢看"绿地"文学版块，一有工夫就拿着报纸躲到角落去细心品读上面的文章。有时觉得自己也可以写，想到什么好句子就赶紧去车间主任那儿借笔，纸是现成的。有时连我都纳闷：让我去排字车间拿几个铅字我都犯怵，借笔的时候却丝毫没有胆怯。有时也去工友那借，久而久之，我与他们也有了交流，到这时我才觉得，其实他们都挺好的。当然也有一些人叫我魔怔，叫就叫呗，反正写文章就得有股魔劲儿。

当我怯怯地将我的第一篇文章装进信封给《天津农民报》寄去时，就在心里默默地期盼：文章发表。一个礼拜之后，编辑给我回了信：

建波：

语言乏力，故事陈旧，人物形象欠丰满，少了新鲜生动感，但还是有基础的，望再努力！

我当时什么也没想，继续写。第二篇又寄出了，仍然是一个礼拜之后，编辑回信了。

甄建波同志：

稿子看了，还是不行。我知道你在农村，一边干农活儿一边写作，确实很累，可是同情代表不了写作，握手。

当时我很茫然，不知道该不该住手。但我还是坚持写完了第三篇文章，那是一篇写清明的散文，自我感觉还不错，以为至少还能讨到编辑的回信，可是一等就是一个月，也不见回信，就接连给编辑去了两封信询问，终于编辑给我回信了。

甄建波：

　　写散文不是赶浪头，再说写清明也过了时间，另外你对文章最基本的知识都需要掌握。

　　这封信由称呼到内容说得都很生硬，我的心一下子就坠入了谷底。之后我还是咬咬牙挺过去了。我们工厂的保管得知我喜欢写作时，就把我的那些文章拿去，抄在了厂里的板报上面，不管怎样，看着钢笔字变成了粉笔字，多少也有些欣慰。在这期间我又加入了北方一家杂志社办的《北方文研所》，又和河北三河的《苍生》杂志有了联系，最终的结果是一篇未发。

　　这个时候，我的母亲得了乳腺癌，我再也没心思写了。母亲住院的时候，正值秋收，父亲为了不让我耽搁农活和工作，并没有让我去医院，当然也是为了省钱。当时我的姑姑过来给我和妹妹做饭，没承想姑姑又让驴踢伤了……想想在医院的母亲生死未卜，又看到姑姑一瘸一拐的样子，再想想父亲那张可怜而又缺少人情味儿的脸……我几乎崩溃了。母亲住院那会儿，我每个晚上都睡不着。表姐打电话让我们去看母亲，可是父亲却不让我们去。想来想去还是屈从了父亲。晚上我就看天上的星星，把最亮的那颗当作母亲，每当有流星划过的时候，我的心就哆嗦，唯恐母亲随那流星而去。

　　我再一次变得沉默寡言，对领导和同事的询问与关心一概不理。庆幸的是母亲的手术很成功，使我的精神再一次振作。然而此时的小厂里也出了事情，一位女钳工的一只胳膊被机器轧烂了，也正是在这时，小厂悄悄地走向了衰亡。

　　母亲出院后，我和对象结了婚。说到妻子，我觉得我和这个家欠她很多。妻子十六岁就在服装厂工作至今。二十几岁和我订的婚,之后,母亲就病了,后来又有人传话给她,说我的腿脚儿有毛病。为这,她的父亲还专门问过她,现在退婚还不晚。妻子坚定地摇摇头:"我不退!"这些都是妻子亲口对我说的,我信!过门之后,她挣的钱一多半都交家,我的钱则要如数交家,所以我每次去城里参加笔会或活动什么的,几乎都要从妻子那儿拿钱。难怪她抱怨:"我什么时候才能花到你挣的钱?"我家的情况特殊,不知情的人总说父母治家有方,可是有谁知道,家里有个贤惠的儿媳妇啊?好在,父母也承认妻子是他们的好儿媳妇。

为了生活,我加入了父亲的网队。

第一次随网队出去,日子还不过正月。我穿上父亲的破棉大衣,(父亲没去,他在家里扒墙头儿,等出了正月接房子。这之后的几年间,我家一直工程不断,每年大约要花去一万多块钱,再去零花钱,一年到头儿所剩无几,只挣得个外表光滑。这也是我家日子一直比较紧张的原因。)和队员们一起挤在猪笼子模样的三马车里。这次去的地方很远,几乎到了潮白河的边上。沿途的村庄一个接一个地在我的眼前穿过。大约坐了两个钟头的车,到了目的地:田野里的一条小渠,那上面结着一层厚厚的冰。打冻网需要穿皮衩,当时我嫌寒碜,不肯穿。执拗了半天,才在我的一位本家的大哥劝说下穿上皮衩。过了一段时间我也就适应了,其实还不如说我认了,就像孙猴子一样被套上了紧箍。

记得那一网上来白花花的一层死白鲢,竟也被渔车拉走,说是卖给罐头厂做罐头——天呢!

第二次就是给人家净坑底。我下去就陷进泥里,一直陷到腰。我还听老板责怪父亲不该让我这样的人来,父亲说那是我儿子,老板才不言语了。后来他们扔了一条绳子给我，让我系在腰上，然后用力将我由泥里拉了出来。久而久之，我逐渐摸到了打网的规律和技巧，渐渐成了网队的主力。

在网队久了，我发现父亲虽然贵为网头，手里攥着至高无上的权力，队员们对父亲既怕又恨。原因很简单：父亲说话直，用人狠了一些，工钱要得又不多。其实父亲也和我们一样干活儿，拿同样多的工钱，有时找人找活自己还要搭上好多电话费。队员们在私下里一直都在议论父亲，特别是随着网队的增多。后来我与队员们，我与父亲，父亲与队员们之间都发生过争执。而那些鱼坑老板，真的，你就把心掏给他们，他们也不会知情。三年之后，我决定退出网队，去了本乡的一家小零件厂打工。父亲很失望，领着剩下的几个队员，经常给那些老板们扒房，使药，甚至是剥玉米，目的是想让他们给点出坑打网的活儿干，最后父亲也绝望了，散了网队，卖了渔网，置办了粘网，去河里渠里粘鱼了。

打网的时候，我家的生活稍稍有了起色，我每天的工钱是25元，要知道我在印刷厂的时候一个月才450元。这几年妻子的颈椎病总是犯，我领她去中医院拍过片子，医生说是疲劳性颈椎病，并且颈椎严重变形。我请医生开药，医生又说，吃什么药都不管事儿，只能好好休养。回来后，妻子只在家待了两天，就去上班了。去年的时候，妻子的颈椎病更加严重了，躺在床上连眼睛都不敢睁开。于是我花950元给她买了一台治疗仪，期间又犯了几次，我一咬牙，又买了两个疗程的药，效果还可以，就又买了一个疗程，最后这个疗程是我偷偷买来的，妻子不让再买了，她嫌药贵。妻子说：我在床上已经躺了两个月了，一分未挣，你上学又花了不少学费，我真是躺不住了。这阵子我常常责怪自己：没本事。有时真不想在这个厂子干了：工资少，还经常拖欠着。可是效益好的管理的又很严，去了那里我就很少有时间写作了，也很少有机会去参加各种文学活动了。我舍不得文学啊。

这段时间生活上虽然不太景气，可是我在创作上有了收获。我干的活儿挺单一的，就是操作机床，将活镶好后，用胳膊摇动床子，摇过去后再摇回来，然后将铣好的活拿下来，再镶上一个……机械而又枯燥，耳边是不间断的轰轰响声，每逢这时我就会进入一种奇妙的状态：大网、鱼、水、父亲、队员和我……一段一段的网队生活在我眼前浮现，一个一个的新感觉油然而生，我随即向领班要来纸和笔，伴着机床的响声，一一记录下来，开始领导还叮嘱我注意安全，久而久之，领导们对我也就睁一只眼闭一只眼了。

还好我的文学创作有了好转，参加了天津市的青创会，之后在"文艺周刊"发表了小说处女作，在《天津文学》发表了小说，滑轮杯得了奖，全国农民读书征文获了二等奖……其实这些只是我文学创作上的一个开始，以后的路还长着呢，我会努力将这条路走好的。

目　录

三月里的
网队 / 甄建波

一

潮湿，迷茫，三月的清晨，风冷些。

春树垂头偎在网窝里，听说那小子要来，心就惶惶，十五年前的那辆毛驴车在眼前行走。春树盼着今天快点过去，又希望那小子今天不会来。

过了一座石桥，向右一拐，是一条土路。一侧是那条无名老河；另一侧就是新开发的鱼池。浑厚的水汽让人看不清两边有多少水。三马车拐了一个又一个弯儿，在露天的迷阵里问路。

二

穿衩！

到了鱼坑就穿衩，是春树网队的一贯作风，同样能体现春树作为网头的威望。

队员们各自从尼龙袋里取出黄颜色的皮衩，把整个身子装进去，只露出一个小脑袋，再为它扣顶帽子，然后就相互嘲讽：呦，鬼子来了！

于是就有人恭恭敬敬地为他点着香烟，他狠吸一口，然后就哈哈大笑，所有的队员都跟着大笑。

春树没有笑，心情越来越沉重。他摆弄顶在鱼网上的那些红砖头。那些红砖头曾经给春树露足了脸——那天三十多个网队之中，只有春树的那挂大网还没有出水。坑主儿吓得都带出了哭腔：网头啊，千千万万打上鱼来呀，不然我就赔大乎了！春树的心里有底，结果那一网的鱼，多得都滚了杠，足足卖了三天半！

打这以后，春树就很少用砖头了，是春树的女人让他带来的。女人说：总不能在他眼皮底下现眼，以前那小子就瞧不起你，今天一定要他说一声：春树网队不孬！其实她才没叫过那小子，她总管那小子——广健广健的，春树听得不舒服。

下网！

又一声吩咐，春树的黑脸蛋子上浮现出悲壮的信号。

两个队员熟练地打开车帮，贫嘴儿张松抓起网梢，把一条粗粗的胶丝绳系在上面，然后甩给等在水边的队友，一部分留在此岸，另一部分拽起绳子去了彼岸，等都到了位，开车帮的两个站在车的两端，各自抓住网的一面，冲对岸的同伴高喊："开始！"一齐用力抻"吐噜——唰儿"偌大的网片儿在入水时发出响亮的水音儿。把那条粗长的绳子套在腰间，贫嘴儿张松嚷："毛驴子上套喽——"

三

网被缓缓拉动起来，一条红色鲤鱼跃出水面，发出一股吱吱的声响，它是把信息传递给伙伴。刹那间，鱼儿们一群群一对对，你追我赶飞箭般向前射去。闹够了才隐去身影。只留下一串儿白色的网漂儿在水中荡漾。

春树指挥队员倒退着拉网。

脚下踩着野花、青草，偶尔扭过头，眺望前方。这是一个不宽，却有几百米长的鱼塘，前面是影影绰绰的桃园，三月的桃花正逢盛世，即使在清晨，朦胧中仍能看到它们微红的影子。姗姗来迟的阳光，把积攒了好一会儿的光芒喷射出来，天湛蓝湛蓝，桃园不能见了。脚下的鲜花与野草，乃至零星飞舞的蝴蝶，黄的、白的、粉的……都被照得鲜亮，连同春树的那些心事也鲜亮起来了！

"张春树！"

春树一惊，赶忙回头看，原来是领鱼车的赵老四，悬着的心"叭嗒"落了地——还以为是那小子来了呢。赵老四献上一根香烟，春树接了抽。春树原本不会抽烟，常常看别的网头和队员凑到鱼车或领车的跟前要烟抽，给了，不必说，对那些没赏脸的，暗暗威胁：等到装鱼时，给你的车里塞几块砖头！对于这事，春树严管不殆。理由只有一个：和人家要不着烟！可是对主动送上门的香烟，春树就来个：来者不拒或不抽白不抽！春树咳了几声，把剩下的掐灭了，扔到地上。赵老四表情神秘地说："今天可是那老爷子领的车，可要卖把力气啊！"春树听得出老爷子肯定是那小子了，他和我一样大，都是45岁，就管他叫老爷子啦，呵，十五年没见，他就事儿大了！

"老爷子咋没来？"春树顺坡问了句。

赵老四把嘴撇得老高："他正在操办公司的事情，是打网公司，以后你们这些打网的都要入他的公司，就得听人家的了。"春树问："那他不来了？"赵老四不耐烦地说："总得等网上来吧，就咱这儿，除了犄角就是旮旯，把人家放哪？"说完晃着身子去了队员那里……春树一脸的懊恼。

四

春树不愿看他们之间的样子，就去前面选择出网地儿了，他未能丢掉在那些天然河渠里打野鱼的传统。现在都是正经的鱼池了，随便一撒就几万、几十万条儿的，鱼密密麻麻，多得就像天上的星星，在哪个地方出网还不是稳拿！不过看看也好，有多少鱼也不够这些鱼车瓜分的，妈的，他们就像饿了十五年的家伙，撑破肚皮也不在乎。不知咋着，一提十五，春树就想起了那小子，他会不会像一只饿狼？一辆、两辆、三辆……春树在心里默默数着蜗牛一样开来的鱼车，工夫长了，那些鱼车把鱼池围得三面不透风。

春树在一棵枯树上折了一截树枝儿，走到鱼坑的左角，蹲下身子想插在这里，手却撤了回来。拢起目光，皱着眉头，向右角望了望，一时拿不定该把树枝儿插在哪了，春树的脑子很乱：一会儿是赵老四游说队员们的情形；一会儿在他的头顶出现了一对窥伺的眼睛，神气活现，霸气十足……后来他干脆把树枝折断，一根长另一根则短，将两根树枝合在掌心里，用力撮一会儿，然后将上端对齐，一只手掌攥着，另一只手的食指在上面来回点击，终于一用力抽出一只：长的！回去告诉队员们："就在右角出网。"

春树摘下帽子，仰视天空。风撩起了他的乱发，拨去一片乌云似的，心一下子豁达起来了。自从办了网队，几乎整日在与世隔绝的野外打拼。熟悉的只有泥水，还有那些围在身边嗡嗡作响的人群。一切都是特定的，固有的，怎么换地方都是一挂网，离不开水边，他和那些队员已经变成了网的魂魄。

当初本该领着女人远走高飞，然后就在他乡做一点小买卖，反正不粘水上的活计，到老到死，都不会和那小子见面了。可女人不干：咱自己有网有车再找些人，给人家出坑，不搭本钱，不挺好吗？想到这里，春树后悔听信了女人的话。

春树甚至觉得女人是醉翁之意不在酒。这十五年间，每逢谈到打网出坑，女人就说：我和广健打网那天儿咋打咋打了；我和广健养鱼那节儿咋养咋养了……春树不爱听，就吡她，吡重时，女人也哭，弄得春树对她既生气又怜爱。

春树低了头。这三月里的景致美好，花呀，草呀，蝶呀，偶尔审出水面的鱼呀……可这些已经看腻了。他听到草拔节、花开放的声响；听到水底鱼儿窃窃私语声；听到灵魂深处困兽般发出的嚎叫，把躯体锁住，嘴巴堵上，那些所谓灵魂深处的话语，不过是咿咿呀呀由缝隙间挤出的零散音符，不能代表一首曲子的主题。不敢将它放飞，唯恐整个世界都装不下它，这与他的身份极不相符……

春树在想：见到那小子该咋说呢？顺其自然？就像对别的领车人一样，该说说，该逗逗，那又不太可能，两个人都不会摆出那种姿态。不搭不理吧，也不可能，作为一个网头，为了饭碗，总得和领车的直接打交道，唉——真是欠了那小子的！临出门时，女人还叮嘱春树："遇到广健，千万别和他闹，咋说也不是外人儿。"

你要不是放着好好的鱼不养，非去领车；你要不吃饱了撑的，去拉增氧机的闸；你要不去嫖女人……你的女人会变成我的女人吗？反正他有来言我有去语，他问我一句，我有十句、百句等着他，我堵了不死他！春树昂起脖儿，显出傲岸的样子！

坑主走过来高声责备："我说你们给我快点拉行吧？我看你们够磨蹭的！"春树一翻白眼儿，歪着脖子问他："俗话说慢拉鱼紧拉虾，难道你的坑里养虾米呀？"坑主说："少废话，愿不愿干？不干给我走人！"春树的脸由黑红色一下子变成了黑紫色，冲他们一摆手:"停!停!停!卷网,家走!"这几个字的喷吐,已然让他找回了信心,黑紫色又变成黑红色。队员们就停下来,有几个跑过来为网头助威,剩下的站在原地慢慢地向上倒着网。赵老四急奔到两个人跟前:"二位,二位,息怒。俗话说:打网拉鱼养鱼的是一家,你们的关系更铁,就好比——他扬起臃肿的脸想了想:哎!就好比这关系。"说着,他把左手的拇指与食指来了个对头弯儿,合在一起就变成一个圆圆的洞,再拿右手的食指猛插进去,逼真的动作招来了在场的人们哄笑,有几个女的背过脸去,轻声骂了句:"缺德!"坑主紧跟着换了副脸孔跟春树说:"我说领导,派两个弟兄,让他们受累去踩网绳吧。"春树点点头:"好——啊!"春树觉得非常得意。

"这边小二子,那边小三子,小——小三子呢?别他妈往人堆里扎了,下去!"

话音未落"扑嗵、扑嗵"小二子小三子几乎同时跳进水里,一个伸出左脚一个伸出右脚,点着各自一边的网绳,随着鱼网走动的节奏滑行。春树悄悄把坑主叫到一边,低声和他商量:"以后你就用我们打网吧,我给你找鱼车,你这头儿不用给我提成,鱼车那块儿我只收一点电话费。"

坑主脸上闪着亮光:"行啊!"彼此忘记了刚才的不愉快。春树说:"现在的拉鱼的恨透了领车的,特别是东北大车,装一斤鱼就得被领车的提去5分钱,这份钱由哪出?还得在鱼身上找——"

"压低鱼价呗!"

坑主抢着说完。两个人立即有了那种英雄所见略同的感觉。春树趁热打铁:"明天我就联系鱼车,你去联系别的坑主儿,咱来个鱼坑、网队、鱼车三体互助!"

网头想得真好!

坑主向他竖起拇指。春树心想：这也是被那小子逼的!

像期待上网的人们一样，他们所期待的桃园到了，只是隔了一道渠——是风载着桃花的馨香来提醒的。

桃花一团团一簇簇地拥在树上，笑傲一方。这景象本不该觉得新鲜。在中途，他们是在极力想象桃花的美好啊，创造出一种诱人的氛围来，那样他们的目的地才能快点到达。就是因为骤来的一阵风，刮去了无数花瓣，望着这场铺天盖地的花瓣雨，他们惊愕了。他们似乎觉得在这正常的自然景象中，隐含着一些什么，但是过于深奥了，一时又想象不出什么来。

唉——长叹一声。惋惜的却是那些仍然长在树上的花，固守着只能变成果，最终烂掉或被吃掉，只有那些飞舞飘零的才有机会成为花中的仙子。

多么希望，有一片或几片能隔岸飘过来，用它们那凄美冷艳的唇亲吻他们，然后，留下一道粉红的印记。他们将发挥想象力，极力打造出一段艳事，就在明天的这个时候。最浪漫的事，何必要等到老，坐着摇椅慢慢聊呢?

然而，却没有一片要飞过来。这些飘零的花仙子们，已经沾染上了尘世间的习气……

春树想起来了，女人曾经告诉过他，那些好看的桃花那小子也喜欢，今天还问呢，这几天桃花开了吗? 那么今天它们把自己装扮得如此妖艳，有些甚至不惜牺牲身体，只为讨那小子一个人的欢心吗?

鱼池边上有一座小房子，是坑主住的。春树听到里面嘈嘈杂杂的，就悄悄来到跟前。隔着玻璃窗向里面望：真没有那小子的影子。牌桌上的赵老四正高举三张"A"喊叫："暴子枪！暴子枪！"

又再玩砸金花。这些人，吃喝嫖赌抽，五毒俱全了！

五

在一片嘈杂声中，网就要拉上来了。

一二！一二！……

他们憋红了脸，一面喊着号子，一面奋力拽着网绳。

网拉上来了，负责插竹竿的蹚着齐腰深的水，在鱼儿高高溅起的水花儿里，把竹竿插进泥中，然后把网片支在上面。几条硕大的鱼向他们袭来，撞到鼻梁骨上，插竿的手一松，去捂鼻子。上面的一个人就冲他嚷："鱼跑了！"

"鱼跑了！"

所有的人都跟着嚷。

插竿的一边擦鼻血，一边慌忙把网片又支起来，心里却狠狠骂了一声："娘的！"

"掐——网！"

春树一声令下。于是他们按照鱼的种类插好了网箱。春树跳下水，指挥他们掐起了一节鱼网，几千斤鱼随着渔网的收缩渐渐浮出水面。他们围着渔网站了一圈儿。

划鱼！

春树兴奋地喊："白鲢！"他们就把叫做白鲢的鱼抓起来，然后齐刷刷投到一只网箱里。"拐子（鲤鱼）！"一只只拐子就被扔进另一只网箱……春树忽然间来了兴致，比赛似的喊："白鲢白鲢白鲢，拐子拐子拐子。"两条臂膀欢快地甩动着。后来声音就变了：

"那小子那小子那小子！"那小子咋还不来？……溅起的水花儿模糊了春树的眼睛。

贫嘴儿张松嚷了句："呦，咱们的头儿手气可真背，一个个地全是'公儿'！"

春树才意识到喊错了，赶忙改回道："白鲢白鲢白鲢，拐子拐子拐子……"

有一辆等走的小鱼车，为了节省一点汽油，就指令春树他们，把几十筐鱼抬到百米之外的车上。他们嗤之以鼻。装鱼的甩出一大串讥讽的话语，只是一些无关痛痒的，春树冲队员们摆摆手，意思是让他们先忍一忍。拉鱼的见春树他们不予理睬，竟破口大骂："臭打网的，臭奴隶！"

奴隶？他们一愣。多么古老、遥远而又令人哀伤的一副面孔。就在这绿水清波鱼欢腾，青枝嫩条花盛开的三月美景中，他们竟成了奴隶！这是一种何等的歧视！他们可以让出风景，供别人欣赏；他们可以拿出力量由别人支配；他们可以自嘲，随意贬低自己。但别人却不能对自己随意贬低，他们绝对不允许有人来侮辱！在春树的带领下，他们一直紧低的头颅猛地挺立起来，展现出一张张沾满泥水和鱼鳞的脸。从他们那双已变成小黑洞的眼睛里射出一道道摄人心魄的光来。冲上岸，春树谁也不看，把脸扭向桃园："那小子领的鱼车就这副德行吗——！？"喊红了那个拉鱼人的脸。

伴随着春树的余音，他的女人仙女一样由鱼坑左角的桃园绕出来。

"哎，头儿，嫂子咋来了？"

嘴贫眼尖的张松问春树。

春树没理他，心里也没感到纳闷。

女人的步子迈得悠闲，手里摆弄着一枝桃花。忽而停下来，蹲下身子，用手去摸眼前的青草、野花，还掐下几朵搁在鼻尖闻了闻，随后一扬手将它们抛撒。站起来就歪脖儿向鱼坑看，呆呆的、痴痴的样子，又迈步走到坑边，抬起脚沾湿了鞋尖儿，最后走回来，在草地上蹭掉了泥水，才一门心思地朝春树走来。春树问她："你咋来了？"女人显得很兴奋："想来坑边看看，变化可真大啊！"这时岸上和水里的队员们都高喊着："嫂子，嫂子。"

"哎，哎——"

女人愉快地回答。

"头儿，该装车了。"

赵老四提醒春树，春树也就无暇顾及女人了。

开始装大车了，也该跑筐了。这是最关键的一关，也被队员们称为"鬼门关"，能闯过这一关的，并能"出彩"的网队，才是真正意义上的"红网队"！

其实过程并不复杂，年龄大一些的撑起网箱，让鱼露出水面，再挑出两个人，各自擎住鱼筐的把手，将筐头狠劲往水底按！紧接着猛按筐尾，伏满伏流的一筐鱼霎时就戳起来了。等候在水边的两个抬起鱼筐，一溜小跑儿，将鱼送到泵秤上，不能急又不能等，得掌握好火候儿，稳稳地顿，秤刚一抬头儿，过分量的就喊出："120！走——"就这样，百八十筐的，也得顶下来。可是这会儿，谁也不愿再抬筐了。春树没有像往常一样，搞硬性摊派。

"我来！"

春树觉得今天的筐跑得很痛快，自从做了网头，春树就很少搭筐了，就是他想抬，队员们也不让。不像今天，都属黄花鱼的——溜边了！春树不恨他们，只恨那小子：不好好领他的鱼车，弄个啥公司出来，捣哪家子的乱呢！噢，他还记得那个仇口呢？其实他要真的在乎女人，就不要再回来，扰乱她平静的生活，即使回来，不开公司不拉拢人不捣乱，拿我张春树当个人儿，就是对女人的最大在乎！

"嚓"地一声，春树正走着神儿，皮衩被鱼筐挂了一个大口子。岸上的那些人就喊："张春树，你的队员都是吃干饭的！"

话音未落，冲上来两个队员替下春树两个人。春树脱掉皮衩站在车旁指挥。女人不声不响地捡走皮衩，又到三马车里取来工具，找一处不碍事的地方，为春树补衩。女人右手拿锉，轻轻锉着口子周围，直至锉起一层毛刺，她才住手。拿出一块废皮子，照着口子比比，用剪刀剪下一块口子形状的皮子，同样在上面锉出一层毛刺。然后再口子和皮子上涂抹胶粘，用手指和均匀，再等上一袋烟的工夫，才把皮子按在口子上，再用小锤子"当当"把它敲结实。小声说了句："补好了！"脸就红了。女人并不着急把衩送过去，她坐在岸边，双手托腮，盯着队员们，难免会想起当年和那小子一起拉网的情景。那会多么地自由自在，打多打少没人管，累了就躺在树阴下休息。就是挣得钱少些，不像现在收入高而且固定。可那会，一元钱也能顶现在五元花。想想还是现在好，打鱼就像伸手去捉笼子里的鸟一样简单，只不过是给人家打工，有时这里也有个学问，老板高兴时怎么干，他烦了又怎么办？所以网人也不能整天一副受罪的模样，要学会调节对待。因为就从下网开始，岸上就有无数双眼睛盯住你，每个眼神都不一样，由每个人喉咙里发出的音色也不相同：同情，称赞，嘲讽，好听的，难听的……所以网人要学会忍耐，忍字心上一把刀啊，如果轻而易举地就被戳痛,那么他就干不了这一行……想着想着,女人独自笑了。再往下想,就能出一本书了。

这个时候的春树似乎忘记了自己的职责,眼珠不错地盯着女人。女人常在自己的跟前自夸是补衩高手。啥形状、多么大小的口子都能补好,就是卡巴裆裂了,也能补准。春树喜欢听女人这几句莘不噜嘟的话语。

女人把补好的皮衩给春树送过来,春树说:"你回去吧,活儿一完,我们也回。"女人没听他的话,走回原处,这次没坐,扬起脚尖向不远处的小房子探望,窗户已经打开,里面没有一个人影儿,她又在挤在坑边的人群里找,终于失望地收回目光,张了一下嘴,像是在叹息,最后又和春树说了一句啥话,才走的。步子散漫,身子飘摇,全然没了力气。来到桃园的边上,又回过头努力望了一次,随手将那枝打了蔫儿的桃花枝扔进水里,随后的步子一下子坚实而又飞快起来……

六

大车装完了,仍有几辆小鱼车停在原处,坑主派人给他们端上来热腾腾的饭菜和一大壶四五十度的二锅头。他们一下子忘记了疲惫,搬来两块结实的竹笆搭在几条板凳上,他们就围坐在这简易的饭桌旁吃喝起来。什么梁山好汉,什么瓦岗兄弟,要把他们通通扮一回!大碗喝酒,大口吃肉,欢声笑语笑语欢声。和往常不同:队员们挨个给春树敬酒,春树一碗接一碗地喝。

坑主凑到春树身边,要求他们再给那几辆鱼车回一网,春树未加犹豫地点点头,余光里却装下了他们不服气的模样。春树站起来，脚步也跟着跟跄，低声和他们商量："要不——就回一网？"他们也斜着醉眼，避开春树的目光，冲着坑主扔话："我们是人，不是机器！"坑主嚷："谁让你们的网不拿鱼？"春树又说："再回一网吧！"让春树张两次嘴，真是难为他了。他们只冲春树说："回就回，反正是最后一次了。"春树皮笑肉不笑："好啊，好！"

春树疾步走到网车跟前，身子贴在车绑上，没了鱼网，那些红砖头自然沉到车底了，春树个子很矮，只好掂起脚尖儿，用胸部抵住车绑，两条手臂随着目光探到车底……他数次重复这个动作，一块块棒硬的砖头被摆在网片上。春树说："还是拴上点儿吧，要不打不上鱼来。"他们谁也没动。春树缩紧眉头："来呀，赶紧拴砖头啊！"春树的话终于又坚硬起来了。春树低下头，一面向网缏上拴砖头，一面叮嘱他们："拴牢点啊，听，好像又有鱼车开来了。"有一个队员站起来说："我得去撒尿。"

"快去快回！"

春树连头儿都没抬。

不大一会儿，又响起零乱的脚步声。春树"噌"一下站起来，通红的一张脸变成了酱紫色："干啥去！"答："拉屎去！"像把一块硬砖头甩进嘴里，春树噎得喘不上气来。只得在心里恨骂一声：懒驴上磨屎尿多！

春树又慢慢蹲下来，春树想趁着酒力发作之前，把砖头绑好，亲眼看着这挂大网下水，那底下追着他的魂儿呢！春树有些忍辱负重的感觉，好汉不回头，好队（儿）不回网。自从有了出鱼坑的行当，他们就遵循着这个原则，这样才不会吃亏——庄稼地里的人最实在！

春树听到他们回来了，并且在一边生闷气一边干活：其实我也不想回网，更不想使这笨法儿，可为了咱们以后能端稳这碗饭——

春树觉得有些不对劲儿了，赶忙抬起头，他的心忽悠一下——四外空荡荡的……

七

他们真的走了？春树倒在刺眼的阳光里

那会儿春树赶着小毛驴车，车里装着一节鱼网，网上面坐着那小子的女人。那小子的女人总爱歪着脖儿仰起脸蛋来望天。那上面有时万物皆空，空荡得让人感到恐惧；有时又千奇百怪。天公就是一个魔术师，随便探出一枚饱蘸魔力的手指朝远方一点，天上也出现了一辆毛驴车在行走。出神儿的女人告诉春树："原来天上人间都有拉网的。"

一阵风将她的神儿吹过来，她揉揉酸痛的脖子："哼，那么悠哉、乐哉的样子，还不是因为云做的！"

春树就喜欢看到这种情形。

后来地方有了新政策：在不阻碍水流的情况下，河道、渠沟可以养鱼了。这下子河里渠里处处都拦上了网，再没有打网的地方了。那小子带着女人拿出这几年的积蓄承包了一个鱼池。

春树用打包网赚到的钱，买了十条粘网，整日里骑着自行车去附近的渠里下网。半年下来，也积攒了一点钱。春树用这笔钱修了房子，又添置了一辆崭新的大铁驴（一种自攒的自行车，外表粗陋，却很耐骑）。日子过得像样了一些，就有媒人登门了，春树说不忙，再攒半年的钱。可是附近的渠里都被密密麻麻的薄网片占满了，春树只好蹬着车子向远处，可是别处下粘网的人也不少，根本占不到地方。

有一次，春树推着车子转悠了大半天，也没找到网地，几十里的路又要白跑。春树不甘心，四下寻望，发现在一个鱼池的外围有一条两米多宽、几十米长的水沟，偶尔有鱼窜上跃下的，春树的眼前一亮，顾不得多想了，下了车子，连皮衩都没穿，趟着水下开了粘网。一只狗汪汪地向他跑来，狗的后面追来一个女人。春树只好爬上岸，垂下头，乖乖地等候发落。

女人将狗赶得远远的。然后来到春树跟前："是我呀。"春树听这声音非常熟悉，时隔半年又响起在耳畔。春树终于鼓足勇气抬起头，两对目光撞在一起，春树发出一声惊呼："是——你呀！"心里头在想：这下可没事了！她正是那小子的女人。

春树在那小子的鱼坑吃完饭就将近傍晚了，起身要走。女人挽留说："几十里的路，走到一半天就得黑，干脆在这里凑合一宿吧。"她边说边看看在一旁始终未言语的那小子，显然他不欢迎春树。

这时他家里的狗又在外面狂叫着，女人慌忙跑出去看动静。一会就在外面喊："中间的那个增氧机又不转了，你快下去把它拽上来。"那小子没搭声儿，这几天他都让这几个增氧机折腾坏了。身子一浸到水中，腿肚子就转筋，他也冲外面喊："等到明天再说吧，我的腿一沾水就疼啊。"

"那可怎么办啊？这鱼缺氧可不是闹着玩儿的！"

春树默默地走了出去，衣服也没脱，就跳进水里。

夜里，睡在外屋的女人推了推身旁的那小子："把他留下帮忙吧。"睡在里屋的春树竖起耳朵听着，心脏急促地跳动着。约摸一袋烟的工夫，那小子坐了起来，狠狠拍了拍自己的膝盖："好吧！再要沾水，我的腿恐怕就该废了。"里屋的春树兴奋得一宿没睡。

说来也怪，自打春树一来，鱼坑平安无事。女人就夸："春树是个福星。"那小子却把嘴一撇："他有个屁福！"说完转身就走。女人问："你上哪去？"那小子说："最近出坑的多，我去领鱼车，也过一把驴儿（驴儿：领车的人）瘾。"

没承想这一去还真上了瘾，先是领几辆双排车，后来干脆联系上了东北大车，一装就是几万斤，留给那小子的报酬就是几百块，他哪能不上瘾？附近没有出坑的，他就把大车领到外地去，一去就是半个月。钱来得容易了，花得就大手大脚了，先是花在吃喝上，后来就用在女人身上了，这是一条铁的定律，俗，却万难更改。但凡这样的人都觉得这样做是对的。

女人和春树仍然兢兢业业看守着鱼池。

春树是规矩的男人，这一点毋庸置疑。每次吃完晚饭，就拎着手电筒，去那个搭在东北角的窝棚。天热时睡不着，就叼着旱烟在坑边转，坑边就有一个亮点在闪，由东闪到西，由南闪到北，一阵烟熏，再加劳累，春树困了，就掀开窝棚口钻进去，一会儿鼾声就响起来了。有时睡到半夜猛然惊醒，就慌忙爬起来，钻出窝棚，又围着鱼坑转起来。偶尔拧开手电筒向坑里照照，发现并没有异常，才把心放下来，打了几个喷嚏，又钻回窝里睡了……

总是在天蒙蒙亮时，女人就轻轻走过来，她正恨自己昨晚怎么又忘了给春树点着蚊香呢！来到窝棚跟前，发现蚊帐的一个角上黑乎乎的一片，细一看全都是蚊子。用手一碰，那些蚊子一动不动，它们都被撑坏了。再看一眼春树裸露的肩膀，红彤彤密麻麻的小疙瘩，疼得女人张开两个巴掌"啪啪"拍打着蚊子，刹那间，蚊帐一片血红，两个手心也沾满了春树和蚊子的血。

女人执意不让春树睡窝棚了，可两个人又不能睡在一个屋里，春树就在外屋垒起了一道土墙，留了一扇偏着身子才能过去的门，在里面扯起一个灯泡，新屋子就算建完了。

后来两个人就像两个邻居，或女人到春树那坐会儿，或春树到女人那儿串个门，日子过得有滋有味。两个人都觉得这样做是对的。

一晃又是三月了，该择个日子出坑了。今天天气就出奇地好，昨天天气预报还说：小雨，可一大早，就风平浪静，太阳比平时出来得还早。鱼坑对面的桃园里，桃花正开，被阳光一照，闪起粉红色的光芒，煞是好看。水边似乎有了一丝清风，一会略大了一些，水面由镜子状变成波纹状，一股股鱼腥味儿扑面而来。几条鲤鱼偶尔由料台边跃起，嗵地扎进水里，秀出一朵碗大的水浪花。

女人挽着春树的手，是的，没人看到就这样挽着走上料台，拧开开关，"哗哗"地由从投饵机里弹出弹丸一般的饲料。先是一两个长嘴鲤鱼探头探脑，然后一个鱼跃连接一个鱼跃地呼朋引伴儿，越来越多的鱼聚到这里，先聚成个疙瘩，再拧成根绳子，最后汇合成直径十几米的大圈圈，金黄色的鱼鳞，在阳光的照射下熠熠生辉！

女人撇下看得发楞的春树，独自走下料台，拿出一个玻璃瓶子，向桃园走去。慌忙追到的春树，采了几束野菊花插进女人的玻璃瓶里，女人忙把它们抽掉，然后一指桃园："明天就要出坑了，他打来电话说今晚也要赶回来，去对面折一枝桃花过来，他喜欢瓶子里的桃花。"

春树愣了一会去折桃花了。

晚上，两个人坐在大屋里等了很久，那小子还没回来。忙了一天实在困乏了，春树也忘了回自己的屋了，两个人依偎地睡去了。

谁也没听到后来的狗叫声，和越来越近的脚步声，以及那一句恶狠狠的"狗男女"！

　　那小子一气之下，抬手断了增氧机的闸，哗哗的响声没了，那条狗刚要张嘴报信那小子又恶狠狠吓唬它："别汪汪！"狗无奈地闭紧嘴巴，没办法，他是自己的男主人。

　　连那小子也没想到的是：拉增氧机的闸只是给春树和女人提提醒儿，可是就在后半夜，突然乌云密布，天气闷得让人透不过气来。到了早上，坑里的鱼开始浮头了。后来就打上来一网死鱼。

　　见到死了鱼，那小子非常地懊恼，他一下子把矛头指向了春树："叫你来是看护鱼坑的，不是来泡我的女人的！"春树的脸被憋得通红："我我我，没泡，没泡！"春树浑身颤抖，说不出一句整话。女人的身子也在抖："这话你也说得出口？我们俩没日没夜地看守着这个鱼坑，不要说我俩是清白的，就是有那个想法，都腾不出时间！"那小子扬手给了她一个嘴巴："你不要脸！"然后一扭头，冲身后的人大嚷："给我打，打死他，出了事我顶着！"人们都没动。女人捂着脸对春树说："你快跑啊！"春树冲她冷冷地一笑，然后迈开四方步，缓缓地向坑外走去："我为啥跑？"

　　其实春树并没走远，是绕回桃园了，躲在一棵桃树的后面，向这边观望着。

　　那小子的脸色稍微缓和了一些，他上前安慰女人几句："以后我给你找个老实巴交的帮你看坑。"女人坐在土岸上，头都没抬，几乎是由牙缝里挤出几句："我——不——要！他最老实。"那小子气得脸上的肉都在突突地跳："好好好，好好好，现在咱们谁也别犟，把鱼卖了再说！"

　　一辆辆满载死鱼而去的鱼车，代替着主人沉闷地发泄着心中的不满，没办法，日后还要指望那小子呢。

处理完鱼的事情，那小子乐呵呵来到一直一言不发的女人跟前，带着讨好的口吻说："拿瓶酒去行吗？"

"唉——"

女人一声长叹，顺从地去了。

那小子拧开酒瓶盖儿"咕咚咕咚"一气猛喝。女人拎来一袋花生米，扔在他的跟前。那小子心里更美了，他知道这一次自己彻底赢了："刚——刚才看——看到一坑的死鱼，我——我还真后悔拉——增氧机的闸，现在看来值——值啊。"

他的舌头短了，变成结巴了。突然他觉得脸上凉丝丝的，是他的女人把他喝剩的半瓶白酒泼在了他的脸上。

这次他没急，也学着春树离开时的样子，迈开逍遥步，上了他的红色夏利："和他过去吧！"他这一走就再没回来。

女人委屈得哭成一个泪人儿。

"哗——哗"春树由水沟趟过来，冲上土岸，猛一把将女人抱到怀里，女人将头重重地靠在他的胸上："吓死我了，可吓死我了，我以为他和你都不要我了呢。"

八

春树醒来的时候，天近黄昏。自己正坐在三马车的座子上，身上披了一件大衣，车下堆着那些砖头。耳边响起嘹亮的网歌，向坑边望：队员们在回网。春树喊："歌词得改喽！"

"头儿，咋改？"

贫嘴儿张松的声音。

春树兴奋得闪掉大衣，跳下三马车，飞奔，感觉像个孩子。

"嘿——一身泥巴，半斤酒，喝到肚里酸溜儿溜儿。十七八岁入网队，稀里糊涂地就认为：世界只有水……（下面就改成）吃完晌头儿的饭，再喝黑天儿的酒，好汉子要回头，好队子（儿）也回网……"

远处的桃园暗下来了，高高在上的那小子的目光也躲进暗处儿。春树的女人再一次由桃园绕出来："这么晚还不回去，我还担心你和那小子会打架呢！"

光杆司令

甄建波

　　老七过来了，他递给春树一支香烟，两个人都不会抽，可这会儿都点着了。彼此一阵猛咳，两个人的心才平静下来。说些啥呢？春树感到一阵凄楚，竟到了无话可说的地步了。还是老七先说话了："说句掏心窝子的话，那会儿我们真是死心塌地跟您干，可后来网队多了，人家那儿活儿轻工钱给的又多，您就是不愿意像他们一样变一变。"老七的态度很诚恳。春树露出无奈的样子："都是老主顾，你让我咋涨价啊？"老七说："那他们现在咋不用您了？当然也不排除有人撬您的活，也包括我——可是越这样不又说明您给他们留面子是多余的嘛！"春树张了张嘴没有反驳，人却跳到船上。老七接着说："现在是形势在变。"春树说："得了吧，是人心在变吧？"老七说："还不一样？"春树说："老七呀，你到我这来，就是想告诉我这些吗？"说完用力摇着柴油机，轰轰轰——把老七甩出老远。

　　这个鱼坑足有一千多亩，与它四面相连的还是鱼坑，放眼望去白茫茫的一片，坑与坑之间隔着的那些土岸，像是一条条漂浮着的绸带，只有你亲身踏在上面，才感觉到它的存在。秋风一起，水面就像一把铰刀，把太阳的影子铰得七零八落，开船使药的春树直揉眼珠子。

　　自从老七离开春树网队，春树的活儿就一天比一天少。春树打听过，得知老七要的工钱比自己还多，春树就纳闷：为啥还有人用他？他加大油门儿，还是不过瘾，偷偷向岸上瞧了瞧，老板正盯着老七他们拉网呢，春树就把油门踩到家，玩儿命地向前冲，轰轰轰……一阵山响，人与船一起疯了！岸上的队员被甩在身后，春树猛然感到，不是那些人离开他，而是他抛弃了那些人！

老板在冲春树摆手，春树的心就怯了，忙把船停在岸边。老板点指着春树："我看你人实在才叫你来的，你把船弄得直冒黑烟，知道现在的油价吗？照你这么开船，不但不给你工钱，你还得倒贴给我呢！"春树赶忙赔笑脸："我下次注意。"可船一开起来，就又忘了。老板忍无可忍，再次叫："停！"然后直奔老七那边，告诉老七："你替春树！"老七说："我不去！我也没法儿去。"老板命令："那你派一个去！"老七说："派谁？"老板的眼神扫向那些队员，他们赶忙低下头。老板急了："今天你们拿的是我的钱，这么点事儿都办不了？"老七不屑地说："我们应的是给你打网，别的钱我们还不愿意挣呢！"一旁的驴儿（领车人）凑过来："老七你就派一个人过去吧。"老七说："你去行吗？"驴儿赶忙一摆手："好好好，我不管了，你只要把鱼给我装足就行！"春树绷紧的心才放下来。其实他一直悄悄地跟在老板身后，之后又偷偷地溜了回去，也不知道老板看到他没有。

吃中饭的时候老板告诉春树："你也过去和他们一块吃吧。"春树开始不想去，可又一想：都是干活的，出坑打网露啥脸了？我开船使药还是技术活呢！不寒碜！于是阔步向厨房走去。厨房那边非常热闹，老七的队员已经在吃喝了。大部分队员看到春树，都欠了欠身："头子，坐这儿吃吧。"春树向他们友好地点点头，心想原来是你们的头儿，现在可不是了。也有一些人装作没看到，一动没动，他们几乎都做过春树的手下，尤其看到贫嘴儿张松和傻小六，春树的心里就有气。贫嘴儿张松只会耍贫，干活时偷懒耍奸，小六子是个二百五，没有不腻味他俩的，尤其是老七，曾威胁过春树："有他俩在我就不干了！"春树还得向他解释：一来是他俩不拿咱们的工钱，二来就那傻家伙留在家里也得祸祸人儿。可如今轮到老七单干了，两个队员一个都没少？老七真是居心叵测啊！

下午两点多钟儿，春树使完了鱼药，灭了柴油机。老板过来问他，老七他们咋总打不够鱼呀？春树问，让他们踩网绠了吗？老板说，踩了，好几个人踩呢，你去看看？春树过去一看就知道他们在耍老板。那几个人不但没踩，还偷偷用脚勾起网绠，那鱼还不跑！因为踩绠时的身子是直的，应该随着网滑行，而勾绠人的身子始终后仰……老板问：看出啥毛病没有？春树没敢说实话，可春树也想趁这个机会让那些人吃点苦头，于是告诉老板："网太轻，让他们在网绠上拴砖头！"

拴完了砖头，网的分量自然重了许多，整条网绠都歇到泥里，队员们龇牙咧嘴地拉着网，骂春树是狗拿耗子——多管闲事！春树幸灾乐祸地想：爱拉不拉，和我有啥关系？回家！春树走到半路，老七他们的网车突突突地超过去了，春树心里纳闷：他们这就把活儿干完了？老板的车停在身旁："春树啊，你出的啥馊主意？网拉到一半就拉不动了，把驴儿气得领着鱼车就跑了，明儿你别来使药了！"春树把脖子一梗："和使药有啥关系啊？"老板说："咋没关系？老七他们说了，再用你，他们就不来了！"春树拍了拍胸脯："打网的有的是，非找他们吗？"老板说："不找他，找你这个光杆司令啊？"

春树想起了开始创建网队的时候，自己刚刚置办了一挂新网，消息就十里八里地传开了，很多人老远就朝他打招呼，算我一个吧。有些女人也问，要不要女的？春树拿她们打趣，老娘们跟着起啥哄！心里却美滋儿滋儿的，觉得浑身都是那个劲儿的！到底是哪个劲儿的？春树也说不出来。头一个找上门的就是老七两口子。春树和老七是从小玩到大的朋友，后来谁也没考上高中，老七就出去打工了，这几年他在外面也没挣啥来。可是按村里的辈分，他们都得管春树叫老叔。老七家养着鸡，两口子自然是提着一篮子鸡蛋来的。一进门老七媳妇就叫，老叔呀，你可得算我家老七一份！那会儿的老七还很㞞，比不上他媳妇，他媳妇伶牙俐齿，小嘴儿叭叭的。正是用人之际，又带了东西，哪有不收之理儿？春树一看到老七媳妇还动了一下心呢！最后来的是傻小六父子俩。傻小六个儿挺大，就是脑袋里缺根筋少根弦，带上他春树真怕坏事。小六他爸几乎是央求春树："只要能收留他，每天少给他十块八块的工钱都行。"说得多好听啊！开始的几年，春树的网队发展得还不错，活儿多得干不过来，春树就和老七分开干，自己带着几个人，老七领着另外的队员。后来网队越来越多，有些网队还涨了工钱，可春树就是不涨，老七就萌生了另起炉灶的想法。还有几个队员更不必说，缺人手的时候，春树去找他们，他们说没空，网队不缺人的时候，他们却找上门来。不要他们吧，乡里乡亲的怪不好的，要吧，坑主总嫌人多，弄得很多时候总是十个人的工钱十二三个人等着分。不久老七就离开了网队，可老七真不是啥好小子，自己带走一部分人不说，还把剩下的队员今天拉走一个，明天又拉走一个，一来二去全拉光了，春树一下子成了光杆司令了……这些都是往事，春树不想再提了，可今天却都偏偏想起来了，春树的脑袋嗡嗡响。

　　以前春树真格是个司令，自己那支十几人的网队不说，一遇到出几百亩的鱼坑，他就成了几支乃至十几支网队的司令了。以前那些对自己不服不忿的网头只能听春树一个人的调遣。一来是春树确实能把活派遣得得体；二来是老板让听他的话，不听行吗？

春树并不想做谁的司令，绰号是别人给封的，也不好去堵人家的嘴，人们说春树是光杆司令，春树更不爱听，春树觉得如今手底下已经没人了，即使在他的前面站一排人、一连人甚至更多，他春树看都不会看一眼，此时的春树已经没有了那股指挥人的欲望了，司令的称号与他毫不相干。况且那时打网的家什都是自己置办的，活计也是自己找的，这张罗、支派，理所当然地归自己。他也想找个接班人，这个人就是老七，没想到老七竟闹早了。

国庆节快到了，侄女一家要到春树这里过节，春树知道侄女爱吃鱼，每次在她回来之前，春树都把二斤多沉的大拐子（鲤鱼）由鱼坑拎回来，可是今年，春树只好到鱼市上转了。节日临近，卖鱼的也多起来，看着那一条长龙似的鱼摊，春树不禁想起相声里的那位"二子他爸爸"。以前春树根本不用到市场上去买鱼，一旦有人托他买鱼或是自己想吃了，坑主自然会挑出几条好的送给春树，春树自己将鱼称了，把钱递给老板，如果没带现钱，就由自己的工钱里扣，有些老板不好意思地说："你咋还给我钱呢？"春树说，有啥活儿，多惦记着我就行了。如今到市场上，有的和他打招呼，有的低头装没看到，他们都受过春树的恩惠。是老七把那些开狗骑兔子的人给弄来的，他们下了车就把春树围住，头子长头子短的，老七说，就给他们装几筐便宜鱼吧，过后我给您要几块钱做电话费。末了，春树都把那些人打点走了，春树一个子儿也没向他们要。不过坑主却埋怨春树把那几筐鱼卖贱了，还弄得驴儿对自己一百个不满意，口口声声说，春树眼里根本就没他这一号！春树落了一身不是。老七却跟在那些小贩的屁股后头进了几趟馆子。春树说，抹嘴头子的事情，有啥劲呢！

可是要冲今天他们这副德行，当初真该咋着就咋着，吃他喝他，末了还拿他！春树后悔死了，于是便在心里诅咒：赔死你们一个儿个儿的！唉，春树叹了口气，价都没还，就在一个摊位上买走两条鲤鱼。

饭桌上，春树高兴不起来，侄女知道原因后乐着对他说，过不多久您就能翻身了。春树一怔，侄女解释说，县里的渔场要承包了，您侄女女婿和主管渔场的领导要好儿着呢，他已经许诺将渔场承包给我们，到那时我俩打算让您出面管理渔场，所以您现在犯不上跟他们生气，好好歇一阵子。春树一个酒嗝打出来，像吃了顺气丸。

春树反倒闲不住了，置办了粘网。有人问，呦，头子咋改粘鱼了？春树回答，闹着玩呗！傻小六过来了，春树问，咋没和老七去打网？小六答，老七说今天用不开那么多人，让我先歇歇。春树说，和他干啥，赶明儿跟我干！傻小六狡猾地看着春树。春树心说：你不精假精，不鬼假鬼！可是后来还是忍不住将侄女承包渔场的事情告诉了傻小六。

都说用人朝前，不用人朝后，春树可不这样认为，他觉得不用的人可以摆中间，正如等到侄女的事成功后，他还得拉那些人回来，所以严格地说并没有朝前朝后之说。这不还没等叫，以前的那些队员都拿着东西来了，春树把他们的名字都记下了，他们放下东西要走，春树赶忙叫住他们："别走，东西——"他们一起回头："您就收下吧。"春树说："想啥美事儿呢，我张春树有那么傻吗？这么多东西，我咋整啊，不如大家齐动手，中午我请客！"

女人说："要不你也叫老七一声儿吧？"春树也是二心思的：到底该不该叫老七过来。女人说："你说以前咱两家好得像一家似的，这猛不丁一下谁就不理谁了，还挺别扭！叫一声儿吧，咱主动一些没人笑话。"

电话里是老七媳妇的声儿：老七的女人是个很普通的女人，只是眼睛总是骨碌骨碌地转，为这个老七还请教过春树，春树说，那不算毛病！后来果真不是个毛病，而且这个女人的眼睛只要一转，就会诞生一个新主意，老七很是满意。

老叔，我想死老叔了。春树说："你给我小点声儿！好像我和你有啥事儿似的。"老七媳妇赶忙说："不不，是我们错了。"春树昂起脸，老七的女人仿佛就在身边：不过这个女人一犯可怜劲儿，还怪揪春树的心呢，觉得她身上的每个地方都值得同情。想着想着，心头涌动起一股想把她搂在怀里的冲动，春树想逗逗她。他觉得能说会道的女人容易上网，刚好老七的女人央求春树，"您大人不计小人过，宰相肚里能撑船……"春树说："行行，行行，行！我倒没生气，可我的那个小大人儿生气了。"女人问："啥小大人儿？"春树反问："你不知道啊？"女人突然伸出手朝春树的下面摸去……老七在外面喊了一嗓子，逗个啥劲儿呢！春树惊出一身冷汗，恼火的同时感到那地方湿了吧唧儿的。

"老叔？"老七的媳妇小声儿地叫。春树"啊——"了一声，赶忙握紧话筒说："你告诉老七一声，他眼里要是还有我这个老叔的话，就到我侄女的渔场干！"话筒里传来老七的声音："行！老叔我错了，我给您磕赔罪的头了，嘣！"震得春树的耳膜生疼。春树的心一热：啥错不错的，人和人呢心里不要总盛着怨恨，容易长癌的！老七说："没盛没盛，那些队员都是我让过去找您的。"春树说："他们跟我说过了。老七呀，你比我鬼嘛！"

老七把电话打回来："我们两口子现在就想去您那儿。"春树没拦。一会儿他们过来了，老七的女人仍旧提了一大篮子鸡蛋。春树接过鸡蛋："哎呀，这有日子没吃你家的鸡蛋了，还真的忘了啥味儿了。"老七媳妇忙迎合："我这就给您煮几个去。那老婶您家的煤气灶呢？"春树的女人很欢喜地向灶里添着水。两个人一边煮鸡蛋，一边还唧唧呱呱地说笑着。鸡蛋煮熟了，老七的媳妇为春树剥了一个，春树的女人一领老七媳妇的手："走，咱到外面待会儿，让他们哥俩好好聊聊。"

春树吃了一口鸡蛋，刚要问老七点事，老七却盯住柜上的一瓶杏花村酒。他拿起那瓶酒倒了两杯，递给春树一杯，春树犹像地接过酒杯，老七的杯就碰过来了，啪地一个脆响儿："来，喝酒！"春树一脸不痛快。老七似乎并没察觉，仍然肆无忌惮地说着，春树你还记得咱俩小时候的事儿吗？春树没理他，把酒杯重重地墩到柜上。如果不出现老七喝酒的事儿，春树会像说笑话一样让老七听得舒服。春树知道在两个人好时，老七每次来他家都是这样随便，春树从来没嗔怪过，可今天绝对例外，是你老七给我赔礼道歉来了！春树觉得自己已经摆了架子，无论如何也放不下了。

"老七呀，问你个事儿？"老七红着脸问："啥事儿？"春树说："你还记得那天，你打网我使药儿吧？后来老板不用我了，还告诉我说是你老七说的再用我使药儿，你老七就不来打网了。"老七的这句话在春树的心里系成个疙瘩，而且越来越紧，那疼痛不亚于癌带来的痛苦。

"有这事儿吗？"老七恼羞成怒，脸都紫了："扯他妈的蛋！没有，绝对没有！这不后来您没去，我不也没去他那儿打网吗？"春树说:"噢,也是。"春树吧唧吧唧嘴儿,才吃出这鸡蛋的香味儿。

老七两口子走后,春树的女人指着春树说,你是尝出了鸡蛋的味道了,可老七呢?你跟审贼似的,他心里啥滋味啊?春树的倔脾气一下子上来了:"他爱啥滋味啥滋味,我只是想把事情弄明白!"女人说,弄啥明白?你弄不明白!春树一听就泄气了,显出一脸的无奈:你说老七咋变得小脸子摆事了呢?女人没回答。

从春树家走后,老七就没再过来。有人说他去做买卖了,也有人说他要去打工了,他们说得这些春树都不信,春树心里明白,老七是不好意思过来。春树的女人让他去一趟老七家,唉——春树叹了口气:看来这个老七真要面子啊,我得好好说说他!

这几天春树总看到老七和一个领车的,他俩开着一辆轿车围着村子出来进去,那个领车的肯定是和老七不错的,这个驴儿春树认得,原来就给他装过鱼车,他难伺候着呢!网这么拉不行那么拉不行,划鱼时,嫌这条分量重了又嫌那条轻了,把春树气得啪地把鱼扔到水里:"咋划呀,你说咋划呀?就这样儿划!"那驴儿咯噔不言语了。春树唰地变了态度:"你放心吧,我们不欺负你,说斤半往上,决不会出现斤半向下的。"临走时,驴儿出乎意料地冲春树一竖大拇指:"今天的事情办得漂亮!"恰逢这时老七来了一句:"瞅他刚才那德行,恨不得拿大砖头子拍他!"因为这个,老七与那驴儿争执起来,还差一点打架呢!又是春树把这事儿平息了。如今两个人成了朋友:这叫啥事儿啊?

到了渔场竞标的日子了,侄女打电话告诉春树:"把人找齐,把网收拾好。"春树的心激动起来,潮水一样催着他在自家门口出来进去,恨不得马上就恢复成网头的身份,春树的手开始哆嗦,面目绯红,四下望望没有人注意他,心头又是一阵窃喜:老七呀——

你别着急，这个网头早晚是你的！春树的嘴唇在颤抖，他猛吸了好几口长气，才控制住自己，春树心说，至于的嘛！春树的女人走过来提醒他："春树，你咋还不叫那些队员过来拾掇鱼网。"春树这才如梦方醒，跑到屋里一个接一个给队员们打电话，当然没叫老七，直觉告诉春树过不多久老七肯定回来！

春树用三马车把鱼网拉到村头儿的空场上，春树的女人也纫上针和队员们一起补网。春树掐着腰环视那些散布在鱼网上的队员：贫嘴张松、傻小六儿……噢，你们俩也回来了，听说这俩小子不好摆弄，不过我准能把他俩调教得服服帖帖，你老七哪会做网头！春树越想越得意，把两只手又插到裤兜里，清了清嗓子："大伙紧点儿手儿啊，争取晌午完活儿，中午咱们到饭店喝酒！下午我还要打的去我侄女的渔场遛遛。看看那里到底有多少个鱼坑，是属于地上坑还是地下坑，每个坑喂鱼的食台应该搭在哪儿……这些都得弄清，没办法，谁让到了下午这个渔场就是我们的啦！"队员们听后嘿嘿地笑。

人们一边补网一边瞎聊，就有队员问春树："老七找没找过小姐？"春树毫不犹豫地说，那当然了！我还知道老七这个人儿——同他说他，同她说她，有啥劲呢！队员们就附和，对，没劲！

春树的女人拔下针："好了，你们去饭馆吧。"春树说你也去吧。女人摇摇头："我也不会喝酒，还是回家吃吧，连听听电话。"春树摆了摆手，显得胸有成竹："不用听啊，还不是板上钉钉的事！"

那一顿饭，春树足足花了300多块钱，看到队员们一个个喝得美滋滋的样子，春树心说，值！春树的女人鬼鬼祟祟地回来了，把春树叫到一个没人的地方，小声儿说，坏了……标被一个东北老客拿到了。春树对那老客并不陌生，就是总和老七出来进去的那个驴儿，那时春树应该能看出点破绽的，都愿自己被美梦冲昏了头！不过人家一掏就是几百万，在这个地方那简直就是天价！春树的侄女就是砸锅卖铁也凑不齐。春树的女人还很神秘地告诉春树："那天给你煮鸡蛋的时候，我看到老七媳妇的俩眼真的在转呢！"春树说，去去去，那我也看了呢！都是事后诸葛亮。

一辆红旗轿车停在饭店门口，司机一下来就说，春树头子，该去渔场了。春树拼命揉着发胀的脑门，神态极其沮丧。春树的女人冲司机一摆手："我们不去了，你回去吧。"司机眼眉一挑："啥——回去？为了你这趟活儿，我把别的活儿都撂了！"酒足饭饱的队员们走出来，一个个不知所措地站在那里。春树一咬牙："不就是钱嘛，给你！"说完由兜里掏出200块钱，丢给司机。司机拣起钱："50块就够了。"把剩下的150块递到女人手里。然后手攥着50块钱，迟疑了一下："算了算了，只当自己给自己放假了。"春树一听就急了，由女人手里抢过150块钱塞给司机："把网给我装车上！"司机显得很惊讶："用这红旗轿车给你装网？你那辆三马车装啥？"春树由附近的柴禾垛抱起一捆干柴向三马车里一摔："装柴禾！"司机把钱塞进裤兜："好，装就装！"春树抱起一截鱼网就往上装，还没弄清咋回事儿的队员们，七手八脚地跟着春树忙活。司机抢到最后一截，就像抱起一条龙尾，整条龙被盘进了车里。春树说："走，渔场！"

红旗轿车一路风尘到了渔场，春树下了车，没向周围看上一眼，吩咐队员们卸网，然后把网抻成了长龙形状。春树由三马车里抱来一抱干柴，撒在网头，掏出打火机点燃干柴，腾地窜起一团烈焰，那些干柴并不禁烧，不一会儿灰烬被风吹散，鱼网便接着燃烧，春树感到那是在烧自己的肉。忽然一个人向这边冲来，速度奇快，看不清面目。他纵身扑到网上，身子在上面来回翻滚着，顷刻就压灭了火，等他起来，人们才看清这个黑乎乎的散发着绞丝味儿的人竟是老七。春树简直就像根木头没有反应。老七却变成了一个怪物，冲春树吼，我不要谁也得要你张春树！你咋不想想你带了我那么多年，我能忘记吗？！这么大一个渔场，能离开你张春树吗？！春树觉得心头有一团热气在拱动，即将丢失的生命在慢慢复苏，眼泪唰地涌出来："老七啊，你为啥总和我作对呢？"老七变得委屈起来，两行黑色的液体顺面颊流动，他也哭了："我只想让这些队员过得更好些。"队员们异口同声："头子，过来干吧。"春树冲他们尴尬地笑笑。

天才蒙蒙亮，春树就起来了，他想继续粘他的鱼，只不过这次可不是闹着玩了，春树要郑重其事地，把它当成养家糊口的差使喽！

由他推车出来的那一刻，就觉得身后有一个人影跟着，春树也没去理他。到了河边，春树不慌不忙地穿上皮衩，把皮圈夹在腋下，"嗵"地一声将皮圈抛进水里，然后骑在上面，背着对岸滑行，今天他不想这么快地把网下完，觉得自己被水气包裹着的感觉真好！水面周围响起的咚咚的声音，要是在以前，春树会觉得这些声音很吓人，便本能地划动皮圈向岸边靠去。可是今天他没动，他侧耳倾听，仿佛这个声音并不是由水底迸发出来的，而是从天而落的，想到会由天上传来声音给他听，春树就非常兴奋，他不禁抬头仰望天空，可是今天的水汽真是太浓重了，阻碍着他的视线。可是他还是竭力睁大眼睛，试图能划破这片苍茫。不知是谁给了他这份力量，一些金星银星般的零碎光件指引他看破了迷茫。然而那上面并没有啥物件存在，并不像他先前想象到的：那些和他一样受了委屈或丢了脸面，自以为在地上无法躲闪的人来逃避的地方。如果有，他们也不过要化成水，然后变成水汽，一点点飘散到天上去，变成形状不一的云，游魂一样，眨着空泛的眼睛，盯着人间的万物悔恨……

起风了，包裹着春树身体的水汽提高了升空的速度，很快就把个春树赤裸裸地暴露在水中央了。由于在水中停留太久的缘故，春树的两条腿几乎僵硬了，很难划动皮圈了。此时沙尘已经向他袭来，仿若还夹杂着龙卷风的影子，春树的身体渐渐失去平衡，他惊恐地想：自己马上就会像这些水汽一样被吸到天上去吗？不！天上有啥好的？完全是那种轻飘飘的没着没落的感觉。不过此时春树似乎无法抗拒上天的强请，就在拼命的挣扎之中，听到岸上突突突地柴油机的声响，春树拼命向岸上划，那一天春树看到了平生最为壮观的一幕：所有的鱼坑都在打网，所有的网队都来了。春树撒下粘网，欣喜地来到他们中间，然而没人理睬他，把他仿佛就看成了一粒游走的灵魂。春树发现许多破绽：他们在偷懒，他们在对付……几百亩的鱼坑竟打不上几个鱼？春树冲他们喊，他们装作没听到，最后终于有一个人高声提议："还是叫张春树来吧！"春树心里一阵狂喜，竟醒了，春树在心里一个劲儿诅咒：一个鱼也不要打上来！

嗵！春树头朝下栽进水里了。

春树睁开眼，看到蹲在一边的傻小六的身上直滴答水："是你救的我？"傻小六一边点头，一边擦眼泪："二大爷，老七不要我了。"春树拉起小六的手："走，跟我找他去！"半路上有些人好心劝他："这傻小子到哪都会坏事，有他在都会影响咱们的活计。"春树说："给他找点力气活干吧，你没看到他装大车时的那股子冲劲儿？那家伙真是一个顶俩呢！"又有一个阴阳怪气儿地说："连你都自身难保了，还顾及上一个傻子？"春树心里的火儿"腾"地撞到脑门子："你算个啥屁？！"春树拽着傻小六找到老七家，冲老七大吼，你不要他，就——不——行！事后连春树自己都纳闷：凭啥冲人家发火呢？春树苦想了一阵，在心里就有了一个或多个理由，长了翅膀似地飞来飞去。

傍晚，春树躺下来，眼望着玻璃窗，傻小六在外面敲了几下："二大爷，老七让我告诉您一声儿，他肯要我了……"春树的心事一层层一串串涌上来，倏忽化成无数盏形状各异的灯，说也巧，在这个时候天也随之黑下来，那些灯的精亮的影子就逃到窗外去了，神气活现地随意伫在屋顶，挂在树梢，悬在半空了……一个孩子光着小脚丫，踩着冰凉的地板，追了出去，可是他啥也没看到。他站在那想了想，就把头探进花丛里，将手伸进水缸中，那些可恶的灯影到底躲到哪里了？他沮丧地回来，悄悄地趴在窗口向外窥视。它们又在眼前活灵活现呢！又有一个孩子跑了出去，抱着那棵小树拼命地晃，直到自己的额头浸出汗水，才跑回来。看到伙伴嘎嘎地笑，他向外一望，灯影完好无缺，他真傻，灯影这东西咋能被他摇碎呢？以后春树常常会做这样的梦，每次醒来，春树都喜欢把梦里的两个孩子，一个叫春树；一个叫老七。

天人的**眼泪**

／甄建波

　　健生上高中时夸下海口：大学稳拿。看来真应了那句话：吹得忽悠忽悠的，摔得吧唧吧唧的，最终跟着他爸春树出坑打网。

　　张春树那是人们公认的鱼鹰子，可他现在老了，拉不起个网队了。雪夜，张春树睁眼闭眼睡不着觉，想到窗外那挂赋了闲的大包网，被冻得像橛子一样，春树辗转反侧。健生看透爸的心思，知道爸心疼这网，心想：宁可人烂掉，也不能让网糟喽！健生的眼前闪出一道奇景：拐子、老七、白鲢、张松、傻小六、大花头，轮番登场。这些个玩意儿也知不道从哪儿划拉来的锣鼓，他们换着花样儿敲打家伙点儿，变着法儿哄健生高兴。是哪一个瞎说：人、鱼、水不能玩儿到一块儿？那几样鱼连蹿带蹦，嗵嗵的水声儿，像蜜一样灌进健生心里。健生再也忍不住了，我要替爸重打鼓，另开张！

　　可是现在网队有的是，原来爸那些手下整天背着个尼龙袋子，今儿跟这拨儿，明儿跟那拨儿，没有固定的窝儿啊，哪活儿多谁给的钱多就跟谁干，野惯了，还能叫得回来吗？最发愁的还是活儿，那些老主顾们能认他这个小字辈儿吗？健生打听过了，现在的工钱可是一天七十块钱呢，自己能张开嘴吗？一连串儿的问号儿让健生犹豫不决。

　　健生想到自己的一个同学，她开着罐头厂还有饲料厂，两个厂子都是弄吃的东西，不同的是一个给人吃的，另一个给鱼吃的，挺能耐。想到这儿，健生心里点亮了一盏灯：对呀，这眼下最发愁的就是没活儿干，找她肯定行！听说，很多鱼坑都吃她的料呢，她一拍板儿，就这么地了！那还真就这么地了。

雪路上，老七开着健生的三马车，在网队有个不成文的规定：谁开车谁就是网头谁就得拿撮。即便健生能开出花样儿来，今天也得让给老七开。健生心里有一点兴奋又有一点害羞，毕竟不像以前，十儿五儿地跟他们出一次坑，如今可是正经把本儿的买卖了，况且还有一个使命在心里装着呢！刚出村时，他见到那位女同学了，她就由车里瞄了健生一眼，健生就挂不住脸儿了，还以为人家是在笑话自己呢。可又一想，出坑打网有啥寒碜的？不就是泥水浆汤的活儿嘛，和她有啥关系呀？我又不想和她搞对象。健生昂起头，看着漫天挥洒的大雪，拍得人连眼睛都睁不开了，还有谁注意到自己呢。

三马车终于到了目的地。队员们由车上下来，伸伸胳膊、抻抻腿儿。健生找个背角儿的地方痛痛快快尿了泡尿，一抬头，把健生吓了一大跳，有一个女的拎着鞭子正盯着自己看呢。健生慌忙系好裤子。心说，这个毛丫头，模样儿长得还挺俊，就是不是啥好东西。毛丫头咯儿咯儿一乐，轰着一身雪的羊群走了。健生问了一句："那么一大堆羊，有多少呀？"毛丫头回了一句："九十九只呢！"健生心话儿："算上你正好一百只。"毛丫头一下成为健生心中的第一百只羊了，瞬间就由放羊的人变成被放的羊，只能永远永远地跟在那九十九只的后面。但那洁白的雪落到她身上时，偏闪现出光亮，健生渐渐模糊了好女孩儿和坏女孩儿之间的样子。健生注意到，这九十九只羊常常挨毛丫头的鞭子，开始健生还嫌毛丫头手狠，后来一想，不打它们也不行，那么一大堆羊行走在雪地上，嘴却不闲着，一个劲儿地拱着积雪，扫荡似地胡乱屠戮盖在里面的麦苗儿，毛丫头手狠一下总比良心上发狠强得多。

　　健生问老七："七叔，咱们下网吧。"老七拍拍身上的雪说："东家还没来呢，咱们着啥急，再说了，这万事不由东，累死也无功。"健生脸一红，觉得老七说得对。脚下一片片的玉米茬，早已经被雪覆盖了，健生走在上面，发出咔咔的声响。玉米地旁边是一条五米多宽，二百多米长的水渠，厚厚的冰托着一层白雪，想必就是今天要出的鱼坑了，现在的人就是能，一个小破渠沟子就能养鱼挣钱。健生扭头向回望了一眼，老七和队员们拿出事先准备好的塑料布，用插网箱的竹竿支起来，躲进里面。健生也想过去，毕竟雪势太猛了。可又一想，和那帮人在一起，除了聊闲天儿就是胡说八道，自己又不会这一套，过去也是挨琢磨的份儿，还不如在雪地里溜达溜达呢。

　　不知不觉就撞到那土坡了，敢情还挺高，健生爬上它就像登山一样费劲儿。坡上面是一溜儿大树，被雪抱着，舒展不开，可也受了点化，奇形怪状。"咩——咩——"毛丫头赶着羊群过来了。由于先前出现过对她的幻想，健生慌得低了头，只感到脚下有一团团白云在飘过，闪着亮光的那朵留在健生身边，当然是毛丫头了，她将鞭子甩出脆响，地上的雪被抽出一道道沟，像伤口一样，不过漫天的雪很快就将它们愈合了。想必她也没啥恶意，本来云和雪就不分家嘛。毛丫头说话了："你还不快去打网！"健生说："我转转就不行了？"毛丫头用鞭子一指，"你看，他们都在下网了。"健生一回头，可不是，那些小人影儿都开始忙活了。健生心里一急，毛丫头由后面推了一把健生，健生由高坡上一下子出溜下去，健生爬起来，真想冲上去揍她一顿，心话儿：招你惹你了？

　　看见健生，老七把眼珠子一瞪，快穿杈。健生心里一急，看到老七他们被棕色皮袄包裹着，活脱脱一群日本鬼子，想想自己即将成为日本鬼子了脸羞得通红通红的。由于还不是那么得劲儿，所以还很笨，是几个人帮他穿的。开始凉飕飕地不舒服，后来就暖和多了，健生扫了四周一眼，见人们没有注意自己，就安下心来，就是那个毛丫头也知不道啥时候跑来的："呵呵，瞅这个人儿呐，连袄都不会穿，还舔着脸子打鱼呢！"一句话把健生的自信打回老家。健生想和她急，被老七劝住了，"健生，咱们出来干活的，别惹事儿！再说了，那不一眼就能看出她不是啥鬼人儿嘛。"健生一想：还真是，鬼的，谁说这些话呀？健生脚跟一滑，滑进渠里。这时队员们开始系网绳，顺竹竿，开冰眼，看着伙伴们忙得不亦乐乎，却没人理他，健生就问老七："七叔，我干点啥？"老七说："你去清雪，看见了吗，把东家手里的推板要来，贴着两个岸边，一边推出一道跟推板宽的雪道，也不用着急，供上我们闯竿儿就行了，快去。"健生爽快地答应了。健生走到岸边，还没等他张嘴说话呢，毛丫头把推板扔到了他眼前，健生真想踹那推板两脚，就如同踹了那毛丫头般解气。他头也没抬，捡起推板，呼呼地向前推去，雪旋风般地卷向两边。健生觉出脚下又滑又硬。"回来！回来！错了！"健生不情愿地停下来，回头一看，脑袋嗡地一声，臊得脸通红，几乎都把脚下的雪影红了。当时只顾生气了，把方向弄反了。毛丫头笑得前仰后合，健生拽着推板蔫头耷脑地向回走，他感到所有的人都在盯着他，嘲笑他，老七板着脸："咱想啥呢，没看儿在哪下网啊。"健生问："为啥不由头儿下？"老七气得一乐，还反理儿？你真是啥也不知道，你看看你后面，不扎着截网呢吗？只不过渠里的那节已经糟了，网线都折了，贴在水面上，一上冻就手儿就被冻在里面了。健生无话可说了，冷冷地看了看岸上的毛丫头……没等网拉到头儿，健生已经把两边的雪道推出来了，擦擦汗，看看天，雪已经停了，天上慢慢晃起了日头影儿。无所事事的健生跑到闯竿的老七跟前，"七叔，让我试试。"老七说："试啥，试也不会！""您让我试试，准会！"说这些话时，健生的心理已经崩溃了，他心想，会不会已经不太重要，能摸着竿就是胜利。他替老七倒起一节胶丝绳儿，这次他没轻易动手，而是小心地向岸上瞅瞅，见到东家领着几个人一边走一边商量着啥事情，倒是那毛丫头不错眼珠地盯着他，健生心话儿，嘿，爱啥啥，反正已经把眼现到家了。想完，使劲一抻细绳儿，又一撒手，竹篙一动没动。健生傻了，彻底傻了，自己咋就这么笨呢？这一次他又只能等着毛丫头的讥讽了。奇怪的是岸上静得很。她没笑，只是呆呆地望着他，张健生你笨到家了。健生替毛丫头都想好话了。老七说："不算啥，慢慢学着。在家你没看到你爸咋做竹篙的？"健生想了想，好像是用火筷子穿了几个眼，最后在离竹篙后屁股一两米处拴的胶丝绳。老七说，对呀，你看水里的竹篙。其实，从这一刻起，健生才注意到洁白的水面下，那根黄色的竹篙。老七说："你看着，先把绳子撺紧，再来回儿悠它几下，然后慢慢放绳。"健生看到竹篙在水里晃了几下就不见。咋看不着了呢？老七说："看我后面。"没等健生看清，就听老七喊了一嗓子："走——你的吧！"健生似乎听到水面唰儿的一声，抱镩的张松早已守在前面十几米的地方。噌噌五六下，就镩出一个小圆眼儿，不大不小，刚好能下去手。张松外号叫"贫嘴"，他一指健生，过来"雏儿"把绳子揎出来。健生不在意他咋说，赶忙跑过去，伸手去掏竹篙，刚好撺到胶丝绳儿，麻利地将它倒出来，引出那条又粗又长的网绳。这时，老七、张松、傻小六……都围过来拉网。健生双手握网绳，刚一用力，整个人就滑倒在岸边，一屁股坐到荒草上。张松说："拉网不带祥，就等于大姑娘出门子不带——那个。哎哟！"张松疼得一哆嗦。岸上的毛丫头将一块冻得结结实实的土坷垃拽到张松身上。张松呲着牙："就看你在岸上，才没说呢，可又不是说你。"毛丫头嘴不让人："岸上就我一个女的，再说了，你说谁也不行，谁也不行！哎哟，我的羊咋没了。"这回轮到健生笑了，没笑几声，就替毛丫头想：羊会跑到哪呢？傻小六不停地追问张松："那个是哪个呀？"老七说："打听啥，给我拉网。"

师傅们先歇歇，吃饭了。健生一抬头，白花花的日头已经追到头顶了。健生问老七："这不快到头了吗，到头出完网再吃吧。"老七低声说："你傻呀，这点活儿，特别是这家儿，我想半晌完就半晌完，可人家只给你半晌的钱，你说咱们大老远跑出来，不磨蹭磨蹭拿个整工钱回去，对不起你爸和弟兄们。"健生的火儿噌地撞到脑门了，记得临来时，爸嘱咐过："盯着点，能半天完就别给人家磨蹭到一天，否则，下次人家有活儿也不会想着咱们了。"爸的话给健生打了一剂壮胆针，健生把手一挥，不行，干完活再吃饭！所有的人都一愣，张松、傻小六等人想上岸又不敢上岸，都转过头儿看老七。老七的脸色铁青铁青的："这儿还轮不到你念声儿呢，别听他的，上岸，吃饭！"健生心里怦怦跳成一团："我爸说了，能一天干完的活，咋非得就干一天呢？"岸上的人交头接耳，哦，原来那位是少网头啊。还真有点春树头子的架势。老七褪下拉网的祥："脱衪！先吃饭，只要回去他爸嗔着，我就不干了。再说了，他要不上家里找我，我还不来呢。在哪儿个网队不挣七八十的。"健生顶了一句："那你还干啥来？"老七说："你这孩子咋这样儿说话呢？你信不信，我这儿掏出手机，还不用死白咧张罗，那些网队就得抢着要我？"健生心想：你就吹吧。我爸早就把老底告诉我了，你们几个在各家网队都是"替补"，除非人手儿实在不够用的时候，才找你们。可这话都到了嗓子眼儿，又咽回去了，说那干啥。岸上的东家赔起笑脸："老七别跟孩子置气呀，来来来，少网头，你也上来，先吃饭，误不了干活。"饭是一成不变的大饼榨菜，筋连筋的火腿肠儿，外加一壶东北大高粱酒。老七坐在一旁，饼都没吃，只喝闷酒。张松、傻小六他们在分火腿肠儿，他们每人攥两节儿，使劲拉扯。老七说："快吃快喝快干活！不这样，咱哥几个饭碗就砸了。"健生坐在雪地上，有些不知所措。吃的都在他们几个人手里，明明肚子饿得呱呱叫，也不好意思去他们那里要。这时他竟冒出个莫名其妙的想法来，想毛丫头了。他盼着毛丫头能朝自己身上狠抽几鞭，他坚信那股疼痛一定会化成一股强大的力量，足可以震慑住老七他们。那位赶着一大堆洁白的羊的毛丫头啊，竟成为健生心中壮胆的神。毛丫头真的回来了，低着头，头发上雪已经化成水，把头发打成一绺一绺的，显然是找羊时累的。坑主问她："羊找到了吗？"毛丫头说："丢了！"语气挺横的。坑主过来就扇了她一个嘴巴，健生觉得自己脸上也在疼。坑主说："傻玩意儿，还不去找！"毛丫头说："我就不去！丢给谁不都是早晚吃羊肉嘛！"健生对老板说："我跟她去找吧。"老板说："不用了，我这个丫头啊——就有点那个。"噢，敢情是爷俩呀。毛丫头看了一眼健生，抹着眼泪去找羊了。傻小六儿凑过来："健生，那个女的到底有点哪个呀？"健生说："有点儿和你一样！"

老七走过来，像换了个人儿，把夹着榨菜的大饼塞到健生手中，替他倒了一点酒，"来，咱爷俩喝一口。"健生本来不想理他了，可被老七这儿一哄，心就软了，端起碗与老七碰了一个响儿。

张松他们也围上来，来吃、喝。刚才的事情就过去了，被他们这一劝，健生忽然觉得眼前的这些人都成了可怜人。

　　上网了，噼噼啪啪的鞭炮声响彻荒野。东家急得像热锅上的蚂蚁，围着渠边团团转，眼神中充满了期盼。上网的冰眼刚一打开，白沫就扑扑冒上来，一股恶臭冲出水面。健生对哇哇吐个不止的老七说："七叔，还不如听我的，这刚吃下去就存不住了吧。"老七又是脓鼻子又是眼泪，真不如听你的了。网被拉出水面，一紧网，白花花的白鲢鼓着凝固的眼睛，安静地飘出水面。健生说，东家，埋哪呀？等候在一旁的拉鱼的撅着嘴，准备发动车了。东家一摆手，有气无力地说，先等等行吧。我给罐头厂打个电话。健生一激灵，哪的罐头厂？老板没理他。健生心说，你给谁打也不管用啊。东家一边打一边走，离这里越来越远，好像有啥背人儿话似的。老七说，先把网撒了吧，死鱼跑不了的。队员们撒了网坐在岸上听话儿。东家村里的人对着死鱼指手画脚。健生把眼神投向灵河的方向，不知道毛丫头找到羊没有？

　　埋吧！不知是谁喊了一声。队员们挖坑儿的挖坑儿，抬鱼的抬鱼，大概两千多斤死白鲢被入了葬。傻小六儿真傻，来了句："还哭几声儿吗？"所有人都狠狠瞪了他一眼。老七一边张罗着装网，一边和健生商量："生子，去跟老板算账去。"健生说："我哪会算账啊。"老七搂着健生的脖子，走出一段距离："健生啊，不是我捉弄你，你看这架势，我跟坑主都是熟头熟脑的，这要是一网活鱼还好说，眼下你说，他赔了个大窟窿，可咱们也是只着卖力气吃饭的，也不能因为他死了鱼，工钱就少要啊，所以只有你去合适了。"健生说："我不去，我不知道咋说。"老七说："该咋说咋说，再说了，你早晚得在网队拿撬，趁机会锻炼锻炼。"这话说得健生心里热乎乎的。"那好，我去！"搪开老七的胳膊转身就走。老七抻长脖子，捏着声儿在后面嘱咐，千万别少算。健生心话，谁去由谁！健生走到东家跟前，脑子突然一片空白。东家可怜巴巴地坐在雪地上，毛丫头搂着他的脖子，身后是一大堆羊。见健生过来，冷冷地说："爸，打网的来算账了。"健生心说，咋说的这难听啊，啥叫打网的？我们刚来的时候，都管我们叫打网的师傅呢，又一想，打网的就打网的了。本来就是嘛。健生把腰板挺了挺，老板，把我们的账算了吧。老板问："要多少？"健生还是想了想，然后又回头看了看老七，老七正冲自己挤眉弄眼的呢。样子让人恶心。健生说："也别给全工了，我爸说过，全工是七十块钱，今天每人给五十块钱得了。"老板说："全不全工的不管事儿，然后指了指自己的兜儿，随便拿。"健生心说，我好心好意的，你还满不在乎。毛丫头掏出钱，看了看人数，老板叮嘱，别把人数数多喽。健生心里一哼：还老板呢！毛丫头将钱如数给了健生。健生张了张嘴，还想说些啥，老板的手机响了……

健生将钱交给老七，老七点了点，脸蛋子当时就耷拉下来了，"你咋就真不听话呢？我告诉你多少回了，别少算，别少算，再说了，你少算就管啥事儿了吗？"健生开始还能听进老七呲哒，渐渐地就觉得这苍茫之中就只有老七这一张能嘴了。"有本事你要去，你要一百万才好呢！"忍无可忍的健生开始向老七吼，所有的人都惊呆了，包括毛丫头。老七的一张嘴算是闭上了，哆嗦了几下，开始分钱。一边分一边说："弟兄们，对不起了，怨我没本事，就这些了。下次啊，谁爱来谁来，我也不管了。"队员们说："算了，算了，也就算不少了。""给，你的车、网、人的三份工钱。"健生像抢一样将钱放进口兜。"老七！"健生头一次直呼老七的名字。"你要嫌少，下次就别来了，你没必要说风凉话，再少有你算来的一个子儿还是两个子儿？""我揍你个混蛋玩意儿！"老七攥紧拳头想打健生。健生把脖子一抻，"谁不打，谁就不是人揍的！"队员呼啦围过来，"别闹了，别闹了，东家这儿本来就烦着呢，咱就别再添乱了。网也装好了，咱们赶紧家走吧"。

这时东家像触了电一样，"别走别走"。说着拦在他们前面。那边来信了，说罐头厂肯收我的鱼。健生问："死的也要？"老板说："死的也要。他们说了，只要经过高温处理，跟活的一样！哥几个再受点累，把鱼都给我咋埋的咋刨出来！工钱加倍！"老板竟冲他们掐起腰儿来了。老七终于找到台阶下："快快快，赶紧刨啊！"健生一想那堆白花花的死鱼就想吐，所以没动地儿。老七也不管他，领着其他人向那个土包冲去。毛丫头走过来，一脸的可怜相儿，"哥"。把健生叫得一愣，魂儿都被叫飞了，也知不道是吓得还是咋的。"干啥？""你说，这鱼做了罐头不会吃坏人吧。"健生说："能不吃坏吗？"毛丫头急了："那你快跟我爸说说，别卖了！"东家奔过来，扇了毛丫头一个大嘴巴。"你瞎说啥！放羊去！"健生心话，这可是毛丫头挨的第二次耳光了。再傻也不能老这样打呀。老板一指健生："你咋回事儿，不干活啊，我可是花钱雇你们来的！"健生咬了咬牙："谁稀罕你那臭钱！再告诉你，就别费劲了，我想让你卖掉就卖掉，不想让你卖掉就卖不掉。说完冲队员们一挥手，走，家走了，不干了！"老七说："别理他，神经病！"

此时的雪又飘下来，冰冷的雪花打在健生的脸上，暖融融的，健生自言自语，雪是老天爷在处罚天上的人时，让他们落下的眼泪，既然是天人的眼泪，落到人间，就本该是温暖的，可偏有许多人感觉不出来。可是老天爷究竟是为啥非把天人弄哭呢？又为啥偏偏选在冬天呢？为啥？毛丫头说，因为根本就没有这些个因为啊，所以这些个所以也就是人们胡思乱想出来的呀……这个毛丫头，傻得聪明。毛丫头赶着她的羊走了，看来，她再不想看谁的热闹了。健生也不再管老七他们了，心说，就瞎折腾吧，早晚会——。健生默默地跟在毛丫头的身后，感到心里挺热乎的。又到了那滑溜的土坡底下，健生问："这回你还推我吗？"毛丫头呲牙一乐，露出两排洁白的牙齿，她轻轻捶了健生一拳头，"人家不凶了还不行吗？"伸出手拉着健生的手，两个人一起爬上土坡。"健生，你说我傻吗？"健生摇摇头，"其实你鬼着呢，真的！"说完，健生鼻子一酸哭了。毛丫头慌忙问："哭啥？"健生说："我才傻呢，刚才我给同学打电话了，果然是她收的你们家的死鱼……"毛丫头为健生擦去眼泪，就坐在堤坡儿上，望着一望无际的白茫茫世界。突然，毛丫头将手指向远方，"你看，健生，远处还有很多渠沟呢。"健生顺着望去，"你可别说那里面也有很多死鱼？"毛丫头点点头，我用砖头砸开过了，比刚才这个坑的鱼还臭呢。健生说："我给同学发条短信。"毛丫头凑过来看：再收臭鱼我就去告你！健生狠狠地念出声儿。毛丫头说，给我爸也发一条吧。发啥？毛丫头也狠狠地说："再卖臭鱼我就拿鞭子抽死你！"那股大义灭亲的豪气直冲云霄。

鲶鱼效应

/ 甄建波

　　那鱼叫不叫胡子鲶并不重要，反正长着长长的胡须，硬硬的刺儿，网队的人一碰，它就把刺儿竖起来，狠狠地扎进肉里。挑一个皮糙肉厚的人去抓，也照样挨扎，还直拿眼珠子瞪他！急得拉鱼的人嚷着要回去。鱼坑的主人气得骂大街："孬种！一群大活人愣让几条鲶鱼给制住了！"燥坏了网头春树。关键时刻，年胡子跳进水里，鲶鱼们一下子就松了，刺儿变成海绵做的了，眼都不睁了，任凭年胡子一捧一捧地往筐里装。拉鱼的乐了，忙着发动鱼车。坑主咬牙切齿，看样子恨得要命。春树的眼前一亮，非跟坑主要年胡子不可，坑主说："那小子是贼！他总偷我的鱼，这次送上门儿了，说啥也不能给你，等装完车，我就把他给派出所。"春树死磨硬泡，甭管咋着，人家这次算是赎罪了。

　　春树冒着包庇的罪名收留了年胡子，自然有他的用意。原因有三：一是网队从前的头号红人儿老七老了，干活儿像油条一样贼滑贼滑，春树早不想要他了，况且老七自己也不想再为网队冲锋陷阵了，而且居然还和自己顶嘴，骂春树不是个好东西，春树说："你快滚蛋吧，省得你自己往后连个东西都成不了。"春树犯急，就想另外物色一个人代替老七，年胡子血气方刚，干活儿不会偷奸耍滑，顶替老七不成问题。二是想把他多年来自创的压箱底儿的绝招传给他，即便以后年胡子不在我这儿干了，可走到哪儿他不还得说本事是我春树传的。三是嘛……这个最不好说，自己的闺女在开发区的一家公司上班，对象是老七的儿子，如今跟老七掰了，这门婚事基本上算是吹了。如果她同意，能招年胡子做个上门女婿，这小子不就成了张家的摇钱树了吗。想到这儿，激荡在春树心中无穷无尽的欲望，赶走了来自于同行间竞争时的威胁和恐惧，仿佛打开天眼，看到全世界的网队都在向他伸手讨活儿，向他顶礼膜拜，他风光无限，春树网队迎来了黄金时代！

脱下贼皮的年胡子对这份意外的惊喜心存怀疑，心话儿，我这贼里不要的主儿还看不透你的心思。于是，凡事都做得谨慎，做得都随春树的愿，一年下来，成为网队的骨干，成功地扮演着老七的角色，自然网队的大大小小的问题都一一暴露在他眼前，他琢磨着趁年轻力壮，我就给你造反，决不允许老七的事情在自己身上重演。当然，自己也希望事情并不像想象得那么糟糕，巴不得过上美好的生活。于是不失时机地向春树表明"倒插门"的心愿，春树虽然有点不舒服，可又怕放跑了这条鲶鱼，就把这事跟闺女桂静说了，桂静说让我考虑考虑，春树告诉年胡子，婚事没问题。桂静模样长得俊俏，又是公司的技术骨干，同龄人竞相追逐。可是这姑娘天生心野，听说老板要在内蒙古开分厂，就盘算着去内蒙古，可是去分厂之前必须要到国外培训，招来老七家的不满，在这之前两家就把婚期谈妥了，可是培训的日子正在婚期里，桂静心里一团乱麻，跟找上门来的老七儿子吵得和热窑似的，"你小子真没有主心骨儿，两个老家伙闹臭了，跟咱俩有啥关系？"年胡子瞅准时机，演了一把小人的角色，给两家火上浇油，"我说桂静，人家哪是怕婚期呀，人家是怕你培训回来万一做了官儿再把人家甩了咋办？"桂静说我还就把他甩了。年胡子赶紧给老七家递话儿，老七一听这信儿，感到桂静的性子真随春树，过门来也不好摆布，净生点子王八气，干脆散了吧。桂静心里空荡了好一阵子，到内蒙发展的决心更大了。年胡子也怕桂静会远走高飞，千方百计哄她开心。特别是年胡子老家是内蒙古的，可当地人到底咋样，咋样才能处好关系，不用翻书、查电脑，年胡子就是现成的教科书，这才是桂静暂时接受年胡子的真正用意。可是这些心机逃不过年胡子的心眼儿，心话儿就你那点儿小九九儿还跟我使！年胡子对桂静慢慢死心了，心思就集中在咋样儿能当上网头的问题上来，但是表面上却很慷慨，将大草原的故事统统讲给她听，将大草原的舞蹈统统跳给她看，将大草原人的为人统统介绍给她。桂静开始表现得很有风度，不失时机地给年胡子赞许，最后，到了年胡子只能反复讲的时候，桂静变得贪婪了，一门心思地想从年胡子身上搜刮到深层次的东西，对她有用的东西，可是此时的年胡子已经显得江郎才尽了，他是故意的，他知道的事情还多着呢，远远超过一千零一夜，然而，他看出桂静的所谓野心不过是急功近利的渺小而又俗不可耐，他开始讨厌这个女人！特别是当春树一家人外出旅游时，年胡子总是故意落在后面。他感到无论咋努力，也不能融进这家人。也许这就是命运。同时，年胡子觉得在心中有一股潜意识，他开始恨这一家子人，觉得一旦自己没用了，这家人会抛弃他的。后来年胡子跟桂静的事儿黄了，即便是在桂静去内蒙古工作的时候他都没过问。因为他觉得自己的野心要远远超过桂静甚至是春树。他不敢说他的抱负是为大众谋福利的，但也至少是为全天下打网人着想的，至少张春树没这么想过，他要在春树狭隘的思想上狠扎一下。为实现这愿望，年胡子将春树心里想的前两条儿做得更加完美。他要用实际行动来征服网队和春树，来为自己顺顺当当地实现愿望铺平道路。

终于有一天，春树到坑边儿跟他谈这事儿了。年胡子说："要让我当网头就得改革。"改革？春树问咋改？年胡子说："工钱我说了算，人员我来定，渔网一定换！"春树说："我看你是反了，告诉你没门儿！"年胡子向春树亮出硬刺儿，开始造反，对这个为自己扒去贼皮的人发起攻击，"先说工钱吧，要得太少，和咱们受的累不成正比，尤其是你这个网头，五块钱你都挣，你替大伙儿想过没有，现在都啥年代了，出来一天为的是啥？你还穷掰扯：就打上一筐鱼，还不够工钱呢，咋跟人家多要呢？你是发扬了风格，让大伙跟着吃亏，就这一条你早该退位！"春树美滋儿滋儿听着，心想，以后由你带头了，你小子要座金山才好呢！"接着说啊。"年胡子一看没扎疼春树，干脆就把刺儿往骨头里钻，"春树，看你一直以来干的蠢事，啥拴砖头、踩网绠、趟烂泥……以后统统扔掉！"年胡子说的这些都是让春树网队扬名的光荣传统，也是网头春树创立的独门功夫，一直以来，春树非常以此自豪，迫切地希望保持这种光荣万世不朽！春树美不起来了，脸蛋子拉得像驴脸一样寒碜。年胡子再不想给春树留一丁点儿的面子，"我说换网，换的是电网，不用人拉，电不坏鱼。再配上自动化的设备：电子泵称分量，传送带装鱼车……基本用不了几个人儿。"春树听得头发晕，只觉得一只鲶鱼嘴在蠕动，不停地往外喷白沫儿。春树对年胡子肆无忌惮的讽刺、奚落忍无可忍，感觉就像让胡子鲶锋利而又毒性十足的硬刺给戳了一下，颤抖着身子，你干不干，不干滚蛋！

年胡子急了："张春树，做人不能太独，你想让全天下的网队都按照你的思路来吗？这样你才美吗？告诉你我不是老七，我还就不干了。"年胡子纵身跳进水里，春树对着惊慌失措的人们说，他本来就不是人！可队员都木在那儿了。春树说："下网啊！""咋下啊？"春树说这还用教，吃肚儿的东西了。队员们捡来一大堆砖头就往网缵上拴，春树冲上去把砖头踢开，"吃饱了撑的！还没下网就拴砖头，丧气！"队员们委屈地说："早晚不得拴吗？要不咋叫砖头网队？"春树真是气疯了，春树怕了，这才悟到年胡子的重要性。可是已经晚了，年胡子的走和不着边际的似梦非梦的场景把春树弄得浑浑噩噩，他诅咒年胡子，白眼狼做白日梦，老天爷都不会让你有好下场！显然这诅咒过于严重了，招来了上天的不满，没安排他实现愿望。春树委屈得难受，抱怨上天不睁眼，咋就不想想要不是自己替他脱去贼皮，接着又对他栽培，年胡子你也能冒出个尖儿，鬼才信呢！

　　就在年胡子被赶走的那天夜里，对，就是在夜里打鲇鱼的时候，奇怪的事情发生了：网刚拉出水面，一条鲇鱼就游向傻小六儿，傻小六儿吓得栽倒水里，就听到嘎儿——的一声，屁股正好压在鲇鱼身上，搂了，伴着傻小六儿的尖叫，下意识地将鲇鱼攥在手中，没事儿，得意地向大家摆弄。队员们胆子变大了，都伸出手去抓鲇鱼，一会儿，欢呼声就响彻了上空，我们不怕扎喽！春树比谁都美，心话儿没你年胡子，不也照样儿抓鲇鱼。天亮的时候，队员们开始装车，眼睛才被晨光擦亮，所有人都傻了，哪儿是鲇鱼不扎人啊哪儿是人们不怕鲇鱼扎啊，鱼刺都叫人给掰光了。大家都认为，有能耐干这事儿的只有年胡子。春树问你们看见了？

　　回到家，春树上网一查，胡子鲇的刺是一种名贵药材。春树对谁也没念叨。春树问年胡子是你吗？年胡子说："是！连我自己都纳闷，胡子鲇咋就这样听话，我抓他们连躲都不躲，掰刺的时候，只是吱吱地叫，后来把我的手都掰疼了，我就用剪子剪，效果好多了，所以我就成功了。"春树说："你简直就是个屠夫！魔鬼！

贼！"年胡子哈哈一笑了之。春树问，做了几次？年胡子伸出一个巴掌："这个数儿。当我知道它是药材时。"春树问，那网呢？"用你的呗。"春树这才明白，"我说呢，网总是滴答水儿。没人看儿吗？每天你们出完坑，把网一卷就家走了，坑主比你们跑得还快，去城里会二奶、三奶……去了，这里就是我的天下。""人家也不怀疑你？""鲶鱼多了，每天有一个俩断刺的可不就是打架打得呗！再说了，我是谁呀，能让他们逮住？"没过几天，警车接走了年胡子，一走就是一年多。当年胡子回来的时候，只对春树说了一句我谢谢你！春树说你别以为是我说出去的，你都不配！年胡子说张春树我骂你八辈儿祖宗！

就在春树盘算着咋样儿再把年胡子招进网队时，年胡子花钱买了附近所有的鱼坑，打净、卖光所有的鱼，钱越挣越多，水面儿越泛泛越广，简直就成了鱼王。年胡子打网只用春树，春树也想开了，于是放弃了所谓的志气，连八辈儿祖宗都被人家骂了，还有啥比这更丢人现眼的，冥冥中承认他跟年胡子有缘。反正不是我伺候他就是他伺候我。忙不过来时，网队也都是春树给找。春树说，年胡子还真是我们的摇钱树！春树想找机会跟年胡子聊聊，跟他掰扯清那事儿，可是年胡子始终没有时间。春树决定从乞讨的角色中走出来，因为他不想出卖灵魂，即便年胡子给了许多网队营生。

春树开了一家小吃店，名字叫：鲶鱼馆。鲶鱼头、鲶鱼肚儿、鲶鱼丸子……还有一道拿手菜：炸鲶鱼刺。网队的人都去吃过，唯有年胡子没去过。后来独自去了。两个人都喝多了。春树看年胡子还是眼瞅心爱，吧嗒吧嗒直掉眼泪。年胡子问："丈人，都说你在利用我。"春树一笑，"这个世界上，谁不利用谁？谁不被利用？男的利用女的，大官利用小官，我利用你，你利用我。"把年胡子听得心里乱糟糟的。最后春树指着年胡子："你敢说、你敢说……""啪"这两个字一下子碎在年胡子脑子里。醉了的春树和年胡子一起瞎哼哼："利是利用的利呀，用是利用的用……"酒醒之后，春树直抽自己大嘴巴，哎哟，忘说那事儿了。

日子不长，年胡子请春树帮忙：摆鲶鱼宴。年胡子问春树："你说网队会来吗？"春树说反正我来！宴会就在鱼池边上开的，十来米宽的大埝，摆了两大溜儿桌椅。附近的网队几乎都来到了，年胡子上去一一寒暄，还有一些外省市来的生面孔，春树心话儿，年胡子惦着干啥呀？他也太能折腾了，折腾得像是皇上大宴群臣似的。队伍在不断壮大，春树看到宴会用的桌子在不断增加。终于，开始上菜了，鲶鱼头、鲶鱼肚儿、鲶鱼丸子……还有一道拿手菜：炸鲶鱼刺。这样壮观、稀奇的场面都够申请吉尼斯纪录的了。还吸引了来自市里的各家媒体，不说别的，到了明天，不管是电视还是报纸都会出现：年胡子杀胡子鲶大摆鲶鱼宴。这小子真能！

鲶鱼宴开始了，由于人还在不断增加，以至于不得不在拐角处又加了几桌，又在不远处挤了几张，渐渐队伍成了一个嘴大、头扁、肚圆、尾细、中间还有两只刺儿在忽闪的鲶鱼形了。就在人们的千呼万唤中，这条鱼形竟欢活起来，进而飞向天空，摇头摆尾，把死气沉沉的世界搅得轰轰烈烈。吓得春树快尿裤子了。春树闭上眼睛，天啊，这东西真丑！突然间，春树亮出刀子，准备宰杀它。他的内心虽然还在惧怕，却又容不下这个丑八怪！就是这个丑八怪让他英明扫地，现够了眼。可是前来赴宴的人都说春树是个蠢货！他可以给人们带来好运，他是个主意包，他能让多如牛毛的网队公平竞争，和平相处，他能使一个不起眼的网队里的小兵犊子凭着真本事成为出色的网头……他们的话就像火山喷出的岩浆，悄无声息地袭击了春树手里的刀子，春树低下头，汗水与铁水一同砸到地上，金属的掷地让人们歇斯底里地欢呼起来。就在人们的欢呼声中，年胡子突然宣布，裁员、换网！人们愤怒了，向春树冲过来，想夺取那把已经融化的刀子宰杀鲶鱼。那一天，年胡子跑得很欢，心想：全是庸人，缺了干娘、干爹就不能生存的人，就不能成事儿的人！

年胡子想桂静了，真是莫名其妙，想得心疼。一天晚上，他翻墙而过，悄悄来公司找桂静，结果桂静不在，蔫头耷脑地在公司的鱼池边转磨儿磨儿，心里总放不下啥东西似的，心话儿，可千万别再犯贼劲儿了。然后听到有动静，年胡子转身就逃，身后响起咚！咚！的水音儿，感觉比自己的脚步声还要急促，还要诡秘。

桂静所在的公司院里确实有一个十几亩的鱼池，是公司的聚宝盆。正月十五的时候，老板想出一网鱼分给员工们吃。桂静激动得要命，内蒙古的分厂火起来了，却没有想象中的那么好干，三挤两挤弄得自己没有了容身之处，只好打报告调回总部，虽然是被逼无奈，却落了个逃兵的名声，她要自保，要证明自己，要爬得更高，她知道这鱼池里藏着个天大的秘密，处在危机中的桂静算是抓住了救命的稻草，赶紧替老板张罗渔网，目标当然是年胡子。"年胡子你能帮我一个忙吗？"年胡子问啥忙？桂静得意地说天大的忙。年胡子问你又打啥主意了？桂静满不在乎地说："升官的主意，挣钱的主意。""不对啊？"年胡子说，"你升官挣钱和我有啥关系？"桂静说："有啊，你是不欠我的，可是你欠你的春树头子的，要不是我爸相上你这条鲶鱼，你也有今天？别觉得你光荣了，伟大了，动不动就号令全天下的网队了，你的心再野，还不是盛在肚子里？年胡子你别不爱听，拿出的你的鲶鱼脾气，事情办成了，我升官发财算我的,你拯救一个大公司,让千八百号人有班上、有饭吃,这个天大的功劳我不跟你争。"听得年胡子心里直发毛,一头雾水的年胡子渐渐显出他的鲶鱼本色。年胡子瞪大眼睛,我还不问了,鱼坑我出定了!

出坑那天,围了好多工人。他们手里拿着塑料袋准备分鱼。也有些人探头探脑幽灵般在人群中闪烁着身子,年胡子听到这些人的心里在打鼓。公司的头头们站在众人的最前面,像饥饿的狼群焦躁不安。年胡子有一种预感,这次的意义要超出平常。水里面的肯定是个炸弹。引爆它的这个人又是他年胡子,如果说大摆鲶鱼宴,并没有体肤上的伤害,那么引爆这个炸弹,会让多少人粉身碎骨?一个两个三个……年胡子的眼睛瞪起来,刺儿炸起来,心悬到嗓子眼儿。桂静啊桂静,你算把我推到悬崖边了。年胡子胡乱想着。这是他有生以来第一次知道啥是害怕。年胡子的网队已经更新换代,果然用上了电网,可是今天没有一个正式的队员,不是年胡子不想带来,是公司不让带,所以帮忙的都是公司的后勤人员,就在年胡子认为自己的处女作注定毫无声息的时候,奇怪的事情发生了:绑着电线的渔网周围火星四射,像夜空里燃放的焰火。岸上的人喊起来,别拉了,这玩意儿根本不行,还不把鱼都电死!干脆给工人们每人买几条得啦。年胡子纳闷,是不是电流太大了,也不对呀,没见一条鱼漂上来?年胡子决定调小电流再试试。桂静跑过来,按住年胡子的手,胡子,这样做没用,把网卷上来,然后……年胡子按照桂静的吩咐跳下水,一脚就踩到一块坚硬的东西,年胡子以为是块石头,就绕过去,又踩到一块,感觉形状、大小和刚才那块差不多,踩到第五块的时候,年胡子的心忽悠一下,屁股向下一坠,整个人没进水里了,是铁!慌忙站直身体,一瞬间，明白了水里还真有炸弹！年胡子想逃到岸上，双腿就像被绑在铁上一样，迈不开步儿了。

年胡子脚下的铁玩意儿活了，像鲶鱼一样在游动，年胡子开始小心翼翼，铁说别怕，然后就用冰冷的小嘴儿亲年胡子的脚，眼泪打在年胡子的脚上，滚烫滚烫！年胡子说不怕。铁说你知道我们在这坑里待着有多难受啊？我们已经在里面等了三年了，我们的身躯都是明晃晃的亮，我们之所以坚强地活着，并毫发无伤，是我们彼此相互鼓励的结果，我们要控告他们，看啊，那些站在岸上的可怜的家伙，他们害怕了！我们要找老板说，当年，就是他们鬼鬼祟祟把我们抬出来，用肮脏的手把我们扔进坑里，妄想着几天后我们的身体腐烂了，化成一滩铁水，他们就可以逍遥自在了，妄想！年胡子等一会儿你把我们捞上来，我们会用明晃晃的亮的身体告诉他们，你们失败了，你们这些躲在老板身边藏在公司周围的可怜的蛀虫们，铁们开始狂热了，又吻了年胡子的脚。这次的吻如同哀求，撕扯着年胡子的五脏六腑，把这么大的一个年胡子疼哭了。年胡子向岸上狠狠望望，射出一道摄魂的光。瞧啊，人们有多可悲，救他们的不是年胡子了，竟然是些会说话的铁！而这些人竟麻木到全然不知？年胡子把头扎进水里，虔诚地回敬了它们一个吻。抬起头，年胡子的脑子转得像闪电，说吧，这些工人都是本地人，有的还是网队里的人的孩子。不说吧，公司受损失不算，可怕的是老板还被蒙在鼓里，这样下去整个公司早晚会垮台的，这样一来，绝大多数人就没班上了。"年胡子，要是没鱼就快上来吧，磨蹭到多天儿也不多给工钱！"上面的人着急了。年胡子心想，豁出去了，高喊一声，抽干拾鱼！咚！咚！炸弹全部被他引爆，把某些人的脸炸得血肉模糊。年胡子又扎人了……结果，捞上来大大小小的汽车、工程机械等零部件竟装满了整整一大双排，价值得有十几万元。

老板铁青着脸，对年胡子说，也不给你工钱了，把这堆铁拉走吧！桂静跑过来，胡子快找车呀！年胡子赶忙给春树打电话，春树领着十来辆三马车气势汹汹地进厂了。年胡子高喊，弟兄们快点儿，拿出装鱼的劲儿！桂静更是喜形于色，在她眼前就是一座金山、银山。而此时的年胡子却咋也高兴不起来，觉得这笔财富来得突然，瞅着晃眼，拿着又烫手。他向四周望望，已经空无一人，侧棱着耳朵听听，车间里也鸦雀无声，他觉得事情严重到了极点。桂静叫他："哎，车装好了，走吧？"年胡子点点头，却一直没有上车，慢吞吞跟在三马车后面。春树心里也扑腾扑腾着，倒是希望年胡子赶快整出事儿来。年胡子感觉到三马车的速度很慢，直觉告诉他这也是故意的。公司一共有两个大门，相隔不过一百米，年胡子觉得自己必须在百米之内做出个决定，每走一步，他都能看到有一名工人或垂头丧气或一脸委屈或幸灾乐祸或……凡人都从他身旁走过，每一个眼神，都像一针兴奋剂，年胡子眼睛瞪起来了，刺儿也竖起来了，这一次他要扎的是老板，他需要勇气，工人们的每一个眼神都恰到好处地给了他勇气，开门！我找老板。胡子我就知道你会来，老板在会议室门口等他呢。

会议室里黑压压一片，年胡子估计全是头头。老板和年胡子互相对了一下眼色，年胡子说："老板你还是给我工钱吧，这么多东西我不敢要。"说这话的时候，年胡子就留心瞅那些人，果然有几个人直拿手指他。老板说："你就拉吧，出不了事儿，大不了公司解散！"年胡子说："别介，故意说要不查查？我看到那些大铁疙瘩上面好像还有字儿呢。""有字儿也看不清了，早锈透了！"

人群里有人说话了，年胡子没看到这人，老板说我听出来了。老板说查查？于是带着人们来到门口验活。他让桂静查，桂静一边查一边喊，3023，是二车间三组的活儿，7956—2是一车间五组的活儿……老板问年胡子你看咋罚？年胡子想起春树的话，脱口而出，该罚钱的罚钱，该开除的开除！桂静得了奖励，一下被升为管理部的部长。年胡子打心里看不上眼前的这个女人，赶不上春树半点儿的人性，年胡子断定她不是个好女人，虽然自己说不出好女人究竟是啥标准。可是这个女人给公司带来的效应不亚于他年胡子给网队带来的效应，最终承认桂静是条母鲶鱼，可就是面相糟糕。老板对年胡子非常感激，执意留他，年胡子说啥也不干，说自己离不开网队，要是真心惦记着他，出坑的时候想着自己点儿就行了。转年，老板还真给年胡子打电话说出坑，年胡子派别人去的，自己没有露面，有不少人怪年胡子太清高，当然也包括春树父女，年胡子就问已经下放到车间摇车床的桂静几个问题，桂静说你这叫啥问题啊？鬼都听不懂！我就求你在老板那儿说几句好话，别让我摇那些破机床了，天天看着满车间的大铁疙瘩，我堵心！年胡子说你就乖乖地给那些铁磕几个响头吧！

　　一切看在眼里的春树突然产生一种疲惫感，一身的骨架被人剔除了，懒得要命。他问年胡子，咋样才能让我安宁一会儿？年胡子反问，为啥总盼安宁呢？安宁会使你的思维早早死去，从此之后，网队里可就没有你张春树一号了！春树缠着年胡子，胡子，你就帮我说道说道吧。年胡子说："嘿！春树你给我跪下来，当着大家伙儿的面儿说：我错了，我是个蠢货，我不能没有你，没有你我啥事都干不成，只有这样我或许才愿意帮你。"年胡子的话像是一股强劲的电流，射进成千上万人的眼睛，春树看到成千上万盏灯将自己照亮，"扑通"一声，春树跪下来："我错了，我是个蠢货，我不能没有你，没有你我啥事都干不成；我错了，我是个蠢货，我不能没有你，没有你我啥事都干不成；我错了，我是个蠢货，我不能没有你，没有你我啥事都干不成……"一盏盏的灯随着春树虔诚的忏悔，向年胡子射去。春树说，我恨死你这条鲶鱼了，等你一年，却等来一句骂，今儿个儿我也骂你一声。别介别介，年胡子冲过去跪在春树对面，春树头子，我爱死打网的行当了！

会飞的**女人**

甄建波

　　有一个从内蒙古来的女人，春树恨死她了，她长得寒碜，手脚又笨，还有点儿缺心眼儿似的，你说天上下着那么大的雨，不就是不想让你下水吗？你咋就那么不听话呢？这下好，你飞走了，留给我一辈子的牵挂，心里别提有多难受呢，恨死你这个"玩儿命"的女人了，你还我的魂儿，你还我的神儿。

　　春树是在出坑时认识女人的，她长得确实不好看，做事儿还真有些毛手毛脚的，春树常听到老板呲她，女人对此总是呲牙一乐就完事儿了。春树开始瞧不起她，可她毕竟是老板雇来的，所以春树肯定不能像老板一样对她，春树开始怜悯女人了，他觉得这样对待女人最合适不过。春树劝老板别老说她了，说到多天儿也不管事儿。老板说，春树你是不知道她，她贼着呢，老把东西给她爸偷偷送过去。春树说这也没错啊。老板说他爸要是给我看坑我就不和她较真儿了，他给别人家看呢，噢，吃着我的给别人干活儿，你说这事儿她做得对劲儿吗？春树说倒也是，老板说本来就是。老板哪里知道春树就喜欢孝敬的人，他认为孝敬是对的，孝敬是小的儿对老的儿做的天经地义的事儿。可是女人也真够笨的，孝敬的法子多着呢，对错又有啥关系呢？他偷偷告诫女人，下回拿东西给你爸别让他看到不就行了吗？不过春树每次来打网，老板都对春树说女人的不好，没啥新鲜的了，春树也学女人的样子一笑了之，下次再出坑，老板不提这事了。春树想这招儿真好，可偏偏是跟女人学的。不过不管老板咋说她的不是也没让她家走，这个老板缺少主心骨儿，要是春树是他，用就啥话甭说，不用就让她立马走人！这话被女人听儿了，转眼儿就告诉了老板，老板说春树老实出你的坑不得了嘛！瞎掺和啥？春树脑袋嗡的一声，知不道是被气大的还是被吓大的，他诅咒这个不知道好歹的女人，早晚有一天把她鼓捣走。

老板家就趁坑，五六亩一个、五六亩一个，就藏在百八十亩的大坑底下，咋看咋像井。春树们不管这个，光出小坑的时候，春树和他的队员自由自在，背风儿背角儿的，可以关起门来当皇上，皇上咋干？想咋干就咋干。把网兜翻过来，网轻得就像一个纸片儿，可以拉飞儿它，有鱼没鱼也算一网，反正老板也看不见。实在憋得慌了，春树就爬上岸，对着大鱼坑的大水面羡慕地望儿眼，成方连片的大水，涌动着浪潮，将春树的心一点点抻长、抻大。春树不禁有些悲观，觉得自己和队员们就像井底的蛤蟆。春树想，给我们干不一样嘛，准不比别的网队打的鱼少。春树张大嘴巴吸儿口腥气儿，整个人就像充满电，一股豪气冲天的样子，仿佛活儿已经到手了。老板朝这边走过来了，春树"出溜儿"滑到了坑底，嘱咐队员们，快干，像回事儿似的，老板来了。春树就怕大坑也有出网的，都是同行，他们咋就能站成一条笔直的长龙由我们头上踩过，顺便往底下瞥几眼，喊一声，春树头子，玩儿小坑儿可真是一绝呀！春树能做的就是沉默。傻小六儿不惯儿这个，冲上面喊，小的紧，大的松！知道吗！上面的人一阵哄笑。春树呲他，你呀，快给我干点活儿吧，别总是"闲片儿外国流儿"的！傻小六儿撅起嘴，一脸的委屈。张松一本正经地对着上面的人说，大坑、小坑不都是一个价码？你们不就比我们多出一些汗，累出几个屁吗？春树说，这话说到点儿上了。五六亩一个的小坑还没等网摊开，就被围个水泄不通。每到这时队员们就吹，头子，这次准是一网净。是的，说起春树的网队真有些名气，但是要想做到一网净也不容易。没别的辙，在网绠上绑砖头、拴石块儿，难怪队员们告诉春树，别的网队都说跟着您受罪呢！还给我们起了个名字，叫砖头网队。春树狡黠地笑笑，等你们蹚摸到享福挣钱的美差事可别忘了我，队员们在春树背后咯咯笑，春树说，我就知道这话就是你们说的。这时从岸上飘下一串儿咯咯的笑声，队员们一起抬头，是那个女人。傻小六儿说人长得不咋地，笑得挺好听。春树说放屁！说完也后悔，觉得没啥理由不让人家这样说的，非要找理由的话，就是女人那股眼神儿盯进春树眼里了，春树是挣脱不了的。春树心话儿这算是对眼儿了。

"张春树！"老板在上面叫他呢。"哎！"春树麻利地上了岸，"啥事儿？"春树看到后面追上来几个人，"老板你跑这快干啥？"老板满脸堆笑冲他们说："我着急啊，出大坑的那帮废物连个'小鲫瓜儿'都没打上来。"春树听完心里这个美呀，来现啥眼呢！老板说："这几位是县里的水产专家，不管刮风下雨，只要遇到事情，一个电话人家就到，今儿个儿想表示表示吧，给人家拿几条鱼吃去，没想到那拨网队真不行，这样你们加把劲儿，给专家们弄些大拐子！""没问题！"春树应道，"不过老板，以后把那些大坑的活儿也给我们得了，准比他们强！"老板说逮着鱼再说！可是网队也偏偏不争气，一网上来一个拐子一个白鲢，专家转身要走。老板急了，春树你还给人家干点活吧！说完趁专家不注意，老板冲春树挤眉弄眼的。春树急了，冲队员们大喊一声："绑砖头！"结果一网上来几百条鱼，专家乐了。告诉春树，你这个办法还真灵，可以申请专利了。春树心话，扯淡，为你们这几条鱼，我们裤裆都湿透了。专家提着大拐子心满意足地走了，老板却拉长脸蛋子，打不上来就算了，用得着这傻实在吗？春树顶他，这不是你让我们打的吗？老板说我让打你就打呀，看不透我的心思？春树说："你的心长在你肚子里，我咋知道你咋想的？你到底用不用我们，不用我们就卷网走人！"老板说："好好，春树你个'轴子'，快干活吧！"春树得意地溜回坑底，心话就你那点"小九九"……要说坑难出也难出，就这个小破坑儿推土机、推抓车抓，坑底早已经不成样子。前一脚还是一马平川后一脚就是万丈深渊，五六亩的坑只给人家鼓捣上一千斤鱼。老板就闹，非让春树他们接着拉网。春树说先吃饭，吃完饭再说。老板派人买来几张大饼，让队员们就着"骨肉相连"，外加一大壶"大高粱"。吃饭的时候，女人偷偷告诉春树，这里根本就没撒鱼苗。春树问那这些鱼是从哪来的？女人说，前几天下大雨，开了一个口子，鱼都是由别的坑跑过来的。春树找老板论理，老板说她那不是瞎说吗？我撒鱼苗还通知她呀！春树说你还别跟我弄这个，鱼坑有的是，不出你家的我也饿不着！老板没说啥，眼睛狠狠剜着女人。晚上，春树做了一个梦，老板对女人拳打脚踢，女人哭喊着不想活了。春树心想，这下坏了，把女人给搭里了。果然第二天，春树看到女人的精神很不好，总像没睡醒似的，脸上还有一些抓挠的印迹。春树把女人叫到背人儿的地方，"那天是我糊涂，把你忘了，害你受了罪"。说得女人眼泪汪汪的，其实也不赖你，他们欺负人惯了。女人抹了一把眼泪，倒在春树的怀里，这下可把春树吓坏了，慌忙挣脱开，说要去下网了。女人哭笑着说："张春树！我们大草原上的女人不会赖上男人的，可是瞅准了，也不会放过他！为了你死也值得！"

让春树对女人刮目相看的是那次晚上的事儿。都半夜了，老板给春树打来电话，声音颤颤的，听得春树直起鸡皮疙瘩。春树快来吧，我家的大鱼坑翻坑了，鱼都浮在水面上又是张嘴儿又是翻白眼儿，这下赔大发了。当时正下着雨。春树拉着网队来救急。这个老板也真是的，还找来另外两个网队，三个网队一边拉网一边拌嘴，你说他不行他说你不行，春树跑前跑后，劝这个劝那个，最后弄得和气了，却又嘻嘻哈哈起来，丢了网队的样儿。可是网队到底该是啥样儿呢，春树也不知道。拉上来的鱼都奄奄一息了。老板说："你们每人挑几条大的回去吃吧，剩下的可要埋掉，留着太现眼了。"说完这话，老板就进屋去。这回可开圈了，队员们你争我夺地恨不得把鱼全弄走。春树嘱咐自己的队员，别跟他们学，一人拿几条就得了，老七说："那哪够？"春树说："人要有够，你拿的鱼就有够。老板本来就烦着呢，咱们不跟别的网队比，不能趁人之危！"春树率领着网队第一个离开鱼坑，春树说："这是个是非之地。"果然，转天这些鱼不见了。另一拨的网头恶人先告状，说鱼被春树偷走了。春树和他的队员们气得鼓鼓的。女人挺身而出，作证说鱼不是春树他们偷的。并拿出网头贿赂她的一百块钱，网头却不认账，最后竟说她是和春树串通好的，女人脸上带出不屑的样子，说："敢作敢为，瞅你那怂德行！这要是在我们的大草原上，你就只有喂马的份了。"女人抄起手机报警了，结果在网头家搜出两"三马车"还在张嘴的鱼。由那时起春树看上女人了。迷他的是女人的言行，那话说得真带劲！队员们逗他，可以请她吃饭，可以给她钱，咋还真动心了，女的长得多寒碜呀！春树说，长得跟花儿一样当然好了，心眼好最重要！可是春树托人提亲，女人还不乐意。回来的路上，春树一脸的懊恼，就纳了闷了，她咋就不愿意呢？我不嫌你是破鞋，不嫌你是坏女人。其实这些都是春树胡编出来的，他知道老板家的大儿子、小儿子包括老板都不是啥好玩意儿，吃喝嫖赌占全了。所以才想象女人一个人住在这里也是在劫难逃。队员们七嘴八舌为春树鸣不平。这女的真不知道好歹！这玩意儿不要也好，招蜂引蝶的货！老七、张松愤愤不平。傻小六儿更会说："纯粹一个女流氓，我二大爷要是要了她，不就成了一对流氓了吗？您说是吧？二大爷。"春树说一边待着去！女人肯定不是老板说的那种平庸的人，这一夜春树做的都是关于女人的梦，当然是这个女人。

虽然女人说不乐意，可是两个人却越走越近乎了。女人给老板看坑是他爸介绍的。春树本想与她聊聊大草原的事情，赛马呀、喝青稞酒啊，可是女人却啥也不知道，反倒对网特感兴趣。有一次老板这儿没活儿，春树就把网摊开补。女人溜达过来了。坐在春树身边，看看网看看春树，看看春树又看看网，把春树看得直发毛，扎了好几次手。女人夺过春树的手指，放在嘴里吸，一会血就止住了，一点都不疼。春树红着脸问，为啥这样做？女人说现在你这流血的手指就是我的手指，我觉得疼，我就这样做！随后转了话题，女人说这网啊，就是被心织出来的。春树说瞎说，那得有多少颗心呀？女人说，也可能每一个网眼儿就是一颗心，心连心，环儿扣环儿，也可能整个大网就是一颗心，春树你知道心有多大吗？春树说不知道。女人说想要多大就有多大，心就是一匹宝马，要是在大草原上撒起欢儿来呀，哈哈，哈哈哈哈……春树问你笑啥？女人快活地踩在春树的网上跳起舞来。明明看到她把网环踩坏了，春树也不阻止。春树觉得舞跳得太好看了，慢的时候，女人就像一朵喇叭花缓缓绽放，要是快的时候，就是一股旋风了，简直要飞上天了，春树不禁拉了女人一把，他怕女人飞跑喽。倒是女人觉得脚底快被碾出坑了才停下来。心疼地抚摸着网环。春树问，你想家了？嗯，女人点点头。然后把话题又重新转移到网上面来。镶在网上面的心不能离了水，出了水，心就不跳了，入了水，心就随水跳。春树说那网不就成精了？女人说那可不，不成精也成人了。春树说那就说人吧。女人说："其实每个人身边都有一个灵魂，是狗、是猫或是其他，它随时随地跟着你，因为你就是它、它就是你。"春树有点儿听不懂，"你还是说网吧。"女人说："网也长心眼儿，春树你信不？"春树说不信。女人说："长了心眼的网有三种，拿鱼、不拿鱼、拿不多少鱼。拿鱼的网是实心眼儿，不拿鱼的网是坏心眼儿，拿不多少鱼的网是贼心眼儿。"听得春树还真有点服。他说："我看你就是网！"女人咯咯咯地乐。女人突然转过脸，盯着春树看，咋看也看不够的样子。春树问："为啥盯死了看？""就看！因为我已经是你的网了。春树你信不信，早晚有一天我会成为守候你的灵魂，让你的网成为全世界最棒的！那我真想看看全世界的网队到一块儿的样子！你现在就能看到呀！"春树、女人两个人的手一齐指向天空，有黑的、有白的、有黄的……春树的心大得没边儿。

　　春树觉得两条网绳是女人手臂，网是女人身体，一进到水里就松软起来，难怪会有人说女人是水做的。网就成了春树心里的女人，于是春树对网更加精心呵护。哪怕是断了一个网环儿，他也心疼，小心翼翼地将它织好。织网环的胶丝线被春树特意换成了红颜色。春树边织边想，咋又坏了呢？拉网的时候我还一直嘱咐队员们小心点啊，小心点。他们就是不听话。想着想着，春树那本来僵直的手指突然变成了一双巧手，咋就那么灵活多变地织成了呢？可是网毕竟是网，鱼坑也毕竟是鱼坑，里面有的是礓石猴，用得多了，难免割断胶丝线，时间久了，一个遍体鳞伤的女人活生生出现在春树眼前。

　　女人是头天夜里被一辆轿车接走的，听说老板都没敢吭声儿，直鼓着眼瞅着轿车扬长而去。春树说人长这样儿还有人惦着，往下就装不下去了。他告诉队员们先下网，他去尿泡尿。他转到没人儿的地方，尿没尿出来，眼泪先流出来了。他盼着女人"一夜风流"后就赶紧回来，赶紧娶了她，赶紧让她生个孩子。然而，她却没有回来。春树活都干不下去了，幸亏自己是网头，干不干也就那么回事儿，没人敢挑他。好歹没等春树盼蓝眼睛女人就回来了，和平常也没啥两样儿。春树终于爆发了，紧紧抱住女人，连呼吸的空隙都不给她留。女人说："春树我喘不过气来了。"春树这才松了松劲儿，女人说："春树你别怕，我不走了还不行吗？"春树说行！女人偎在春树的怀里，"春树我给你唱歌吧"。春树说唱呀，肯定好听。"蓝喇叭、红喇叭、冲着我家吹喇叭，我妈追出门儿，不见丫头她，妈的泪，化成露水砸花蕊。春树听着听着眼前就起了雾，一个老太太，拄着拐杖，孤独地倚在开满喇叭花的墙头儿，向这边张望，突然咧开没牙的嘴，苍老的笑声传到这里……"他告诉女人等我娶了你就带你回去。

　　他们找过女人的父亲了，他答应他们只要他们一走，他就立马和坑主结账，和他们一同回老家。天阴沉沉的，但是丝毫没有影响春树和女人的好心情。两个人就站在队员们身边，打算着明天的事情。免不了显得黏糊糊的。队员们一边下网一边乐，傻小六儿还说呢，上次我和我媳妇就是这样，我爸我妈还说我俩没出息呢。老七说快得了吧，你媳妇在哪还知不道呢！傻小六儿一吐舌头。女人咯咯乐，春树也觉得这傻小子可比平时耐人儿多了。雨就是在这个时候下起来的。

伴着隆隆的雷声，雨砸在水面上，绽放出无数的水浪花。女人咋看咋像一只只小酒盅。女人想这是老天爷的好意吗？是为春树和她送出的"喜酒"。既然是两个人的喜酒咋能让春树一个人喝呢？多没意思。女人想起春树在晌午可没少喝酒呢，他经得住这番美意吗？万一让老天爷给灌醉了，他可咋办呢，他可还在水里呢。于是女人又责怪起老天爷来了，酒是好酒，就是给的不是时候。哎呀，女人看到水里的春树晃晃悠悠的了，他肯定是醉了。女人听到老板爷仨在喊，咋不派几个人下去踩网绠啊？春树你哑巴了？女人在岸上推推这个拽拽那个，没有一个愿意下去的。女人气哼哼地说，下这大雨，春树在水里能喊得出来吗？不灌死才怪呢！老板爷仨三下五除二，脱个光溜。身上的每个部位女人都认得，一股酸水儿卡在女人嗓子眼儿。不管咋着，他们肯下去帮春树，这就是好的。没想到那爷仨游到春树跟前竟又打又骂，摁着春树的脑袋一个劲地往水里灌。女人看得真真的。女人不干了，冲着水里高喊，你们仨欺负一个人儿算啥汉子？你们快住手，快住手啊——女人的眼泪夺眶而出。再不住手，我立马找"那帮人"修理你们！女人看到那爷仨拿她的话根本不当回事，一个劲地高扬臂膀向她挑衅。女人掏出手机，按了几下，啪地拽在地上，她答应过春树不再沾那帮人了。女人一狠心，脱得只剩一件裤衩，浑身上下散发出男人的味道。女人看到拉网的队员们一个个直往后闪，女人向他们轻蔑地哼了一声，今天她就要用老天爷赐给他们的喜酒洗净身上的味道，然后领着春树高高兴兴、快快乐乐地回家……女人向水里飞奔，春树喊你别过来！真是傻春树，傻得直摄她的魂儿。爸——妈——明天我就能把这个傻得耐人儿的姑爷带回去了。女人哭了，她终于得到了一股至高无上的权利。

女人死后他的父亲过来了，想把她带回去，带回大草原去。春树死活不让，春树说女人是为我淹死的，这辈子我的责任就要守着她。女人的父亲应允了，临走时坐在女人的坟前，拉了一段马头琴的曲子。春树听不懂，眼泪却能听懂，后来春树求老人把马头琴留下吧。后来只要春树出坑回到家，准保到女人的坟前学着女人父亲的样子给她拉上一段马头琴的曲子。队员问他拉的是啥曲子？春树说是女人的心眼儿，软绵绵、潮乎乎的。

　　女人真的去水里行走了。也怪了，自从女人走后，春树这挂只能靠绑砖头才能拿鱼的臭网，一下子扔了砖头，火起来了，找春树出坑的人越来越多。春树白天听到夸赞声他就赔着笑脸，到了晚上他才哭，常常把枕巾渗透喽。他就着苦涩的泪水问她冷不？累不？里面的路好走不？还受欺辱不？别惦记着你家人了，我已经去过了，他们挺好的。水里的女人就冲他笑，我挺好的呀，有那么多的鱼做伴。春树你说我引着你们去逮它们，它们也不生气，难道它们在水里还不算是来到世上吗？非要冒着死去的危险，看一眼人间吗？春树不会回答，一味地问，下面黑吗？女人有些失望，可还是点点头。这样一来，里面竟燃着起一盏灯。女人说春树你放心吧。春树说好啊好啊好啊！女人说你别老是哭啊，说完提着那盏灯走了。春树泪如雨下，春树发誓，让我的所有眼泪，都变成灯油吧，让那盏灯永远亮着。春树知足了，因为那天女人都跟他说了，她说她就是春树的网，春树有了网，跟有她有啥不一样呢？所以春树更坚定地说，我知足了。后来有人给春树提亲，一个接一个，高的矮的胖的瘦的好看的不好看的有钱的没钱的……春树一个也没相中。媒人就问他，春树你到底要啥样儿的？春树说你就是给我找来九十九个，我也相不中。媒人急了，我就照着一百个给你找，看你条件高到哪去！春树眼前一亮，那第一百个准是我想要的！媒人说呸，我哪给你偷去！春树确实看到那九十九个女人后面远远落下的才是自己想要的女人……

女人飞了，网也飞了。网是追着女人飞的，网永远属于女人的，女人就是网。春树说，水底走着一个女人，天上飞着一个女人，天上的女人和水底的女人其实就是一个女人，可咋就偏偏就把自己夹在中间呢？这太不公平了，够，够不着，摸，摸不到，孤苦伶仃，难受死了。你们快回来吧，你们都是我的女人，我想你们了，以前天天在一起时还不显，春树哭了，春树一哭，天上的女人和水底的女人都跟着哭，春树问她们，你们为啥不把我带到天上去，又为啥不把我领到水里呢？两个女人同时说，那样会害了你，春树，好好打你的网，踏踏实实过你的日子吧……春树看到，老天爷和上帝打起来了，他想上去帮老天爷的忙，毕竟老天爷是中国人的老天爷，不像外国人张嘴闭嘴上帝啊，上帝啊，可是让春树惊讶的是，这两个"家伙"不像是真打，像是同一个人的左手和右手的掰腕儿，那劝不劝的就没啥意思了。啥老天爷，啥上帝呀，有吗？还不是人心里想出来的，既然两个都没有，那就是不干活、不挣钱，就养不了家是真的，春树这一想啊，得意起自己是老天爷是上帝了。春树总做这样的梦。

又是一个晚上，春树接着电话心就慌，是老板家想要一块堆儿出完十二个坑，让他给找十二个网队，非常着急，最好晚上就装车。春树心想这回发了，我的那挂大网足可以拆成十二截。他知道老板手眼通天，他说的鱼池并不是他们总去的那些地方，是一条渠，紧靠潮河的那条叫新渠的渠，之所以有十二个，是因为老板把新渠用网拦成十二截，听说他养鱼的时候，霸道去了，不让老百姓随便用渠里的水，有时老百姓偷偷在晚上抽水，结果被他的两个儿子打了，去乡里告吧，老板还振振有词，一有合同，二是为了净化水。就这样能偷的偷，能过的就过，实在没法的就等老天爷赏，亏还是风调雨顺的。可今年旱得厉害，老百姓想向政府讨个公道，让老板把鱼出了，赔偿损失。

春树去时，老板早等着急了。偷偷嘱咐春树，急速麻利快！听到没有？春树说听儿了。天亮之前给你装上车不就得了吗？春树一看，各个鱼坑都围满了鱼车，相识的司机聚在一起抽烟唠嗑，有的司机抓机会修着车灯。整个鱼坑就像个有点鬼魅的"夜市"。凌晨时分，拉网的队员们都困了，老板说这可不行啊，等天亮也上不来网。春树心话你不就是怕让这里的老百姓看到吗？我非不让你得逞。他就喊傻小六过来。傻小六就摇摇晃晃地过来了。"二大爷，叫我干啥？"春树说："二大爷给你派个好活干。""啥好活？"傻小六一听一激灵。直从眼里冒金光儿。把春树吓一跳，心话儿都困得生特异功能了。春树话到嘴边，感到有些不好意思了。他让傻小六低头，把嘴凑近他的耳朵，又斜眼瞅瞅旁边，黑咕隆咚啥也看不清，就说给傻小六听。傻小六听完挠挠脑袋："这玩意行吗？""行不行？你说好喽！不行的话，我找张松去了。"傻小六忙说："别别别，我行！"说完跟兔子似的围着十二个鱼坑绕起圈来了。扯开嗓子嚷，会飞的女人，会飞的网。会飞的女人，会飞的网……喊着喊着，傻小六哭了。傻小六心里就纳闷，咋会哭呢？所有的队员都提起了精神，一个劲儿地抬头看天空。女人在哪儿？网又在哪儿呢？贫嘴张松听得头发都竖起来了，可是心里却是那个劲儿的，不敢困、不敢歇、又不敢不想女人不想网。老板说春树你不是害我呢吗？这黑更半夜的还不把整个村子的人招来。春树说那咋办？总比都躺地上睡着强吧。老板的两个儿子脑袋一热也齐声喊着，会飞的女人，会飞的网，会飞的女人，会飞的网……他们俩第一个看到了，眼泪齐刷刷流出来。唉——，老大说真是说不清道不明。一会儿，队员们也都情不自禁地喊出来，会飞的女人，会飞的网……所有的人都没了睡意。老板问春树："春树你这是编的哪首诗啊？"春树说："咋会是诗呢？是真的呀！你没看到吗？"老板的头发根发炸，脑子一下子麻了，他想起了那朵"喇叭花"。春树看出他的怂样儿，就咒他，咋不得半身不遂呢！但是再提神的话说多了也就不管用了，队员的兴奋劲儿慢慢滑下夜空。春树突然大吼一声："我——想——你——！"空中就炸开个响雷。所有的人都为之一惊，老板说春树你疯了吧？春树瞪着老板，女人不找你还淹不死呢！春树你瞎说啥呢？老板的两个儿子说："你再瞎说，我们哥俩就把你闯坑儿去！"春树诡秘地一笑，"你就不怕我们两口子合起来整垮你们的鱼坑？"老板爷仁汗都下来了。"春树你现在还是人吗？"春树说："我不是人，我是老天爷我是上帝，女人都告诉我了，你们白天嫌她这嫌她那，晚上却没有一个人嫌她？你们都糟蹋过她？是吧！我就纳闷儿了，你们把她说得一钱不值，可是却都不肯放过这个一钱不值的女人？你们才是一钱不值！"老板指着春树："你，你再说一句！"春树说："好话不说二遍！"老板臊得一蹭一蹭挪回屋儿，看样子要得脑血栓。

网上来后，天就亮了。春树他们磨磨蹭蹭地正想装车，村民们来了，不让春树装，老板却逼着装，不装就不给钱。村民们说："春树头子，我们知道你不是我们这里的人，可是老板家的破事儿你是肯定知道的，这鱼你不能装车，装上了，运走了，你就是罪人。"说完给春树跪下了。春树心里涌动起一股热潮，他已经意识到自己不再是普普通通的一个网头了，增添了一个新使命，要完成这个使命，必须玩命，这又是和女人学的。在他的耳畔响起了熟悉的声音，会飞的女人会飞的网出现了。春树问该咋办？女人坐在网上说，好好办。春树吩咐队员们把竹竿插上，等会再装车。鱼车着急了，冲着老板的儿子骂骂咧咧，非让他们给买鱼去。老板的两个儿子冲着春树骂骂咧咧，再不装车他妈的捅了你！说着老大举着刀子过来了，村民们一边往后闪一边让春树挺住，说一会儿县长就到。春树心话，再挺一会儿，就是老天爷和上帝都来恐怕也晚了。看着老板的儿子气势汹汹的样子，春树又犯了轴劲儿，把本来的马蜂腰挺直了，他面对的已经不再是原来的东家了，是仇人。春树说："今儿你不宰了我就姓我的姓儿！"说完了，春树觉得喘不上气来了。老大果然没敢上来，老板哭号开了，这几年我也没得烟儿抽啊……

县长做主，把老板家的鱼卖了，分给老百姓做赔偿。春树兴奋不已，和队员们说："嘿！做官儿就得做好官儿。队员们回应，做网头也得做好网头。"春树摇摇头，然后转身向老板要工钱，老板说春树你还好意思要工钱，我没找你赔就算便宜你了。春树说："你快给我拉倒吧，人家没逮你你就该念阿弥陀佛了，再说了，你还趁那些个鱼坑呢，能补回来，我呢，我没的可是一个大活人！"把老板说得直奔拉脑袋。老板说："这里的东西你随便拿，顶账了。"春树说："工钱等我回去给他们开。"老板有气无力地说谢谢了。春树说不用谢，去谢谢她吧。

春树在坑边儿的秧子上揪下两朵喇叭花，一个红的、一个蓝的，他把两朵花捧在手心里，和着眼泪，把它们揉碎，使劲向天上抛去，一朵紫色的喇叭花绽开啦！春树听到由自己身体之内发出的剔取骨块、切割肉体的声音。

鱼神

甄建波

"滋啦——滋啦——"树上的蝉烈烈地叫，把春树闹得坐立不安："我这是咋着了？"春树心里头这样问着自己，却早有一个念头跑到前头去了。春树望着当院那节又长又宽的玉米仓想：即便整个夏天没活儿干，我又怕啥？

可春树毕竟不是那人儿，就又往回想：这要是在往年，自己的网队早就闲不住了，也没啥大活儿，今儿给这家鱼坑围一网料台；明儿又帮那户儿倒几筐鱼苗儿，工钱挣得虽然不多，却能拢住这帮队员的心。总是老早就收了工，有些土地多的队员还可以到田地里转转，耪耪地，留留苗儿啥的，即使是在田埂儿上坐一会儿，抽支烟，也觉得踏实啊。可今年就不行了，一进入夏天，网队就一点活儿没有，有的队员说，活儿都让其他网队撬去了。春树总是不太相信这些话：就那几拨儿新成立的，也敢叫网队？他们都会逮鱼吗？白鲢、鲫鱼、拐子（鲤鱼）都分不清，说悬一点儿：鱼自己蹦到手上都攥不住！就他们？

夏天就一个热字，春树就借这个热字发挥。他说，夏天是最容易闹毛病的时候，尤其是皮肤病。这几年的鱼坑都用乱七八糟的鱼药儿，好好的清水都变成了药水儿，沾上皮肤就会起红疙瘩，你还别用手挠，一挠就会泛泛成一大片，刺挠儿着呢！大热的天儿，打网的连衩都穿不了，一下水就浑身湿透，连裤裆都湿得呱嗒呱嗒的，不要说前面的那东西会受病，就连屁眼子里都灌满了药水……一席话让队员们浑身直起鸡皮疙瘩。春树瞅准时机，大手一挥：走吧走吧，地也该耪了，草也该薅了，别忘了庄稼人还得靠庄稼地！春树天天都这么说，天天春树就凭着这个理由，使那些队员们仍属于春树网队。可是这个理由渐渐失灵了，如今喷雾器一背，滋滋一喷，地里草刺儿不生，种有播种机，收有联合收割机……夏天简直就变成了庄稼人赋闲的季节了，特别是今年的夏天。这几天，春树再为没活找理由时，老七就会喊鼻子说："跟着你没活儿干，还不许我们去别的网队？"春树说："你去呀，去了就别回来了！"老七真格儿就一甩手走了，真带出了几分不回来的样子。说实话春树舍不得老七走，老七是他的左膀或右臂，这家伙有头脑，号召力也挺大的，他再捎带脚儿给你鼓捣走几个人……春树的心里不免"嘭嘭"地敲鼓。

这几天早晨，总有网车由春树家门口路过，春树家守着村头儿，不远处就是一条不太宽的乡间公路，两边是一棵棵高大的杨树。网车一过，突突突将凉气儿砸进了春树家。春树想：这是谁家出坑呢？附近的坑主和自己可是铁哥们，不会用别的网队吧？春树决定跟过去看看。路已经走出很远，春树觉得却很近，回头还能看到那些村庄。春树追到那辆网车时，车就停在那儿，队员们抱着鱼网费劲吧咧地向土坡上爬，春树却轻车熟路地由入口进去，冲那些抱网的长龙轻蔑地一笑："一看就没来过。"坑主老九正与网头谈下网的事儿。到底是老板，人家事儿大，私交再好也得讲究个分寸，春树压了一下火儿，轻轻一碰老九的衣襟，老九一看是春树，脸就红了一下，瞬间就恢复常态。春树说："走，我有话说。"老九没动："就这儿说吧，都不是外人。"春树就直说："你咋用他们呢？"毕竟有些怯，所以声音很低。老九无所谓地笑笑，那个外村儿的网头也不屑地笑笑。老九说："没办法，领车人找的网，我不能放着好价钱不卖啊？"春树反问："领车的会为一只破网队，不拉价钱合适的鱼？"这次未等老九说话，那个网头不爱听了："我看你是想活儿干想疯了吧？你还追到坑边来了？"春树说："我看你是找挨揍了！"网头一梗脖子："你吹呢！"两个人眼看就要动手。老九急了："我老九在这片儿也算是个人物，还没看到有敢跑到我这儿来撒野的主儿呢！"外来的网头不言语了，赶忙指挥队员们下网去了，春树也悻悻地离开了。春树觉得自己简直就是逃走的，他觉得老九的话多一半是冲着自己说的，既然他和老九是朋友尽可以和他闹的，可是他是一个有身份的朋友，有身份的朋友到了应该显露身份的时候，只要你不想在人中出丑，最好远离他！到了只剩下你们两个人的时候，你再撒娇，想到这里，春树简直就要吐！

晚上，春树还是去了一趟老九家。春树把自己的难处跟老九一念叨，老九就表了态："好吧，谁让咱俩哥们弟兄一场，三天以后，就三天以后，上我这坑围料台！"从老九那里回来，春树就琢磨：这三天咋过呢？春树坚定地想：没活儿也得给队员们找出点活儿干！正好儿网该补了。

老七打电话来了，说他今天要给老丈人浇地去。春树心说，这个老七！还为前几天的事情和我置气，有本事就赶紧离开我这儿啊？亏得我对他还那么好。可也没办法，自己和他再亲也亲不过他老丈人，即使把他叫回来，就怕他媳妇找过来，就他媳妇那张嘴，春树可领教过，嘟嘟嘟地跟打机关枪似的。

定下了老九家的活儿，春树就想把这信儿告诉队员们，开始他想憋着，可是咋也憋不住，终于在补网时告诉了队员们。他们一听，纷纷告诉春树："那天有雷阵雨啊，天气预报早就说了。"春树说："那玩意儿没准！"……补完网开始装网。老七从老丈人家回来了。春树就问："老七，那天你去吗？"老七摇摇头，显出无奈的样子："我去不了了。"春树继续装网，心说话：你爱去不去！老七却没走，和队员们说："听说那天还有雨呢？"队员们接茬说："雷阵雨！"春树心说，老七你少来这套，你要不说有雨，我还寻思寻思，你这一说有雨，我还非去不可了！

春树正在得意时，张松站起来说："老七让我过去帮几天忙。"春树问："你也去给他老丈人浇地？"张松红着脸说："不是，是——跟着他出几天坑。"不知咋搞的，听完张松的话，春树紧绷的神经反倒松弛下来了。春树自言自语："好啊，好啊，终于说实话了。"他突然把目光盯向其他人："还有谁去？及早说出来，别让我到时候没法安排！"没人言语。春树的心里头热乎乎的。春树说："我去小卖部买些凉东西吃。"大步流星地带出坚定的模样，春树是装给队员们看的，就是想让他们明白：你们都走喽，我又有啥害怕的？小卖部的路不是很远，拐了几个弯儿终于没人看着了，春树就像是二万五千里的长征，又似《西游记》里十万八千里的险途，一步一步地朝前蹭，每一步上都缀着一嘟噜心事。春树必须赶在步与步的间或中将这些心事解决掉，啊——好累呀。虽然一路上无妖无怪，更撞不到雪山，雪山？春树一激灵，牵回了神儿，疾步向小卖部奔去……春树搬着一箱子冰镇饮料回来了。只见傻小六不耐烦儿地在那挂被叠得整整齐齐的渔网旁转悠。春树抱着箱子问："他们呢？"傻小六看到春树撒腿就跑："二大爷，他们让我先在这儿看着网，等您来了我就可以走了！"春树扯着嗓子再问："他们呢？！"傻小六说："去饭馆了，老七请客！"一下子就不见了他的影子。嗵，一箱子冰镇饮料砸到地上，春树的眼前就横起一座雪山，有一个妖怪藏在雪山的后面——老七！

老七买了一辆新三马车，鱼网买了三挂。出百八十亩的坑有两挂就够了，再大一些的鱼坑用三挂，十几亩几十亩的用一挂。水落到沟槽时就拆下来一截，这样算来老七的三挂网能顶六挂鱼网用。毒啊，你老七到底是我一手栽培出来的，身上还残留着我的痕迹呢！气愤过后春树心里还有点儿小小的得意了。老七招兵买马的那几天，春树一狠心将鱼网捅了几个大口子，春树的女人就数落他："你吃饱了撑的？刚补好几天啊？"春树说："你知道啥？"说完去喊傻小六。春树敲了半天门，傻小六才开门，揉着双眼问："干啥呀？二大爷。"春树吩咐，"补网去！""哎，啊——"傻小六脖子一梗："不补完了嘛！"春树说："你还挺横啥？不想干了就别去了！……"春树又来到了张松家，张松的老婆刚好出来倒脏水，她告诉春树："张松吃过饭就去老七那了。"春树没好气地问："那他还在我这儿干吧？"女人说不知道。春树又想去别人家看看，张松的女人说："您别去了，他们都去老七家了。"春树的心里咯噔一下，他想去老七家找，可又想了想，也没啥劲。傻小六嚼着方便面赶过来了："二大爷，上哪补网啊？"春树说："还补个屁吧！你还不快去老七家，老七领着咱们那拨人去打网了。"傻小六一听撒腿就追："这老七婊子养的！"

到了出老九家鱼坑的头天晚上，春树这边只剩下傻小六一个人了。老九说："这让我以后咋给你活儿呢？"快打电话找金网头吧！老九又说我让他跟你联系吧。老九撂了电话一会儿，来电话了。春树抓起电话就问："是金网头吗？"电话那头传来一个熟悉的声音："是我，赵老四！咋连我的声儿都听不出来了？"春树就一愣，心里像堵了一块东西。赵老四接着说："明天别晚了噢！你打这个电话跟老金联系吧。"说完撂了电话。春树心想：你跟着瞎掺和啥呀！春树就拨通金网头的电话："金头子，明天你就多张罗吧。"金网头说："客气啥，咱是熟人儿。"春树心说，都说这人们是见面熟，我看听声儿一样熟。

第二天一见面，果真是熟人儿——正是前阵子也是在这地儿跟自己争吵的网头。唉，春树就觉得心里真不是个滋味。金网头说："春树头子，今天就听你的了。"春树刚应下，金网头就高喊一声："穿衩！"春树一惊，忙说："围料台还用穿衩！到时候咋下水踩网缯啊？"金网头说："你没看到阴天吗？这大冷的天儿，不能为了几个鱼把身子弄坏了。"队员们也跟着附和："又想让我们学你那帮人干活的样子？"春树心说，我这头儿还咋当啊？

老九拧开投饵机的开关，饲料射向料台前方，先是一两个长嘴鲤鱼探头探脑，然后一个鱼跃连接一个鱼跃地呼朋引伴儿，越来越多的鱼聚到这里，先聚成个疙瘩，再拧成根绳子，最后汇合成直径十几米的大圈圈，这些金黄色的鱼鳞，要是能在阳光的照射下肯定好看！

那水中仿佛有一棵硕大的树，那些浪花就是树上那些怒放的花朵。春树就坐在岸上数，可是咋数都觉得不舒服不那么顺畅，春树的眼前一亮，想起电视剧里刘罗锅子的那一套，一朵两朵三四朵，五朵六朵七八朵……你别说，还真是那意思，那些鱼开始还真随着春树数数的节奏蹿来蹿去的，然而它们毕竟不是飘落下来的，而且开放得奇快，一会儿春树就跟不上了。便在心里狠骂：那些个作花儿的鱼，到底是畜生脑袋，不解人的心情！春树的双眼却盯住那些人。

有两只蝴蝶在春树的身边嬉戏，打闹，一只粉色一只是黄的。

它们由春树的脚跟开始飞舞，到了大腿跟儿，还绕着春树的裆部穿梭了一阵，后来径直飞跃到头顶，就在那里盘旋不停。春树觉得这个过程很蹊跷，蝴蝶虽小，却是贼得很，你想碰它都难，今天它们竟敢肆无忌惮地贴着自己飞来飞去？傻小六憋不住了："快看嘿！那两个花凤儿（蝴蝶）在我二大爷脑袋上配对儿呢！"春树骂："瞧你个傻德性！"骂完，春树也笑了，心说，到底是两个畜生，大风大雨就要来临了，还有这份闲情儿！呼——一阵疾风，夹杂着豆粒儿大的雨点，春树打了一个寒战，仰头再找那两只蝴蝶，已经不见了。哦，只见它俩在水里挣扎呢，一会儿就不动了，像两片花瓣儿，荡漾在水面上。它们哪里是在享受啊？在你不让我我不让你的争斗之中死去了。不值，真的不值啊！春树狠狠地向那两具小尸体瞪了瞪眼睛。

这阵子在村里起了一个争论：春树和老七到底哪一个是鱼神？春树说，这不吃饱了撑的吗？在鱼坑里逮鱼，不就是瓮中捉鳖嘛！会神到哪儿呢？春树嘴上这么说，心里却想：他老七有啥资格和我比？这些马屁手们，就因为老七也做了网头吗？以后再有人提及此事春树就说，春树是春树，老七是老七，咋总把我俩往一块扯呢？春树的本意是不想再让他们吵下去了，可是言下也带出了他和老七水火不同炉的意思了。春树觉得老七也是水，他和自己根本就不存在水火不同炉之意。只是各自的流淌方式不同罢了，自己只会一味地直流，而老七则能施展闪、展、腾、挪的功夫，使自己不至于碰壁。

小时候街上总有一个打着竹板儿的瞎子，老七也在。他俩就让瞎子给算命，瞎子对春树说："你水命！"又一指老七："你火命！"然后就向两人要钱：一人五毛。那时的五毛钱简直就是块金子。在他俩好说歹说之下，瞎子才要了一个人的钱。那时他俩还真不信，可如今他俩还真弄个水火不相容了。

春树做过一个梦，有人对他说："你是神唯一的鱼，所以你是所有鱼的神。"春树醒了就想：说这话的人是谁呢？模模糊糊的样子。后来一乐，还不是他张春树自己嘛！春树不免有些丧气。转念一想，春树又得意起来。就对女人说，就让他老七去当鱼神吧，再大也不过是些水兽的头儿！啊，兽的头头儿，那他不也是兽了？春树为自己的突发奇想兴奋不已。女人就提醒他："别忘了老七可是你徒弟。"春树更得意了："是不是的，他那些本事还不是我教的！"女人说："对呀，他一个做徒弟的都是兽的头儿，你这个教他的师傅该是啥呀？"哗——地一盆凉水泼醒春树。女人说："春树咱不跟他争了，咱又不是非得一根绳儿上吊死。"春树想想也是：要不说现在的人们不好管理，有私心杂念的人太多了——除我之外！

春树正这样想呢，还真由坑里冒出个鱼神来。他悠悠地行走在水面上，春树不但不怕，还故意抻长脖子观望，自然已经看出了蹊跷。离近了，春树大吃一惊：咋还长得有点儿像老七又有点儿像自己呢？那东西直逼春树，神情极其丰富，一会愁一会忧，一会儿又是鄙夷。还在不停地唠叨，不，春树也不知道该不该用唠叨这个词儿，更像是由那家伙心底流淌出来的：你咋就说春树是春树，老七是老七呢？你咋就说春树是春树，老七是老七呢？……可把春树吓坏了，一股暖流从心头慢慢下滑，春树转身尿了一泡尿。春树问那个人："你说我和老七谁才是鱼神？"那个人把嘴一撇："我看你们两个都是个屁！"春树的脸唰地臊红了。可又一想：反正没说我自己，还有老七呢！老七才是个屁！春树没敢冲那个人念叨。不过谁也做不成鱼神才好呢！看那人模样长得既像自己又像老七的，可他说话倒谁也不向着？由此春树就断定眼前的这位既不是人也不是神，神和人都不可能做到不偏不向。可他既不是人也不是神的，那他会是啥呢？春树猛得一下想起来了，是秤杆子上的砣！春树低下头不敢看那人，正看到眼下那片开得正绚的黄花，年年在这个时候都能看到它们，却叫不上名字……春树突然觉得所谓的鱼神不过是牵挂着出坑拉网的心神儿，是一种专心罢了。春树想明白了，神儿也收回来了，再抬头看：那个鱼神就没了。

神是啥东西？它是那种扎根于脑袋里，又漂浮于表面的一些东西。春树时常看到自己的神化成鱼形，在眼前游来游去。春树真想把这情景留住，拿到那些人的跟前给他们看：就这些……你们还愣说老七是鱼神？

围料台速度要快动静要轻，神不知鬼不觉地将那些吃食儿的鱼们围住，千万不能让那些鱼炸窝。有时春树反倒觉得老七做事情就是这个样子，轻而且快，等你察觉出来了，他连人马都给你拉拢过去了。

雨越来越密，和那些鱼兴起的浪花混在一起，大多数鱼被雨点儿一砸就沉入水底了，那些欢蹦跳跃着的已经是雨了。春树赶忙跳进水里踩网缐。他冲岸上喊："喂——下来几个踩网缐啊！"雨水就不错时机地向他的嘴里灌。春树连一个人都没有喊下来。

春树见雨越下越大，就喊上面的人使劲拉网："你们再不使劲拉网，再不下来踩缐，还偷懒！"上面的队员们还是漫不经心，春树嚷："快拉！不好好干及早滚蛋！"金网头急了："我看该滚蛋的是你！我们可是你请来的！"春树向岸上瞧了瞧，心里也明白——除了一个傻小六，再没有熟人了。春树只好忍下来了："好吧，你们爱咋拉就咋拉吧。"春树一脸的茫然无助。

突然，春树看到老七领着人来了，他们把那些外村的人挤到一边："去去去，一边儿去，你们会拉网吗？就会欺负人儿吧！"扑通扑通，张松领着几个人跳下水，来和春树一起踩网缲。老七高喊一声："一二！拉呀——！"所有的人都跟着喊："一二！拉呀——！一二！拉呀——！"在这片震耳欲聋的吆喝声中，金网头领着他的网队，灰溜溜离开了。春树想：这一切要是真的该多好啊。泪水一下子涌了出来，还好有雨水伴着上面的人看不出来，春树抹了一把脸上的水，心说：过几天我就把棒子打喽！你老七买那么多网不就是想八面都罩（照）着吗？我也置办儿挂新的，比你的大而且更多，连去海里打网我都敢应！春树又狠劲儿抹了一把水，前面仿佛也清晰起来了。春树觉得脚底下的网缲时松时紧，好几次春树差一点被勾倒，身子向后一仰，春树沉着脸向岸上看看：那些人哪像拉网的样儿？特别是那个傻小六，像喝醉了酒。春树想发火又压住了，人家咋说也是外村来帮忙的，就用这么一次，没必要伤了他们。春树觉得有很多人都在和他作对，又有耳畔不断的雷声，想到老天爷也在同自己作对了。春树不再计较岸上的那些人咋拉网了，身子倾斜着头向后仰，那个方向的岸上有一座孤坟，荒草上面有一片马兰花开着。春树一下子竟想到了死，眼下的情况让他认为自己正在一步一步逼近着死亡。春树想：死就死呗，干啥让他找我？今儿我就去会他！想死想得越深，春树的身子露出水面的就越来越多，岸上的人喊："您该把脚放松点儿了，我们拉不动了。"春树这才扭回酸疼的脖子，发现自己快到岸边了。仔细想想：人家哪有害我的心呢？是自己的姿势不对……那一网是春树意料之中的空网。

　　吃饭的时候，雨停了，天上也晃了日头影儿。春树自言自语：

下午还得接着围呀——样子倒还蛮欣慰。傻小六凑过来问:"二大爷,这得围到什么时候啊?"春树看了看这位仅存的硕果:黑儿见了!老九过来告诉春树,下午不围了,鱼车不等着了。队员们一听就赶忙拾掇东西,傻小六乐得直撒欢。有一个队员就催春树:哎,头子赶快算账啊!春树说先等等,耳畔却响起鱼车发动的声音。春树说:"就让他们等会儿呗,太阳一出来,下网就稳拿鱼!"鱼车的发动机越来越响,队员又再催,春树的心也慌乱了。

春树由队员们身边经过时忍不住说:"老七真不够意思!"队员们替老七说话了:"人家没告诉您今天有雷阵雨?"春树的脸憋得通红,脑门上的青筋乱跳:"他那不是在——"春树又把话咽回去了。春树的心噔噔地跳,却也无从发作,咋连外村的人都知道这事儿了?咋连他们都向着老七说话呢?

事后,春树忍不住去找老七:"老七,你能不能跟我说实话?"老七问:"啥实话?"春树说那天的事情是凑巧吗?老七反问:"哪天的事?"其实他心里早就明白春树问的啥,不过又不想接得那么快,稍稍做了一下铺垫,他就没等春树再问:"我不想把他们伤喽。"春树问:"他们是谁?"老七却走掉了。

酒桌上喝得晕晕乎乎的赵老四说:"我有个朋友在气象台工作,他说三天之后定会有一场雷阵雨,没想到还真灵!老七呀?"老七才把头抬起来,在这之前老七的头一直低着。赵老四继续眉飞色舞:"老七这回你明白了吧?为啥让你下午过来,你可捡了个大便宜!"赵老四一拍老七的肩头:"跟我干吧,有我在准没他张春树的嘎渣!"老七勉强地笑笑:"你真是能掐会算啊。"赵老四说:"我能掐会算个屁吧!我咋知道这雨下着下着就停了?老七呀,这还得说你运气好,该你露脸啊!"

一个亲戚打电话说，一个玉米贩子急等配车，高价配车。让春树在明天务必把棒子打喽。春树想：这价格几年都难遇。春树是晚上把电话打给队员们的，他几乎向每一个队员说，不管咋着，你们也得耽误一天来帮我打棒子，抓天儿啊。

女人问春树："你说他们肯来吗？反正我猜够呛！人家老七他们的手上还堆着多少活儿呢！哪有空来给咱打棒子。"春树说："我叫老七了吗？老七他吹啥？还不是我张春树替他创下来的！"说到这儿春树的心里一阵懊恼。

春树听到当院有哗哗的响声，他赶忙跑出去看：棒子粒正顺着棒子仓的缝隙间向外流淌。春树以为是假的，就故意喊他的女人："快来呀，咱家的棒子仓向外流粒了！"女人跑过来也惊呼："妈呀，是真的啊，老天爷——"然后撒腿去拿口袋。春树这回信了。于是感动得望着天空流泪。两口子开始抢灌，一袋一袋，家里的口袋都用完了，棒子粒仍然向外不停流着。开始两口子一阵阵地窃喜，后来就有些害怕了，分不明到底是那些已经盛入口袋的是真粒子，还是流了一地的是真的粒子，春树心里一急就醒了，是一场梦。这时外面的雷声已经响起来，老七领着队员们来给春树打棒子来了。春树说："老七你是啥玩意儿？领着我的人来买我的好。"老七把眼一瞪："你用不用吧？不用我们就走！"春树赶忙喊："回来，用！"春树一激动又醒了：咋还做这样的梦呢？咋就没完没了了呢？春树的额头沁出了汗珠。春树再不敢睡了，这连续的莫名其妙的梦境折腾得春树的心开始惶惶。

雨是在清晨下起来的，果真是老七领着人来的。春树仍然不相信老七他们是真心的，可不管咋着，他们能摆出在雨中站立的姿势来给他看。春树心想：算了算了，不就是多卖几个糟钱儿嘛！

大不了我把棒子低价处理。想到这儿春树冲老七他们说,不管你们是真是假,你们的心意我领了,改天再说吧。说完就走进自家的院子,春树觉得一阵心酸。这时就听老七喊:"搭棚!"然后就听到叮叮当当和哗哗啦啦的响声。春树开始并不以为然,可是后来外面好像越来越乱,春树就没往好处想:心说又弄啥呢?最后听到突突突的柴油机声,再后来"哗啦啦,哗啦啦……"响声不断。

春树忍不住走出去看:在他的头顶支起一座天棚,棚是用塑料布和细木棍搭的,他们啥时弄来的这些东西?棚搭在新铺的砖道上,砖道砌得很高,雨水很容易流进两边的排水沟里。只是棚顶儿被存在上面的雨水压得很低,队员们在运棒子的时候都得猫着腰。春树赶忙喊他的女人:"拿簸箕和口袋来,再拿一根长竹竿!"女人很快拿来东西,春树告诉女人:"你啥也别干,看到雨水压下来你就用竹竿捅,可别把塑料布捅漏喽!"叮嘱完女人,春树也跟着去打棒子了。打到一半儿,雨就停了,等打完拆了棚,白花花的日头已经洒满头顶了。拉棒子的车来了,贩子嫌湿不肯拉,开车要走。老七急了,把贩子拽下车:"不就是嫌湿吗?你下来等两个钟头。"贩子说:"我等不了,后面还有好几户呢!"老七说:"告诉你,你敢走我就打折你的腿!"然后吩咐:"把棒子粒儿摊开!"其实棒子装在仓里已经半年了,早已经被风吹干了,今天并没有淋着雨水,只是需要出出潮气就行了。棒子粒被倒在塑料布上,就冒了一阵白烟儿,队员们又来回翻晒,不到一个小时棒子粒抓在手上就哗哗地响了,贩子同意收了。队员们装好车,春树的心忽悠一下:坏了,忘了!赶忙招呼女人:"你快去三丫子家问问,冰柜里还有没有猪肉啊。刚才尽顾咱家的事情了。"女人一乐:"还等你告诉,我早把肉炖熟了,就等一完活儿,咱就揭锅!"春树美得恨不能抱住女人的脸猛啃几下。可是看到这么多的人注视着他俩，就没敢，脸上却露出难为情的样子。

后来春树的亲戚告诉他：老七从贩子那里提了一分钱。春树的心里就感到别扭。女人说，算个啥事儿？不就一斤提一分钱吗？那钱又不是你花的。春树说："你倒会说话，贩子该咋看我张春树？"女人说："那贩子心里还会装着你？再说了，他不一定猴年马月来一趟呢。"

春树说："他把我的人都拉走了，还反过来拉着他们来我这儿买好！别让我撞见老七，要不，我非打扁他不可！"女人说："你快得了吧，你未必就是人家个儿，再说人家单干有啥错啊？"春树红着脸："他干啥我是管不着，可他也不该把我的人拉走啊？"女人说："他们身上哪疙瘩写着是你张春树的人呢？他们要真是不乐意去，老七能咋着？"春树一想：也是啊，他们自己要是不乐意去，就凭他老七？管这些人叫二大爷也不行啊！春树天天吵吵着要见老七，可也邪了门儿了，一条街上住着，就是见不到，有时不过看个影子在晃。其实并不是没机会，很多时候春树见到老七来了就绕着走，而老七又何尝不是呢。不过他们还是相遇了。在一个小胡同，老七家就在胡同里面住。春树好久没从这里过了：不想见老七。可今天偏偏就撞见老七开门出来，也向这边走。春树转身想回去，可又一想：我怕他啥？早把那些揍扁老七的话忘记了。就在两个人擦肩而过的瞬间，老七忍不住回头问："干啥去？"春树的心一动，不由得就回答："没事儿！"老七转过身："上我那儿喝酒去？"春树没言语，紧迈了几步，到了老七家门口，一边向里迈步，一边说，你早该请我了。老七脸一红，跟着春树进了自家。

春树一边喝酒，一边问老七："一斤提一分，5000斤才50块钱呀，老七呀，你不如明说，我咋着也得给你们一个工钱……"老七并不言语。

春树不想像老七那样把事情做绝，他只想点到为止。春树从老七那张被臊得一红一紫的脸找回了自尊、自信和乐趣，他大口喝酒，放声大笑，仿佛这一刻才是自己的狂欢日。老七突然把手一扬，"啪！"一只酒杯被摔碎，春树更乐了，心话儿老七终于恼羞成怒喽！都是因为亏心啊。老七吼："张春树你给我听好喽！柴油机的油钱是我花的，那几大块塑料布也是我买的，是啊，你只听说我一斤提一分钱，5000斤才多少钱啊？我们这些人真傻，咋就不多提几分呢？你张春树多会办事啊，可你多暂提过这些？张春树你就操蛋去吧！"老七的话简直就是一个炸雷，劈倒春树的身子，吱儿——地一声，春树的魂儿逃了出去，风风火火想要找一处折臊之处。春树想：唉——人无论做了啥事情，都不能让人家咧嘴，更不能让人家撇嘴呀。

将要醉倒的老七点指着已经醉倒的春树，咬牙切齿地问："你咋说春树是春树，老七是老七呢？"老七的一半脸庞渐渐地变成了春树的模样，只可惜春树和老七都没有看到。

我的高尚
生活 / 甄建波

　　给边氏三兄弟看鱼坑的小工不见了，因为他是在秋天的大雾中失踪的，小工的家人疑心人是不是掉坑里淹死了？为这事，边氏三兄弟请来派出所所长和村长作证人，找来春树网队，让他们用大包网一个鱼坑接着一个鱼坑兜了二十几个来回儿，没见到小工的影子。到了第二天，拴在料房里的狗找不到了，于是事情变成小工不但没死还偷了狗逃跑了，前来找人的家属也没辙了，这事儿算是被圆满解决。

　　鱼坑看守人的职位空了出来，这是必须赶紧补上的，因为几百亩的鱼坑没人看守，偷鱼、丢料不必说，更可怕的是有哪截土埝开口子跑了鱼，有哪个鱼坑死了鱼，那可不得了，况且是在这大雾天，贼盗出没、险情易发，尤其是边氏三兄弟一个比一个懒，一个比一个馋，一个比一个花儿花儿，白天在坑边守着，吃多喝醉已是很不容易；而到了夜间，那家伙憋得邦硬，这事儿必须马上得到圆满解决。

　　边氏三兄弟伤透脑筋。找一个新的鱼坑看守人这任务竟也不小：第一，因为必须在十二小时之内物色到这样一个人；第二，这个人必须是非常忠诚小心的——因此当然就绝不能把第一个来应征的人便贸然录用；而最后一个理由是，根本没有人愿意应征候补。看鱼坑的生活是非常艰苦的，不来则罢，来了就没有不搁手儿的那样儿，特别是在大雾天，尤其得加小心，几百亩的鱼坑你就转去吧，弄得人晕头转向，分不清东南西北，专家分析：迷离感特别能让人产生恐惧进而有逃跑自杀的念头，边氏三兄弟个个大老粗，如果当时就当着小工家属的面儿说出这一套话语，省大事儿了。闲话少说，反正鱼坑看守人的职位对于那些喜欢过懒散自由的放浪生活的年轻人，可以说是毫无吸引力。这个鱼坑看守人差不多就等于一个囚犯。在鱼坑里的鱼出净之前，他不能离开半步。更糟糕的是边氏三兄弟把鱼坑分成好几个小鱼坑，最糟糕的是这好几个小鱼坑养的还不是同一类鱼，这边的鲤鱼坑净完坑底了，那边的草鱼苗儿又该撒了，一年到头儿没个闲工夫，这谁盯得了？而且在鱼坑附近根本就没有村庄，每天都得开着三蹦子到六十里地开外的村庄拉淡水，慌慌张张在小卖部买些东西，还没来及看清看小卖部的女孩儿的模样儿，就急急忙忙回坑儿了。要不是这样，这也就算不得艰苦的工作了。总而言之，这是一个没家、没业人的生活，实际上还不止于此——这简直是一个隐居苦修者的生活，天呢！

因此，无怪乎边氏三兄弟非常着急。无怪乎春树指着边氏三兄弟冷嘲热讽，人缘儿差到家了，多找一个人看坑就不行？涨一点工资就把你们哥几个挖穷了？发发善心吧，让你们的鱼坑也风光一把，好几年了，你们做事情就像这雾天，让人捉摸不透。边氏三兄弟说："别扯那么远，跑就跑呗，你再给找一个不就行了嘛。我上哪儿给你们淘换去？春树头子你可不能不管我们呢，你们那帮人干活再操蛋我们弟兄不也照样找你们出坑嘛。"春树说："我那里倒有一个，知不道干这活儿行不行？""哎呀，知道看坑就行、知道喂鱼就行、知道增氧机咋使就行……总之是人就行！""你们说的是人就行？""对！我们说的。"

"我叫傻小六，打网的行当我早就干腻了。整天被他们支来支去的，活儿比谁都不少干，也没落着好，以我二大爷网头春树带头儿的队员们更是傻子这个傻子那个的胡说八道，结果被一个挎着相机的记者看到了，他说你们这帮人真俗，一点都不高尚。以我二大爷网头春树带头儿的除我之外的队员们一个个满不在乎，还是记者高尚，可你拿着个破相机总追着我们这些俗人拍啥？"记者乐了："我这不是也想俗一把吗，这种天然的俗气到哪去感受？"队员们轰一声笑了。只有我感到难过，我认为网队丢了姿态，打杂种操的，连人带相机都闯坑去，灌饱了，瞧他还琢磨人儿不！可是这些孬种们不敢这样做，我要为网队挣回面子。我放下网绳去找春树，"二大爷我不想在网队干了。""你想去哪干？""你给我找一个高尚的地方吧。""看鱼坑去吗。""你真是我的好二大爷，我爱死你了！""别耍嘴儿！煤场有个前不着村后不着店的总闹鬼儿的几百亩的鱼坑是边氏三兄弟养的你去不去？""我去！管他闹鬼不闹鬼呢！"春树感到心酸，看来打网这个行当永远也高尚不起来了。记者说看来在这个地方傻子能成精。

边氏三兄弟这样评价傻小六，年龄小点，看着膘肥体壮，虎背熊腰，就是走起路来有些忸怩，反应有点迟钝，他的脸色黑得像一个非洲人，眼睛白得像雪球，边氏三兄弟瞧不上眼，破天荒地细加盘问。"家住哪儿？""问我二大爷去。""你以前是干啥的？""问我二大爷去。"边氏三兄弟摇摇头，"看坑可得心细啊，马虎不得"。"马我骑过，虎没看过。""你有身份证吗？""这个没有。"边氏三兄弟不满地说："春树啊，你是从哪儿划拉来的人啊，纯粹一个二憨子。"

春树说："有你们这样问的吗？是我让他这样回答的，用不用？不用我就让他回去继续跟我打网去了，要是没有合适的，你们就对付对付吧，有合适的再换。"一听换字小六急了："我能做一个忠诚小心的鱼坑看守人。""做这件事是要每天喂四遍鱼。你的力气够不够？"小六二话不说，来到料垛旁，一胳肢窝夹一袋，"小菜一碟！""你懂不懂看坑？""我给我五叔看过好几天呢。""那咋不干了？""我说那杂种操的不给钱！""为啥不给？"边氏三兄弟眼睛放光。小六想了半天："抠门呗！""哦，那就是嫌钱少啊。"小六想点头却耿直脖子，那样不就承认自己俗了吗？"不过我们总觉得你去看鱼坑似乎不太牢靠。""老板，"小六忽然神情激昂，"我能干好！"白眼睛里显示出一种真挚的恳求的神色，令不是东西的边氏三兄弟感动了。"好吧，就是你了，去窝棚睡吧。"小六脸上透出天真的喜悦。

春树临走时嘱咐边氏三兄弟，这孩子也不易，别教他左道旁门，他可把你们这里当作高尚的地方。"啥话呢，就这傻哥们儿累死我们也不一定能教会呢。不过让他跑跑安利或许可以。""别别别，那玩意儿都是骗人的，你们要是有这个想法，我立马把人领走！""开玩笑呢，开玩笑呢，真是的，他又不是你儿子。"

我本来是看坑的，可是边氏三兄弟还鼓捣来个干女儿让我照看。结果鱼死光了，我还拐跑了他们的干女儿，去大城市一起经营我们的生意。是什么生意呢？待会再说吧。反正比看鱼坑高尚得多了。

大雾一连几天没退，水边的更浓。

鱼儿们玩儿疯了，嗖嗖地一个接一个地鱼跃，岸边的人只能听到闷闷的砸水音儿。边氏三兄弟一天要往村里、乡里跑几趟，似乎总有做不完的重要事。我和他们的干女儿小莲得疯了，大模大样往一块凑，干这干那，总也没拾闲儿。我问："小莲你和边氏三兄弟咋个干法？""我爸和他仨是干哥们儿。""哎，那我和他仨也是，跟你爸也得是了？""玩儿蛋操去吧，我还想跟你呢！以后让我咋叫你呢？"我往湿草地上一躺，幸福感充斥全身。老天爷呀，别遮脸蛋子了，我想让全世界的人都知道我傻小六有媳妇啦！看坑的工作就是比打网高尚。小莲躺在我的旁边。别躺在那里，太湿！上我身上来。小莲乖乖地爬到我身上，我努力抱紧她的身体。"想起了我爸我妈。小莲，他们的生活一点都不高尚，听说他们为鼓捣出我，整天累得顺脖子流汗，后来让我二大爷占个大便宜，趁我爸外边歇着的空儿钻我妈被窝里头了。""我说你长得咋这像你二大爷呢。""是呢，那要那样儿我二大爷不就是破鞋了吗？""你妈也是！"小莲狠狠嘬了我一口，"我老爷们儿是破鞋的儿子"。"不对，顶天是偷来的儿子，我没啥不高尚的！"

小莲把冰凉的小嘴儿贴在我的耳朵上，"喂——，还有高尚的事呢，你做不做？""啥高尚的事儿？"小莲从我身上滚下来，顺势把我拽起，"去边氏兄弟那里看看就知道了"。她领着我猫进边氏三兄弟的屋里，乱糟糟的。还有一个屋呢。我和小莲进去，哇！码了一屋子东西，有打开包装的还有没打开包装的。小莲识字，"安——利！这是纽崔莱蛋白质粉、倍立健，还有轻盈防晒隔离乳、滋润弹性紧致眼霜……我就喜欢化妆品"，说着小莲偷出一支防晒隔离乳，打开盖，用指甲抠了一点，均匀涂在脸上，小脸儿立即粉里透红，像粉红色的苹果一样好看。我说："我也试试。"使劲用手指挖了一疙瘩，胡乱往脸上一抹，小莲说："白了白了！"整个人变得高尚了。

"边氏三兄弟还用这些？""用是用，不过最主要的是在做这个买卖。"那咱们再看看还有什么秘密？"我们翻出一些书籍、磁带和光盘，还有一本个人生涯规划。我们把个人生涯规划原文摘抄一部分，生意这么好，那咱也做吧。

后来该开支了，边氏三兄弟请我喝酒，说："你二大爷对你这么好，也该给人家买点东西。"我说："他爱抽烟，我就买烟。""蠢货，那不是害他吗？买安利呀。安利太好啦！""你咋知道？""我，我就知道！想赚更多钱吗？我告诉你。送你二大爷产品，还给队员们讲安利是这么回事。"

你就说："我最近有机会利用业余时间和一些非常成功的人士一起发展一个商业项目，我们的项目发展很快，需要再找几个人来共同参与。昨天我突然想到，这对你和我来说，都是一个增加收入的难得机会，所以想邀请你和我一起参加一个项目研讨会，同时介绍你认识一些非常成功的朋友和专业人士。但我不能确定你是否适合参加这个项目研讨会，所以我想把我所知道的先给你介绍一下，看你是否理解和认同我们的项目理念和运作模式。因为刚刚接触，我还不太熟悉，所以在我介绍的过程中，请你尽量不要打断我的思路，有什么疑问等我讲完后咱们再来讨论，好吗？"

"好个屁吧！小六子你要干传销我打不死你！"妈的，边氏三兄弟尽害我！我二大爷他们也是，不听就不听呗，至于放狠话嘛！

就赖鱼！生的到处都是，我二大爷弄拨破网队，缺人了就来我家，老来哪有不出事的，宁可挨耳光我也要讲！我关掉投料机，把他们饿得谁也不认谁了，平冷乒嘟乱打一锅粥。我喊小莲，你那边也不要喂它们了。小莲也喊："我恨鱼！""你妈也是破鞋吗？""我妈早死了。""是你爸了？""他跟谁破去！"小莲说："你过来。"我看到小莲坐在料台上，一粒一粒地往水里扔，这坑的鱼架打得比我那个坑的狠多了。"你为啥恨他们？""我妈就是逮鱼淹死的。我爸就是为了承包鱼坑和边氏三兄弟打起来的，结果被他们打坏了一条腿，这些都跟鱼有关。可巧的是村长是我二大爷，举着大菜刀给我爸撑腰，荤的还不够，一个电话把派出所所长、我们乡乡长都给聚来了，那仨家伙一看横不过我们就怂了，发誓把我爸像亲哥们一样伺候着，我也就顺理成章地成为那仨家伙的干女儿了。""哦，这个干法。""还没说完呢，他们还去了一趟饭馆，吃饭、喝酒、找小姐一样都不落，没少造，边氏三兄弟把他们一送，装着合同就走了。后来我爸犯了官儿瘾，把我二大爷挤兑下去当了村长。""你爸够能的。""能啥呀，都是边氏三兄弟出的拉票钱。还弄来几个剃大光头的家伙，在我家住了好些日子，可害怕了。""要他们干啥？""谁不同意就揍谁呗。不过从这之后，除了上学，我爸就很少让我出门了，小学一毕业，就在家里开了一个小卖部，整天让我看着，说是保护我。""管事儿吗？""都把我圈傻了。几乎每天晚上都有人拿砖头砸我家的大门，乡里给我们换了好几扇了。""真可怕，没有一件事情是高尚的。等我二大爷来了，我问问我的事。""这大雾天的，你二大爷他们能来吗？""能，他家伙天上下刀子都不怕。"这倒是一件高尚的事情。

"啥高尚不高尚的？"春树来了。春树网队一天来一次，打空网，不为逮鱼，为了豁楞豁楞水底，给鱼池通通气，这大雾天的难免把鱼憋出毛病来。边氏三兄弟一天要嘱咐我八百遍：看着点你二大爷他们，别偷鱼。二大爷就急喽："连家人儿都看着，胳膊肘往外拐！走走走，别总在屁股后头跟着！""二大爷是边氏三兄弟让我看着你们，我可没想。"春树把手一摆，别理他们。我刚回屋儿，边氏三兄弟就骂开了："你他妈是不想干了，滚回去看着他们！"

看也不是不看也不是，妈的，我谁的也不听！躲进浓雾里，离边氏三兄弟和春树他们远着点，独自坐在料台上，感受着这份潮湿和神秘。比起雨比起雪，我更喜欢雾。老天爷就是老天爷，活脱把一个大白天扯成一块布，人一出声儿身子就到了，完全看不到过程。到处是白，到处隐藏着奇魔怪兽，于是对于雾天的恐惧渐渐侵蚀着喜欢。至于想问春树的话我一直也没说，管他呢，反正爸就一个，二大爷可不是他一个人儿。

"小莲咱们喝酒去。"我们两个都认为喝酒是高尚的事情。两个人都喝醉的时候。我就跑起来，"小莲你追我。""我是个女的，哪能追上你呢，你真操蛋！"我问："你有蛋吗？"小莲说："你有你有，快给我看看。"小莲上来就扒我的裤子。"小莲你别闹，我的蛋很脏。""脏也不怕洗洗不就行了。"我露出了蛋，像散发脏臭的一块磁铁。我问："和别人的一样吗？""我没看过别人的。我一天到晚就守着这个小卖部。给我用用吧。""不行不行，已经让别人用过了。""是一次性吗？""我给小姐用过。"小莲伤心地哭起来。这是我俩第一次喝酒时的事情。当然那东西还是给她用了。这一次真没那种感觉了。我俩背靠背对着漫天的大雾说着一些不着边际的话。六子，你见过大世面。我就是井里的蛤蟆。我顶天是个坑里的蛤蟆。那我们俩走，做河里、海里的蛤蟆去。那才是最高尚的事情。

我突然觉得小莲太小了。记起了她刚被领来的场景。你们这是让我看坑还是让我看人呢？边氏三兄弟把我拽到一边说："这女的不是啥好东西，给我们看紧喽，开支加钱。"小莲说："他们都走了，咋还不把我放出来！""等等，他给我加钱我就得把你看好。"小莲说："你傻呀，你——。""你才傻呢，"说，"你咋让他们逮着的？你的好东西咋着了？""他们给了我三千块钱，想跟我睡觉，我拿着钱跑了，被他们逮着了，弄你这来了，整个事情就是这样啊。还不放人？""我急了，敢情你拿了人家的钱，那你就得跟人家睡觉，不介，你就是说话不算数，你啥好东西也没给人家。""你真操蛋，我的好东西不是给你留着呢嘛！放了我，好东西给你。""不介！给人家。"小莲跳到屋外，"你说你也没绑我，你也没关我，你这叫哪家子看人呢，快去看你的鱼吧，大雾天的，找翻坑呢！""你给我站住！我答应人家了。""你真是个妈死心眼的傻子！老天爷把雾下大点儿！"老天爷还真听话，一团团白气铺天盖地而来，还带了织女，像一块白布垂在水面上，乍一看，像个知不道多少英寸的液晶大屏幕。屏幕上出现一条美人鱼，脖子上长着人头，面目像小莲，在她的前后左右又出现了许多条鱼，金色鲤鱼、白色鲢鱼，还有长得像绞棍似的大草鱼。它们伴着音乐声开始跳舞，他们真的疯了！那么我呢，跳得比谁都欢。小莲说，我的好东西给你了，一条草鱼像个君子般睁着色眯眯的眼睛向小莲游去，身子在不断的膨胀拉长。

我想离开这鬼地方，它们不让我走。长得像搅棍一样的大草鱼身子扭成 S 型。"嘿！小子，我想和你进行一场摔跤比赛，如果你摔败了，就休想离开这里，更休想带走小莲，还要陪我们一起遭受渔网的追捕，最终成为人类的美餐。"呵！这家伙还真能说。"那就来呗。在网队我最不犯怵的就是摔跤。在岸边、在水边、在冰板上……你说在哪摔，我都不在乎，蠢鱼！"当然了，我乐意和他摔，那是因为我认为摔跤是一种高尚的运动，我总得冠军。我愉快地邀请那家伙进招。显然那家伙认为受了侮辱，向我发起猛烈攻击。重重撞在我的屁股上，撞得我有一种想拉屎的感觉。小莲提醒我，当心，那家伙会撞死人的！捂着点那儿，不然会把你撞废了。我说小莲你放心吧，我打不死他！大草鱼为取得第一个回合的胜利得意洋洋，再次发起猛攻。我顺势将他的头卡在胳肢窝底下，想起我在网队受到的嘲笑、侮辱，想起二大爷和我家的秘密，想起边氏三兄弟倒霉的样子，想起即将来到的高尚事业……小莲兴奋地喊道："它死了。"这个倒霉蛋儿的眼珠子又冒出来了，我把它扔到地上，上去一脚，嘭地一声，眼珠子瘪了，随后，我把他的尸体扔出水面。所有的鱼都围拢过来。

　　我被鱼给抓了。它们说这座监狱还没有名字，我说叫水牢多好啊。可是不行，它们觉得我是在嘲笑它们鱼类愚蠢了。"连个监狱的名字都不会起，这不叫愚蠢傻瓜叫什么？""我们是老天爷派来的，所以我们听从他的。""傻瓜，老天爷也会起这个名字。傻小六你不是说过是老天爷派我们来诱惑人类的吗？这一条是诽谤罪。""不不，我没说过，你杀了老天爷派来的使者，这一条是故意谋杀罪。"哎——看来这就是长期浸水的脑子。还有啊，还有好多，我就是不说。我说你也说不上来。

　　小莲过来了。"小莲，我真拿这些鱼脑袋没办法了。""他们的仇恨只发泄出一点点，还多着呢。想知道为什么翻坑的吗？为什么会死掉这些鱼类吗？"小莲的话咄咄逼人，我说："小莲你别揭我的短啊。""你怕了，怕就别糊弄我们。指仗浓雾遮掩，将一袋袋鱼料倒进坑里，时间一长，这些料堆跟铁球一样硬，我们根本就啃不动。有时候你一发懒，一顿就倒进一袋鱼饲料，我们只能焦急地蹿来蹿去，你还说我们抢食吃，我们把这些都留给了老的小的，我们召唤你恳求骂你这个家伙，别让我们过饥一顿饱一顿的日子，替老天爷积积德吧，可怜可怜我们鱼类即将被人类活活吃掉的痛苦吧。我们是鱼，是老天爷的使者宠儿，你们不要忘乎所以，地狱之门一直向你们敞开着。我们是老天爷儿子小老天爷的化身，请你们小心点，不然老天爷他老人家不会让我们帮你们人类赎罪的。"

小莲说："你现在有一个赎罪的机会，给我们也找一些工作。""给你们？给鱼找工作，简直是在开老天爷的玩笑。""我们说的是真的。""找啥工作呢？"小莲问我，"这么多的鱼坑就你一个人看吗？""瞎看呗。""找几个帮你去看。""可是边氏三兄弟不会同意的，那要花多少钱？"小莲没理我，你们几个去吧！四五个我走出水面，小莲你真棒！还有啥活计？给边氏三兄弟做饭，再找几个去村里拉水……小莲一一派遣。让鱼们变成我替我干活，使鱼变成我们的奴隶，剩下的鱼呢，我们让他在翻坑中死去。甚至残忍地去吃掉它们，然后把我变成鱼，和她一块狂欢，食欲和性欲得到满足。把那些死鱼放火烧掉，让他们享受到和人类一样的待遇，到死才会和人类平等。老天爷，给我们下道命令吧，做尽我所能做到的；老天爷，这还不够啊，再下道命令吧，做我所不能做到的。

我突然灵机一动，小莲，我们是在复制啊！小莲扑到我身上，才看出来！赶紧讲计划吧。我就说："我最近有机会利用业余时间和一些非常成功的人士一起发展一个商业项目，我们的项目发展很快，需要再找几个人来共同参与。昨天我突然想到，这对你们和我来说，都是一个增加收入的难得机会，所以想邀请你们和我一起参加一个项目研讨会，同时介绍你们认识一些非常成功的朋友和专业人士。但我不能确定你们是否适合参加这个项目研讨会，所以我想把我所知道的先给你们介绍一下，看你们是否理解和认同我们的项目理念和运作模式。因为刚刚接触，我还不太熟悉，所以在我介绍的过程中，请你们尽量不要打断我的思路，有什么疑问等我讲完后咱们再来讨论，好吗？"

云开雾散了。小莲安然无恙地站在我旁边。小莲肯定是个鱼精。哎呀，再一看水里，一层层死鱼冒着泡儿就拱到土埝上来了。一股股恶臭钻进鼻孔，熏坏了五脏六腑。翻坑了！翻坑了！雾气弥漫的鱼池上空到处都是我的嚎叫。站在一旁的小莲问我咋办？快你妈跑吧！你个傻玩意！小莲在逃跑的过程中给边氏三兄弟发了短信。等他们赶到时间那个女的呢？我美得一张嘴喷出一团臭气，翻坑喽！翻坑喽！我想不翻谁的边氏三兄弟也要翻。

我打了一个哈欠，醒了。"六子你快过来，我发现一个秘密。"手机里传来小莲的声音。"啥秘密？""昨天晚上就是在那个大雾天，我爸、边氏三兄弟、乡长和派出所所长他们在我家喝酒，边氏三兄弟把满满一提包钱分给了他们。我爸冒出一句，你们十年没交承包费了，这点好处还不够打发要饭的。边氏三兄弟说，马上就要开发了，只要你们让我们顺顺当当再拿下今年的承包合同，国家给我们的赔偿费的零头儿就能养活你们一辈子。我说呢，你们村承包出这么多鱼池连几盏路灯都按不起，原来这里有猫腻。看来猫腻还不止是你们村有。你看咋办？管不管他们？""管，当然管！""那咱告诉村里的人他们没交承包费。连我都没法儿信，那帮人也不会承认。""去县里告他们去？""他们能信吗？证据呢？查账？肯定有假账。"哎呀——把俩家伙愁坏了。"找记者去！现在好多秘密都是通过他们在电视上曝光的。""这倒是个好主意。咋找啊？""我有他们的手机号，前几天一个记者给的。"我拨通了手机，记者说："这不像抓赌，人赃俱获。再说了这场面已经没有了。""那就没办法治他们了吗？"记者说："用手机连拍带录，到时候给我传过来就行了。"结束通话，我赶紧给小莲打过去，埋怨小莲，你手上不就有现成的手机吗？咋没给录上啊。

我们把这事儿跟春树说了。春树给了我一部智能手机。教我录音录像。边氏三兄弟也手把手教，还趁机下载了很多黄片。我还把录像倒进小莲手机里面，但是我们没忘记正事，开始偷拍行动。

鱼池翻坑了，村长他们都来边氏三兄弟这里商量事情，小莲也来了。终于等到他们重提承包费的事情。后来双方闹翻脸了，还是小莲他爸鬼头，赶紧想办法把事情遮过去。于是就导演了翻坑的一幕。整个过程几乎一点破绽没露。后来我被逮住了，事情也怪我，可不咋弄的，点开了拍照的功能。这要是青天白日的，小小的手机根本就闪不出起眼的光。可被浓雾罩着的屋里潮湿阴暗，一按按钮，射出来了，贼亮贼亮！"六子，外边打闪了？""没有，我掀开门帘手里拿着手机直挺挺立在人们眼前，那一刻，我被不能再傻的傻子附体了，真的，不信问老天爷他老人家。"边氏三兄弟打了我一顿。夺过我的手机，先看了一段他们下载的黄片，最后看到他们密谈的样子。由于视频不是那么清晰，就越发显出他们的丑恶，连我也惊恐地发现，他们不是五个人，是十个人。一具发臭的人体配着一个肮脏的灵魂。灵魂操纵了一切，做出了每一个错误的决定，他们拿手机的手在颤抖，他们吓到了自己。他们却没发现小莲，小莲真愣，我挨揍都录下来了。小莲溜到小窝棚里给我看录像：天一亮就把小六子埋井里！还像第一个看坑的一样，报个失踪了事。晚上他们又喝酒去了，想必壮壮胆，至于把我怎样只不过随口说说。

这些天我总听到狗的叫声，我把鱼坑都转遍了，也没有找到它。小莲说，是野狗吧，那家伙贼，到坑边叼条死鱼就跑了。但我总觉得这个声音是由一个固定的方位传出来的，凄惨烦躁，像困兽一般的痛苦，野狗才不会那样叫呢。但在这让人分不清东南西北的大雾掩映下，啥事发生不了？狗的叫声里分明就有这些。

累坏我俩了。我偷来一条大鱼，小莲由家拿来高压锅，我们要美餐一顿。这也是高尚之处。我们把鱼放高压锅里炖着。开始在边氏三兄弟的屋里乱翻，说实话，由我到鱼坑以来，我还是有数的几次到他们住的屋子里面，他们是决不允许我靠近半步，有什么事情就给我打手机。我也觉得纳闷儿，我五叔那么难搂的一个人，还让我在他房子出来进去呢，边氏三兄弟咋就不行？后来一想，不让进就不进呗，进去和他们也学不出好来。还不如自己的小窝棚住着舒坦呢。我一边胡思乱想，一边瞎翻。结果把炖鱼的事情给忘了。"呼"地一声，炖熟的鱼贴在了屋顶上面。"飞锅鱼"喽！我赶紧搬来梯子，去擦屋顶上面的鱼，结果一不留神，屋顶被我捅漏了，出现一个圆圆的洞。我把手伸进去，嗷地一声，尖尖的狗牙咬去了我的一截手指，那条狗随即从我的头顶越过。我忍住剧痛，掏出一个塑料袋，扔给小莲。小莲喊："是合同和假账本。""小莲我都该死了！"我模糊地看到，咬我的那条狗此时正在发疯似的刨着一块凸起的土包。

一下子失踪了两个大活人，边氏三兄弟即便浑身是嘴也说不清了；可是接下来，一下子又出现了一个大死人，对他们来说，就不是能不能说清的事了。

几天之后，有人看见我和小莲在一家超市里正在忙着做安利生意，春树找过我们，告诉我们雾散了，让我们回家跟着打网，我们不愿意回去，春树也没勉强，看到我们能成立一个家庭，并且热爱着同一份工作，显得很欣慰。为了来之不易的高尚生活，我坚决不问那事。

亮底

甄建波

北风把日头打磨得恍眼，尤其从那冰面上折射回来的光，贼亮贼亮！

老七站在高高的坑岸上，眯缝起眼睛向那边望，隔着一道水渠还是一家鱼坑，岸上已经有鱼车在动了，春树的网队还没来。想到春树，老七的小腹发胀，那泡尿实在憋不住了……

尿完了尿，老七吩咐队员把网车开到岸上来。车刚停稳，队员们就跳下来，跺跺脚再搓搓手，这么冷的天，又坐了这么长时间的车，都和老七一样：憋了半天，一转身顺着风尿，哗哗地尿个痛快。由对面的小房子里出来一个女的，迎着尿臊味向他们走来，队员们慌忙系裤子。女的瞧都不瞧，径直和老七握手，老七偷看了一眼：在远处看吧身子挺苗条的，可眼下这张脸却是皱皱巴巴，文眉，眼影，红嘴唇……一样儿都不少。手还暖和，她的声音却冰冷："今天来得晚了些，不过没关系，早晚这点活。"然后将怀里的一条香烟递给老七，转身回去了。

这娘们儿！老七骂过就吩咐："穿衩吧。"

都由各自的袋子里倒出一堆东西：皮衩、棉袜角儿，还有布条。他们都坐下来，熟练地登上袜角儿，用布条系好，然后站起身，像穿裤子一样穿衩。袜角很厚实，不是娘就是媳妇给做的。穿到靴口，就费劲了，得往里面使劲蹬踹一阵，才慢慢穿到靴头儿。

冰面麻喳喳的，很多地方还有断裂的痕迹，显然已不是原坑了，老七愿意捡春树的剩落，因为他干活实在，一个鱼坑要让他们打两三网，也就剩不下多少鱼了，用当地的话说：那叫拾个俏儿！老七显得特别兴奋，就像有一股豪气在冲顶脑门。今天老七啥事都想和以前反着干：换个地儿下网，穿竹竿不要一眼儿一穿了，两三个一穿就不行了？抬筐时中间不倒个了，直接上秤……网还没下水呢，说啥还早呢，哎，他只怕是想想而已，他老七做不成开拓者，顶多一个春树的继承者。

又由小房子里出来一个男的，显然心里急，没好气地冲老七他们发火："有你们这样的吗？瞧瞧——瞧瞧，日头都八杆子高了！"敢情还有点结巴。老七一听语气就知道男的是老板，和女的是两口子，不介咋能叫她娘们儿呢？老七憨憨地说："晚就晚点呗，这大冷的天，跑出八百里地也不容易，老板就多担待吧。"说完了，老七就颇为得意，心说：有这么远吗？男的大嘴一撇，比老七还得意呢！女的从屋里出来了，对男的说："你就不能对师傅们客气点？"男的讨好地说："知道知道！"男的把脸还了阳。

队员们已各有分工，先下去两个抱镩的。（镩：凿冰工具，头部尖。）吭！吭！吭！……打开一个三米多长，两米多宽的冰窟窿。负责穿竿的两个队员，各自扛着竹竿子来到窟窿边上，岸边的人把三马车的铁栅栏打开，往下倒网。由于是寒冬，网上的水分从没干过，网总是翻卷着，结结实实地冻着。一百多米长的网，队员们就像揭锅巴一样，一层层撕扯开。还有这么形容的：冬天下网，更像往锅里下方便面。

细一琢磨，还真形象。昨天蘸着水把网装上车，一层层地垛好。那时网是蓬松的，是无缝不入的。用脚一踩，就镶进铁栅栏缝里，经过一夜的冷冻，再打开栅栏，结结实实，弯弯曲曲的一块方便面压成了。倒下来，一入水，上面的冰马上融化，网就柔软得像面条了。傻小六边下网边嘟囔："这以前是我二大爷干的，咋换咱们了？"老七呲他："你干吧！咋这些废话？"原来小六的二大爷就是春树，这傻小子非要跟着老七，理由是春树的活早晚是老七的，连他都看出来了，看来这傻不傻真得两说着。

昨天回来后，网还没有卸利落，老七就由春树的家跑回了自己的家。望着自己新置办的三马车和鱼网，迫不及待地掏出新买的手机，拨通了鱼坑老板的手机，这个号码是他偷偷向一个拉鱼的打听来的。那边的声音好像就是这个男的，哧哧嗑嗑。男的让他先别挂，过会儿回复他。老七就听到那边有低低的声音，男声女声都有，好像在商量。老七心里很着急，生怕人家不答应。终于那边男的说话了："行——啊，明天你们早点来吧，打打完网还得亮——坑底呢！你们不能让那边鱼坑的春树比——过去，和你撂个底吧——春树和我们可有——亲戚！"老七心说：你当不当正不正地说这些干啥？老七得了活计反倒很烦，他又瞧了一眼车和网，说了几句莫名其妙的话："人呢，有时就这么回事儿，谁也别说谁！"然后就召集自己的队员，到新渠试网——凡是新网都得拉到清水里过一下，新渠是新抓的，水净。网刚试到一半，老七看到春树才由鱼坑回来……

今天要和春树照面，心里难免不舒服。可事情既然做了，就不要前怕狼后怕虎的了。老七使劲一挤眼珠子：不就是个翻脸嘛！一直在微微哆嗦的身子，挺得笔直。

这会儿，队员们把网下好，一边六个人，各自的一边再出两个人分别负责打冰眼、穿竹竿，其他人拉网。坑小，网拉得就快，一会儿就被拉到了坑角。

那边的春树网队来了，有队员向那边招手，傻小六也抻长脖子喊："我二大爷来了！"老七向队员们一瞪眼，他们不情愿地缩回手。春树始终没向这边看一眼，似乎他那边就是天边了，而他老七这边根本就不存在似的。越是这样，老七才越觉得难受，他很希望春树能跑过来和他争吵一番。

老七把头转回来，冲下面喊："该拐网了。"下面问："头儿，还用开空拔网吗？"（空：冰窟窿）老七说："不用了，瞅这地势平坦，鱼不会待在这里，这儿角度又大，好拐。"男的那副脸又转成阴："不行！得往上薅——薅网，我就没见过你们这样对付的。"老七不爱听了："你这人还真难伺候，咋打网还用你教吗？"男的嚷："这——这是我的坑，让你咋——打就咋打。"老七的那些队员们就附和："头儿，啥事不由东，累死也无功啊。"他们这在向着谁说话？老七想发作，队员们却开始老老实实地往上薅网，薅——薅——薅薅，傻小六一说话就带出傻相。老七憋了一肚子闷气，他想哭……

男的唬住了老七，豪气也来了："使劲干——啊！晌头儿小酒一喝，小炖肉一就！"

听到吃，队员们身子一震，嘴角都湿润了。

那边的春树也在拉网，要在以前他是不会上阵的。有几次，老七和春树离得很近了，春树却只给他一个后背。老七抬起头，张了半天嘴，风就大口大口地往嘴里灌，老七弄了个透心凉。老七的眼睛始终没有离开过春树的后背。哪怕春树的一个微小动作，都让他心慌。老七感觉自己就像一个刚刚断奶的孩子，没着没落的。有几次，他想努力摆脱这种状态，可是却不能。特别因为活计该咋干的时候，内部就会发生争吵，连个傻小六都要跟着瞎掺和。每逢这时，老七就没了主心骨。要是在春树那儿遇到这种情况，可就好办多了，春树只需拉下黑脸蛋子：啥咋办啊，就这么办了！真是，啥对不对的，春树就硬拍板了，这是一种必备的独断。老七不行，每次想这样，就面红耳赤，生怕这样一说，他们都不干了。心想：让他们争去，反正得有人下网，有人拉网，到头来活也干喽，钱也挣了。不知不觉，自己就向着平庸的网头靠去了。老七不甘心，最终他还是把目光由春树身上移开了。对于老七来说这就是个不小的胜利。他真希望能够变成一样东西，别人看不到的东西。然后贴到春树身上，对他说："头儿，我不该撬你的活儿，我错了！"哪怕被春树羞辱一顿，也不在乎，反正没人看到，然而他不会隐身术或特异功能。

老七见春树躲到没人儿的地方解手，心说机会来了。于是掏出香烟，其实老七不抽烟，这盒是鱼坑发的，他知道春树也不抽，可他今个真找不出靠近春树的好法子。向抽烟的队员借个火儿，点着，叼在嘴上。此时那边的春树提上裤子，朝鱼车走去。老七追没法追，喊没法喊，心底的火气却冒了上来。心说：你张春树算个啥玩意？我至于费这大劲去讨好你吗？老七朝那边的春树吐了一口唾沫，一截烟屁啐到地上。

不过春树有一个毛病，就是自己活多的时候，也不分给别的网队。老七曾劝过春树，让春树再置办儿条网，活忙的时候派几个还不错的弟兄领着去。春树说：哪来的钱？老七说：可以让我们入股。春树说：你想单干就直说。老七气得直翻白眼。心说：你就是独！

其实网拐不拐弯是两可的事，人的脑子可一定要学会拐弯。想当年春树同样撬了老网头的活计和位子：春树的第一桩活在一个叫六队的地方。那天老网头领着一部分队员去别处了，春树领着老七他们这帮孩蛋子，干完活，趁老板送出来的空，老七看到春树奔老板手里塞了一张纸条："上面是我的电话，再打网您就给我打。"老板故意带出为难的样子："可是我们都是老交情了。"春树一乐："他们现在的工钱是一天一人 30 元，我这是 25 元。"老板一拍春树的肩膀子喊了一声："好！以后就是你们的了！"

可春树就会演戏，把老网头当爹来伺候，末了还给他送了终，人们才说："老网头是因祸得福啊。有时候对自己的爹孝顺都收不到这样的效果，因为是理所当然的。"这之后，春树的脾气就渐长，啥事都他一个人说了算，为啥？还不是老网头在世时，他每天都要顶着流言过日子，又不能发作，如今一手遮天了，藏在心底的霸气也该显露显露了。

啥都从春树哪学到手了，唯独这霸气，是与生俱来的，学不来的，不是？那我老七的霸气又藏在哪呢？其实网头谁都想当，连傻小六这样的还想当呢！别看一天到晚喊着："弄得一身泥水有啥好干的？操心，废话，又有啥干头儿？"可心里却反着想：钱不少挣，还管着一帮人。来到谁家，不欢欢喜喜地敬烟敬酒？就连敬上老婆的事都有呢！

网上来了，女的出来问："有多少鱼？"老七说："一千多斤吧。"女的说："差不多够数了。"老七心里一亮：那就别净底了，赶紧回水吧。女的恶狠狠说："连个鱼毛都不能给我剩下！"傻小六听了直嘿嘿："这个女的真地道，鱼身上还长毛？"女的说："你们就先架泵抽水吧，我让人做饭去。"男的拎着水桶走过来，让老七抓几条鱼，大家一听改熬鱼了，多少有些失望。可没成想，男的让他捞的都是被泥水呛坏的小白鲢儿，和鱼苗一般大小，而且从一捞上来就散发着臭滋泥的味道。直到最后老七才壮胆捞起一条大鲤鱼，慢慢向桶里放，他在等男的一句话：就是它了！可是男的竟拎着水桶走掉了，气得老七"啪"地把鱼摔回到网箱里：抠门！

那边鱼坑的烟囱也在冒烟，老七就自言自语："也不知道那边啥饭？"傻小六听儿了，就扯嗓子喊："二大爷——二大爷，你们那边啥饭啊？"那边的春树也不理他，打发一个队员也站在土岸上冲这边喊："熬肉！"小六回："我们这边熬鱼。"显出很知足的神情。

终于该吃饭了，队员们噼里啪啦瘫在冰冷的地上。刚才太忙活，忘记天气，现在才觉出冷，风也像刀子削脸。赶忙起来，把衩脱掉，就像刚由热被窝里钻出来，直打寒战。闷在衩里的哈气瞬间就结成一层冰霜，用手一抖，哗儿哗儿地往下脱落，把衩亮起来，棉袜子没脱，当鞋穿。

掀开锅盖，一大锅腥哄哄的鱼汤，鱼都熬散架了。只好一人一碗，把凉馒头掰开，泡在里面吃。陕西有个羊肉泡馍，这里是鱼汤儿和凉馒头。有一个队员用筷子搭起一条鱼，臭了吧唧的，他还说："臭鱼不臭胃。"可刚吃了一小口，就吐出来了。老七说："你以为这是挨饿年代？"女的由他们身旁走过，老七盛了一大碗鱼汤，端到她跟前，女的边躲边说："不了，我去那边吃。"老七将鱼汤泼出老远。女的开着轿车走了。小六眼尖："快看，向我二大爷那开呢！"男的举起酒瓶子压了两大口："对——不起啊，我是想给兄弟们弄点好——吃的，可是——"老七截住话茬："啥也别说了，我们是干活挣钱来的，不是来挑吃喝的。"男的说："好——嘛，张春树他们在这儿干——活时，挑吃挑喝的，熬——鱼、炖——肉不算，有时候还张罗上饭馆……"老七添油加醋地说："他还这样呢？根本就不能用！我们不挑，吃饱就行了。不过这顿饭也真够'香'的！"

老七问："春树到底和你有啥亲戚？"男的说："他和我有——啥关系？不过是那——上面那点事儿。"

那上面？噢——老七一下子明白了。

坑里的水已经落到了沟槽，原本平展的冰面也变了形状，一部分随着水位落下去，铺在了沟槽上，外围的冰倾斜成四十五度，像是砌在斜坡上，坑底中间的部分，依然那么突出，平展。

水泵抽出泥汤后，冰与泥水就似挨非挨了，冰失去了浮力，轻轻一摁，就下来一块，将它翻到一边，里面的鱼就束手就擒了。

老七带领队员们开始亮坑底，不一会儿他们就被染成一个个泥人儿。爬行在沟槽里，好像卡通里的形象。他们一乐呀，露出满口的小白牙，新溅起的泥汤流进嘴里，咔咔地生咳几声，噗——地啐出一口黑乎乎的唾沫，此时很难分辨出他们是哪一个，然而粘在脸上的那层滋泥确保他们的脸不会被冻伤。

风不停地刮，土岸上的最凶，直来直去，夹杂着沙尘；沟漕里的最弱，刚好摸着队员的头顶；高岗上风向风力都捉摸不定，让人产生一种迷失感。

由于女的不肯加油钱，老七也就舍不得用自己的三马车运鱼了。就用另一种方法。将两条网绳接在一起，派一个队员拽着绳子头爬出沟槽，站高岗上接应。那上面也是冰板，又光又结实。下面的人逮着鱼就装进提前准备好的料袋子里，将其装满，然后系在绳子的接头处，一声呼喊："拉！"高岗上的就用力拽上来，把鱼倒进鱼筐，下面的再将绳子拽到接头……往来间装满一筐鱼，高岗上的队员就像推冰车一样推着鱼筐向对面的沟槽小跑。

喂鱼用的食台就在那里面，食台周围早被那些鱼蹾成一个大深坑，此时四面已经断了水流，成了死坑，正好在里面支起网箱，用来缓鱼，负责运鱼的队员把鱼倒进网箱，顺便捧起一汪清水往泥脸上泼，真扎得慌啊！赶忙推起空筐返回去。

傻小六把一条鲤鱼扔到高岗上，恰好被那个男的看见了，男的就嚷嚷："不——不是你家养的鱼啊！"小六吓得垂下头，手里摆弄着另一条："就扔！就扔！"老七骂了他一句："快你妈给我好好干吧！"可是男的不依不饶，点指着他们："就你们这帮人的素质？哈，难怪我们老板只想着春树而不想用你们！"

他不结巴呀？哦，敢情他也不是老板啊？队员们像受了莫大的耻辱，虽看不清面目，可能感觉到糊在他们脸上的泥巴在滋滋地爆裂。

老七的劲头也上来了："早看你像个狗腿子，你们老板咋找了你这个东西当小工儿！"

男的露了像儿，锐气跑光了，躲开老七他们，丢魂似的在土岸上晃荡。

老七爬上岸，闭着眼睛，躺在枯草棵里，才发现天暗了许多，老七的心也随着暗淡、恍惚了。老七看到春树向他走来，老七恨不得把眼珠子瞪出来，倒不是想和他打架，是想看清楚春树的表情，自己也好有个准备，春树这个人喜欢把心事挂在脸上，喜，怒，哀，乐，老七觉得很自卑，这些年自己敢情就是看着春树的脸色过来的。……由于心思都放在春树的脸上了，就忽略了他的脚——打晃间，春树和他近在咫尺了，连人家咋过的水渠都没看清。

老七没勇气去看春树的脸子，反正也不会给自己好脸看的。春树说："老七呀，居家过日子，弄不好还得分家呢，你走，我不嗔着！只是该事先和我打个招呼吧？"老七脸一红，其实早就红着呢，不过这次红透了。他抬起头，春树没了？咋回事儿呢？老七抻长脖子，春树不还在那边吗？

老七想：要不我过去看看？他过了那道渠，也没弄明白咋过去的，反正是过去了，像春树一样。来到春树跟前，春树说："来了？"老七答："来了。"春树说："你认个错，这事就算过去了！"老七本来已经把嘴巴张大了，就是还没来及吐字，突然发现无数双眼睛在没好气地盯着他，老七又闭上嘴，心里有些不服：在我那边，春树可不是这样说的！

老七觉得冷，磕着牙，打哆嗦……才回过神儿来，原来自己是在梦游，身子都快被北风飕干了……

他在想着：咋样来应付春树。自己多少也受过春树的恩惠，如今撬了他的活，也该赔个不是。

可这个女的也太难得疼，既然把活给了我们，就不要派个小工来横挑鼻子竖挑眼了，还时不时拿春树来做比较，春树有春树的一套，我们有我们的干法，我们是老七网队，而不是春树网队，本想出完坑向春树赔个不是，现在更重要的是：捉弄那女的了。

这边的活干得死气沉沉，那边却突然热闹起来了。人们的嘈杂声拌着轰轰——的鱼车的发动机声，那边的该装鱼了，老七躺着都能猜出来。快点快点！看着鱼别撒喽……老七不想听这些，可是风偏就把这些一股脑地捎过来，堵住耳朵都很清晰。老七干脆一骨碌身儿站起来：春树。老七第一眼就看到春树站在鱼车上。老七心说：这么大的年龄了，你让谁上去不行啊！

老七又回到沟槽，没忘自己的想法，双手裹住嘴巴：哎——给我往泥里踩，老七把声音压得很低，却不怯生，底气十足，恰到好处，不是长了翅膀会飞起来的那种，而是生了爪子可以任意在冰面上滑行的那种。岸上的人听不到，底下的又听得很清楚。队员们心领神会,悄悄地把鱼往泥里踩或摁! 做得很隐蔽,男的也没看见。

　　老七爬到高岗上,让运鱼的那个队员下去,一个人搜寻着啥东西。凭他的经验,这看似平稳的高岗上,或许就藏着许多鱼。不过老七一边自信地寻找,心里也一边打鼓,心里有一股热切的期盼,能见到鱼,这是实施报复或回报春树的关键。心里越有底就越觉得心虚得慌,贼一样向岸边的小房偷望。终于见一小块薄冰底下那亮晶晶的鱼影儿。老七再一次向岸边窥视,没人注意他。老七拾起砖头大小的冰块,轻轻一敲,哗啦啦一声闷响,老七估计: 要有几筐鱼。双手抠起几块泥,圈在四周,算作记号。老七得知,净完坑底,女的他们就会卷铺盖走人,不会再向鱼坑回水,那么这些鱼……开始老七想给春树一些,可又太便宜这小子了,我到底做了啥对不起他的事? 老七长舒了一口气,表情也舒展开了,他不生气了,反正不欠春树的了,所以这些鱼理所当然地归自己。

　　傻小六和队友们争吵起来,老七下去说了他几句,没想到那傻小子还敢冲他瞪眼,白眼球多黑眼球少,看上去更傻! 老七扬手打了他一个嘴巴,他却边哭边骂:“你妈的。”老七起来又踹了他一脚,不过这下有点重,傻小六躺倒在泥水里不依不饶地哭号。老七还想打他,被队员拦住了:“跟个傻子置啥气啊! ”老七很郁闷地低下头,手摸来摸去,碰不到一个鱼。

　　傻小六呢? 咋不见了?

　　老七猛然抬起头,傻小六没了人影儿,有人要去找,老七说:“不用,丢不了! ”其实老七是被小六气的,丢没丢,他心里也没底,不过他还是想等等再说。这时有队员小声嘀咕:“还网头呢,欺负人家一个傻孩子,有本事晌午别让我们吃臭鱼啊! ”老七的头大大的,眼前模模糊糊:“以后你们谁有本事谁就做这个网头! ”

他看到春树了，可老七这次不想和他吵，还想告诉他把网队收回去吧，他还想当之前的那个让干啥就干啥的老七……一条鲫鱼被老七的膝盖跪疼了，嗖地蹿到冰面上，老七在冰板上爬着追它，竟没逮着，索性翻身躺在冰面上，尖尖地唱："打网别亮底呀——亮底就生怨气；亮底就呛滋泥；亮底就吃臭鱼——臭鱼不臭胃，臭胃不臭鱼……"

"老七头子——我刚才去拉屎了。"

老七噌地站起来，傻小六正蹲在土岸上，可怜巴巴地望着他。老七冲他一摆手："是你二大爷教你的吧？赶紧下来干活！……"

突然，老七听到那边乱了起来，人人都在拼命地喊，喊些啥话却听不清了，只感觉到这些喊声和风的呼呼声混合在一起了，这该死的风！好一会，女的开着她那辆小车回来了。和男的说了些啥话，就赶忙开回去了。老七把脸扭向男的，说实在的他真不想理他，可是他急于知道到底那边发生啥事了。

春树由鱼车上摔下去了！

老七和所有的队员的心都提到了嗓子眼，他们几乎同时连滚带爬地冲上土岸，向那边观望。小六撒腿就跑："我得去看我二大爷……"

一辆救护车响着喇叭急驰而来，一会又急驰而去，小六一屁股坐土岸上，大口大口喘着粗气。

老七紧绷的神经也放松了，自言自语："一辈子都没装过鱼车，今个逞啥能？"

男的却把嘴又撇起来了："老七啊，你可真操蛋啊！要不是你拉走了他的一部分人马，他至于人手不够吗？他也不至于亲自上车了。"

老七臊得脸和红布都有一比了，心话儿："这家伙还真说句人话。"

一群白色的鱼鹰，将沟槽围起来，不停寻找着猎物。可是坑底太净了，没有几只能吃到鱼的，就有很多鸟抬起头，冲着天空嘎嘎地叫，以此来发泄内心的愤恨。

偏有一只鬼的，飞到了高岗上，沿着老七慌乱的脚印追寻，终于找到了那一小片薄冰，迫不及待地将一只长嘴夹进去，只听哗——地一声响，吓得白鸟扑棱着翅膀向后退了几步，很多鲫鱼跳到冰面上，拼命抖落身上的滋泥，生怕没人看到它们。这些大鸟，老七嘴馋时就消灭几只，掺些猪肉来炖，做下酒菜。看来这次它们是来报复了。下面的事儿可想而知，女的男的一个劲儿地嚷嚷：将老七送派出所！就连老七的那些队员都怪他：笨蛋！

对面春树的活计干完了，突突突突——由老七他们身旁经过，春树的司机故意把油门轰得响响的，老七这边的越干越没劲，好些人的魂已经追随着他们回家了。

老七想：只有春树能解这个围。因为老板是春树的亲戚。这也怪了，活计不给亲戚干，给我们图个啥？况且我偷鱼也是为得春树，可是这话真没法对人说啊。何况春树又受了伤，可是不找春树找谁呢？他看了一眼傻小六，眼睛突然亮了，就像遇到了救星。老七拨通了春树的手机，然后交给小六，小六哇地哭出声来："二大爷——快救救我们吧，我们要住派出所了……"

老七听到女的在手机里对春树诉苦："谁知道老七会是那样的人儿。早要知道，我贵贱不能用他！"老七只觉得唰地一下，由头顶红到脚跟儿。

女的把拇指和食指捏成个鹅嘴状，狠劲拧了一下，瞎能耐！

非把活给他干！我真想拧掉你春树的屁股！听不清春树在说啥，女的那哀怨的神色在渐渐褪去，一会竟笑了，展开手掌，好像又拍着春树的屁股：傻春树！

春树咋是这样的人儿呢？老七想。

事情总算解决了，老七刚要招呼队员回家，女的却拦着："别走，还有鱼。"由于长时间没人在坑里搅了，一层清水悄然冒出来，漫过那些脚窝，被踩在里面的鱼就趁机缓过来，扁着身子游。老七二话不说，深一脚浅一脚踏进泥水里。

西北的天逐渐浑了，早怕东南，晚怕西北，看来是要下雪了。要是春树他们不走，帮我们一下，该多好啊。老七自己也认为这个想法：真无耻！

冬天的白天来得晚去得却早，男的已在鱼坑的上空装上了灯泡，在偌大的野外，区区一个鱼池就显得异常苍白，活像一个灵棚，老七他们就像幽灵似的在里面爬来爬去。一闪一闪眨眼睛的，像是已经由泥里缓出来的鱼，又像是那一片一片刚刚从天空中飘落的雪。

"哇——哇——"，声音格外刺耳，是傻小六，像个老太太似的排在坑里哭号。

我要家走，我要家走——小六每抓到一条鱼都要往死里掐，流氓！坏蛋！掐得那鱼滋滋地叫唤。

老七心想：今儿个可把眼现到家了。老七抬头，觉得这漫天大雪压得他喘不过气来。他真的好想睡一觉，哪怕枕着冰板，盖着这洁白的雪，等一觉醒来，他和春树以及所有人和所有人，都化解了睡前的恩恩怨怨，然而，他与所有人都做不到。

快看快看，飞鱼了！

真的，老七看到漫天的鱼在飞呢！它们在空中仍留着水中游泳的姿势，那些黑乎乎的泥巴，慢慢脱落，一身洁白，亮莹的鳞片就显露出来了，在雪花飘落的时候，它们也次第划落到网箱里，一点也没有生命即将结束时的恐惧。老七问："我这样对你们，你们还——？"

"莫说，莫说，我们就是这东西……"

老七一回头，看到春树的儿子——自己的师弟，他领着那一半队员来支援老七了。

"师傅咋样？"

"在县城住院呢！"

"都是我气的！"

"我爸他觉得委屈啊！"

老七暗下决心：干完活，不管多晚也要到医院去，不敢说一辈子，至少这几天他也要将春树当爹一样来伺候。想到这，老七开始兴奋，心里的每个小疙瘩都解开了，他需要发泄一下，于是冲着漫天大雪"噢！——"

包括女的在内的人们都笑老七是"人来疯"。

老七说："莫笑，莫笑，我就是这东西！"

说完，他鼻子一酸，真的哭了。

有魔力的
红腰带 / 甄建波

　　"西老北"把春树闹醒，春树对它又恨又怕，觉得它是个小人，可是对这个年年如期而至的小人，春树也是无可奈何，春树的媳妇会说，打它骂它都没用。女人拿出昨个儿就缝制好的红腰带递给春树："给，用它系住厚厚的棉衣防着它。"春树说："上面儿咋有这些针眼儿呢？"女人把脸蛋儿一仰："这些都是我的眼睛，你无论到哪儿我都盯着你。"春树说："我是那人儿嘛。"女人的法儿还真管用，穿圆了的春树将红腰带一系，它哪里是啥腰带呀，纯粹就是"三太子"的混天绫，还没祭出去呢，"西老北"就向站在冰天雪地里的春树服软了，呈上叫"暖和"的那个她来讨好春树，春树说："这条带子魔力不浅呢……"

　　起来解手的女人撩起窗帘，外面黑压压的啥也看不清。是那只野猫把雪信儿传递进来的。想到那只不知从哪里跑来的野猫，女人就生气。你算老几呢？就凭你也能打乱我和春树的生活？其实她不光是在骂猫，她是故意连那女的一块儿骂呢。还说那只猫吧，隔三差五就领几只公猫回来，在院里"嗷嗷"地使劲嚎叫。每逢这时，女人和春树都睡不着觉，他们先是把被蒙在脑袋上，盼着它们快别闹了，后来这招儿不灵，两口子干脆就竖起耳朵听，心话儿，你也怕累，看你能折腾到多天儿。可是这几个玩意儿，越吵越凶，看样子根本就没有停下来的意思。春树梗直脖子冲窗口复制它们的声音"嗷——"了一声，女人身子哆嗦了一下，嗔怪春树，

"大半夜地你跟着起啥哄呢！"春树说："你听，不闹了吧。"女人瞪大眼睛说："是啊。没过几分钟。"外面闹得更凶了，似乎是在对两口子的报复……今天女人真是忍无可忍了，扯掉被窝就跳到地上，眼前又出现那个女人的样子，今天我非打跑她！春树爬起来，不用你，我出去揍那几个东西！女人问："你舍得吗？"春树一愣："啥舍得不舍得？"女人知道说漏嘴儿了，不再言语了。春树一边往外走一边，你说它也真够能的，能弄来一大堆猫围着它转。春树一开门，顿时被漫天飞舞的大雪映亮。春树一撒手，带弹簧的门"啪"地弹回来，把春树自己都吓得一凛，外面的猫叫声戛然而止。钻到被窝里就和女人说："外面下雪了，好家伙，又密个儿又大。"女人抿嘴儿一乐："你们家儿把雪还论个儿呀？"说完眼泪儿就流出来了，幸亏没让春树看到。春树刚一闭眼，两片眼皮"啪"地弹开了，春树使劲闭，眼皮就使劲弹开。春树纳闷儿，这是咋着了呢？后来春树干脆就直挺挺地躺着，瞪大眼睛看窗外。果然，无数瞌睡虫儿正顺着天上飞呢。春树想，原来你们都被老天爷收回去做孙子了，可老天爷也真是的，你就不能派一个两个飞过来，让我张春树好好睡上一觉啊。春树把手机拿出来摆弄，来来回回翻看着存在里面的号码，张老板、李老板、老九、老五……咋就一个电话都不来呢？春树越想越睡不着，越睡不着就越想，春树气得把手机往炕角儿一扔，妈的，总算找到根儿了。春树暗叹自己就是受罪的命儿。

　　就这样，春树直到天亮才昏昏欲睡。春树看到那些飞舞的白色瞌睡虫一个劲儿地向自己扑来……

　　"2002年的第一场雪比往年来得更早一些"，手机响了！春树和女人同时醒了，春树慌忙坐起来，晕头转向，心都要蹦出来了。

都这会儿了，来不来电话两可，扫不扫这雪也两可。还是春树的女人会过日子，她爬过来，抓起手机，按了一下接听键，就把手机丢在春树的耳朵旁边，"给，就差这几天了，咋害怕了呢？"春树把手机贴紧。对方说："春树头子派几个人来！"春树问："几个？"对方告诉春树，几个都行。春树把眉毛一挑，豪爽劲儿上来了："行！在哪儿？……噢，好的！就那样儿定了。"春树按了手机。女人问："谁呀？"春树说："我也没听好，反正挺熟的，告诉我们去水城。"女人愣了一下，慌忙穿好衣服："我做饭去。"春树说："我也起了。"女人说："你先等会儿。"女人将红腰带递给春树，春树拍拍后脑勺儿，这腰带可厉害了！

雪停了，春树找来六个队员。傻小六问春树："二大爷，今儿个儿几户啊？"春树说："一户。"傻小六嘿嘿地乐，"够给我媳妇买大酸梅吃的了。"贫嘴张松逗他："买那破玩意儿，要我就买辣圈儿，呵，吃了往外蹿火，过瘾！"傻小六脸涨得通红："你不知道酸男辣女呀？"春树说："别逗了！上车，虽然是一户，可要是几百亩也得扫到大黑。"春树心里不免有些后悔，水城在哪啊？忙得乎地竟也忘了问多大坑了，这要真是几百亩就坏了，再给那个男的打电话竟关机了。队员们问："把网卸了吗？"春树说："卸网干啥？"傻小六说："这要是那家一高兴再让咱给打两网，就坏事儿了。"春树说："你就长这贼心眼子。不过丑话说前面，只要让咱们打网，哪怕给金山、银山都不干！"队员说："对，给金山银山都不干！"春树摇着三马车，队员们乘着这股黑烟爬上网车。

春树的三马车坏在了半路，一修就是一天，这期间那男的曾打来手机，春树说："找别人吧。"那人口气坚决，黑也要等你们来。春树想，听音儿咋觉得熟呢？后来是一个女的打来的手机，声音更熟，就是想不起来了。女的说："这里是朱乡长的坑，找人很容易的，为啥非找你们，你们就不能琢磨琢磨？"春树心想，我琢磨啥？别管多晚我也不能让队员们白出来一趟啊，何况我也得把修车钱挣上来呀，我不是怕你们嫌晚吗。春树攥了攥红腰带，浑身的血液往上涌。

由于天黑，看不清朱乡长的坑有多大，只是看到坑里的那串灯火一眼望不到头。春树弄灭车，男的过来了，握住春树的手，"辛苦了，张师傅。可惜我乡里有事要处理，不然我就过去看你们了。这样，你修车花多少钱和中午的饭钱算账时一块儿补上。"春树心里泛着含糊，他是朱乡长？我的师兄？不像啊？男的招呼他们，快进屋，先吃饭。饭不是太好，白菜烩豆腐外加十几张烙饼，热气腾腾的。春树抻出一张大饼，张开大嘴刚要咬，被热气包裹中的那张熟脸儿吓坏了，不是她是谁？女的可不像春树那样吃惊，人家毕竟是乡长的女人，见过世面的。男的说，墙角还有一壶大高粱，弟兄们每人喝点儿，暖暖身子。老七小声跟春树嘀咕，朱乡长人不错呀，比咱们镇那位强多了，威风凛凛，官架子端着，官腔打着。男的手机响了，接了不到十秒钟，就断了。他无奈地对春树说，老弟，真不好意思，乡里有事儿，我得回去一趟。然后就急匆匆上车回乡里了。

女的招呼春树他们吃喝，眼神经常停留在春树脸上。看得春树脸儿都小了，想起她在家的时候就经常这样看他，那时更脸儿小，不过心里就像灌满了蜜似的，一个劲地往外溢。现在可不是那个劲儿，七上八下、忐忑不安，像欠了她的。一想到这儿，自己老爸的样子就在眼前晃。吃饱了肚子，春树开始张罗着扫雪，队员们都懒得动弹了，傻小六靠在炕头直磕头儿。老七说，我看再照以前的样子扫下去，顶天亮也扫不完。春树和老七小声儿嘀咕，倒也是，不过连人家饭都吃了，也不好再说家走的话了，万一因为没给人家扫这雪，鱼出点儿啥事儿，也不好说。老七说："我有办法。"春树问："啥办法？"老七说："刚才我看到坑边有一块大三角铁，不如让我开着三马儿拽着三角铁在坑里跑几圈儿，省时省力还干净。"春树说："那万一要是掉冰眼里咋办呢？"老七说："现在的冰厚得要绝底儿，再让这里的小工儿坐在车斗里看着点儿，没事儿。"春树想了想："行！不过还是我来开吧。"老七说："还是我来吧，我眼好使。"女的说话了："还是让头子下去吧，他的车他开得熟，我给盯着冰眼，我的坑我最熟。"春树听完心都有些颤。春树小心翼翼地将三马车开进坑里，队员们七手八脚将三角铁抬进坑里，拴在三马车后面。女人站在车斗里，春树说："站好喽，我开了。"女的回："开吧。"由于提前按了不少的电灯，坑里并不太黑，红红的灯火儿映着白雪，偶尔被风吹起的雪花投奔灯光，一点点的温暖就将它们化为了烟气，春树放眼望去整个鱼坑就是个天堂。春树仰头望天，看到爸了。爸老了，老得不像样子了，看来这些年，他在天堂过得也很不快乐。爸对春树说："爸不是人，让你在冰天雪地里受这活罪。"说着，由天上飘下晶莹的雪花来，温暖的灯光奈何不了它，落到春树脸上，慢慢融化，是爸的眼泪。大串大串的泪珠儿由春树的脸上滑下，老得不像样子的爸能说出像样子的话喽！春树问："爸，我想了这些年了，觉得不光是你一个人的错儿，她也有份儿。"爸露出委屈的样子。春树又说："爸，别管以前谁屈了谁，今天都要说明白做明白。"爸临走时对他说："小心车上那个女的……"这时车上的女的高声吆喝："春树，开快点儿，开快点！"春树稍一加油门儿，耳边的风就呼呼作响，连眼睛都睁不开。女的喊:"春树,注意,向左边儿拐一下,让开那个冰眼!"春树就使劲往左边一打车把。由坑这头儿到那头儿足足开了十五分钟。春树刚想掉头儿,女的就将热乎乎的嘴唇贴在他的脸上。由这一刻开始,春树疯了,把油门踩到家了,女的更是疯得厉害,站在车上大呼小叫,有时捧着春树的脸猛啃、猛吻、猛咬……一串串的泪珠顺着春树的面颊滚落。大约两个小时,十几道弯弯的冰道闪起了光彩。两个人几乎快要冻僵了。女的问:"春树你还走吗?"春树说:"不走干啥?"女的故意放大声音:"朱乡长让你等他回来和你商量点事儿。"春树问:"他为啥一直没有露面?"女的反问:"这还用问吗?"春树确实是太冷了,需要缓缓身子。老七他们都归心似箭,春树和女的都看出来了,女的说:"你们先开着三马车回去吧,等商量完事情,朱乡长会把你们头子退回去的……"

回屋儿,女的就迫不及待:"春树我告诉你个秘密吧。"春树问:"啥秘密呀?"女的嘴一撇:"要不是我,根本轮不到你来这儿出坑。"春树问:"不是叫我来扫雪的吗?"女的一指屋外,"从此以后所有的水城活儿都是你的了!"春树脑袋嗡了一声,这些活儿要都归我们,哎呀,那可是金山银山一样啊!春树的惊喜再也难以掩饰,脸涨得通红也知不道说啥好。女的说:"我还有一个秘密之中的秘密,你想听吗?"春树一本正经,"嗯!"女的说:"开始我哪知道你干出坑这行当,是去年我回咱们庄儿,你老婆告诉我的。那时她哪肯说呀,因为我俩为争你连骂街再动手的……"女的说到这儿脸红了,她看了一眼春树,见到春树还那么傻听着,心里就来火儿,故意说:"感谢老天爷,没把我给你。"春树尴尬地笑笑。女的接着说:"后来我告诉你老婆,春树接了我的活儿一辈子都不用再去别的地方。这样你老婆才把号码给我的。所以在下雪后，我突然想起了你，才给你老婆打电话的，这些春树你都不知道啊？"春树像没听见一样，故意将心思转移到金山银山上去了。女的急了："你就没看出来——！"喊声戛然而止。外面传来汽车喇叭声，女的冲不知所措的春树踹了一脚，滚床底下去！春树趴在冰凉的床底下，大气都不敢出。就听女的问："春来，你没回乡里呀？"春树心话儿，哦，这次才是真的你啊。朱乡长说："哎呀，前村的那几个村民代表还没走呢，说了，不交承包费就去上访。"女的问："那咋办？"朱乡长说："我想好了，明天把咱这个坑打一网，先把承包费堵上，让老百姓过一个好年，打网就找张春树了，那人实在。"女的问："你住这儿吧？"朱乡长说："还得去劝劝那几个'活爷'呢。"春树想："活爷？你都乡长了，也有怕的人啊？后来春树又笑自己无知，哼，他上面县长、省长……多去了！一会儿工夫朱乡走了，女的叫春树出来，心疼地擦掉春树身上的泥土。春树问："活爷是谁？"唉——女的叹了一口气。

朱乡叫朱春来。女的嫁到他家时，家里日子并不富裕，那时春来整天蹬着一辆破"铁驴"由水城一口气儿到春树的庄儿，跟着包工头也就是春树他爸当小工儿，一天挣十五块钱，女的除了料理家务，就是下地，由于公婆没得早，两口子又没孩子，两口人的地对于勤快的女的来说不算个啥。那会儿大工是一天二十五块钱，女的就让春来当大工。春来说："那是说着玩呢。"女的皱了皱眉，人家老五咋当的大工？我看他的技术还不如你呢。春来说："不就是他媳妇隔三差五地请包工头喝几顿酒吗。"女的说："那咱也请。"春来说："你不知道，就我们那头儿岁数不小了，可还好那个。"女的把眼眉一竖："我专治那个。"春来说："你千万别介！"女的就背着春来请来包工头，包工头一看女的就醉了三分。几杯酒下肚，女的找准时机向包工头身边靠了靠，说明用意。包工头说："你不说我也知道，说着，一把搂住女的，明儿就让他记工去。啥大工小工统统都不用干。"女的见用意达到了就想溜，没想到包工头竟有一把子蛮力，让他得手了。女的又哭又闹，不依不饶，这次真没有演戏的成分。包工头也怕了，心想，还没有一个敢跟我闹的，一慌神儿就发下誓言，一年后，让春来当一把手。女的鬼，非要他立个字据，包工头稀里糊涂签了字。包工头没有食言，第二天就让春来管账去了，一年之后，偏巧包工头得了脑血栓，女的举着那张字据逼着包工头退位，包工头只好应了。春树眼睁睁地看着爸把本来属于自己的位子给了人家。春来不是个傻子，知道这里一定藏着猫腻，可从来也没有问过女的。倒是听到过一些风言风语，大不了左耳朵听右耳朵冒呗。有时女的实在憋不住了，就想说出真相，都被春来呲回去了。后来村里选举，全村的年轻人里就春来一个党员，又有老五、老九等人的支持，顺理成章地当上了书记。往田地里通电，挖灌水渠，修乡村路乡村桥、道路硬化美化绿化……由里向外，干净利落，在这期间，还和老五他们合伙包了村里的鱼池，就让女的去鱼池照应。女的不想去，说朱春来是在报复自己。春来也有办法，你不是不去吗，我也不雇人，我也不去，女的偷偷跑去看，有不少死鱼漂上来，心疼不过，卷起铺盖卷去了。春来雇了两个小工儿给她帮忙。因为鼓捣个水泵、增氧机啥的还得男的。第一年，转了一百多万块钱，张春来拿出五十万元支持了乡政府办公大楼工程，拿出二十万元作为过年过节为村里困难百姓的帮扶金。同时不忘退休在家的老干部，每次去拜年，除了送去东西，临走还奉上一句，请多多关照。老百姓对春来喜欢得不得了。后来春来被调进乡里做农业站站长，又被提升为主管农业的副乡长，最后升为乡长——正处级。这里的每一次变动，女的都是事后知道的，女的很是失落。觉得自己很没用。后来女的多次当着春来的面讨要村里妇女主任的职位，春来不同意。女的感到男人已经不是原来的春来了，举止言谈俨然一副官模官样。有一次女的出去转了一小圈儿，回来就看到无数样式各异的小轿车纷至沓来。钓鱼人将鱼池围成一团，女人慌神了，还以为是黑社会呢，赶忙给春来打手机，春来在手机里骂她："头发长，见识短，这些都是我从市里请来的客人，到时候你就等着收钱吧。"这期间，春来身边的那些朋友总给春来打电话，哥哥吃肉，我们总得喝点汤吧。今年偏巧鱼价暴跌，他们就联合起来，不想交承包费了。村民代表全村老百姓不答应，春来找那哥几个谈了几次，劝他们先交了承包费再商量，可他们就是听不进去，后来春来急了，你们不交，我替你们交。可是在春来心底盘算着一个惊天计划，正绞尽脑汁地物色实施这个计划的先锋。

女的委屈地说："春树，你说，要不是我，也有他朱春来的好日子！"春树咋说？他躺在女的温暖的床上，有些发晕。女的动手要解下他的红腰带，春树觉得眼前划过一道红光。春树自言自语，等会儿，等它走喽。女的可不管那一套，三下五初二脱光了春树，望着黑亮的身子发呆。她怯怯地问春树："哎，你说咱俩算不算搞破鞋？"春树说："我也不知道。"身子有些抖，头上罩着爸冰冷的眼神。女的问："你冷吗？"春树说："冷。"女的忙把棉被盖在他身上。春树说还冷，女的摸了摸春树的头，凉飕飕的。女的脱光自己，钻进被窝，和春树拥在一起"抱团取暖"。春树的身上有了暖意，刚刚有一些冲动，春树说，拉灯吧。女的回手拉灭了灯泡。那条红腰带飘进被窝，像对付犯人似的狠狠勒进春树的皮肉里，无数双自己女人的眼睛把小屋照亮。春树的手机也响了，是女人。女人带着哭腔问："人家都回来了，咋就偏剩你不回？"春树支吾了半天，又想解释又不想解释，最后将手机一按，虽然觉得对不起女人，可是心里忽地一下子有了底气。女的说："这一夜就算你补给我的。"春树的手机又响了，是女人发来的短信，上面清晰地刻着一行字：红腰带上长着我的眼睛。一行一行的热泪由红腰带上流下，浸漫到春树的心里，春树身子又开始冷了。女的也没了兴致，跟春树说："你走吧，你永远欠我的。"春树犹豫一会儿，就穿上衣服。春树的身子开始发热，尤其是站在冰天雪地里一点都不觉得冷。春树向女的吼："我不欠你啥，要不是你，我早就当上建筑公司的经理了！"春树的眼前有一条老虎在引路，虎身上系着一条鲜红的腰带，欢天喜地走在冰天雪地里，呼呼的北风激怒了这条"大虫"，他昂起头，冲着屁事儿不懂的"西老北"嚎啸。突然间，大虫的眼前展现出一派冰雪融化、春暖花开的景致，真好！春树突然想到朱春来，他这些年心里在想啥呢？后来一想，真是替古人操心。他让我明天可劲打网，我就可劲打，既听从领导指示又为这里的父老乡亲们过一个好年做了贡献。

春树手指哆嗦着给朱乡长发过去五个字：我不想受罪！发完春树就后悔了。后来朱乡长回信了，一大堆字，春树看着就激动，师弟，啥也别说了，明天给我狠狠搂一网！兄弟记住，做人要狠！要有大梦想，我能帮你。

女的倒着春树的脚印儿偷偷跟出老远，她盼着春树突然间回心转意，再次投入她的怀抱。女的手里攥着手机，她几次想给春树的女人打电话，求她将春树借给她一夜，最后还是被眼前这串坚定、有力的脚印踩灭了幻想。她咬牙给春树的女人发过一条短信：

我也要给朱春来系上一条红腰带，那小子一往斜处想歪处想就勒死他！女的忐忑不安地等着回信，甚至就在冰天雪地里等，不等到回音，哪怕是一句"破鞋"心里也踏实。对方回信了：好的，我帮你做！透出一股神气劲儿。女的狠命按了手机，孤孤单单一个人向自己的小屋走去。

事情正如朱乡长所料：今年的承包费真得他出了。春树领着他的网队再一次来到这里，可这次他是双重身份：网头兼东家。由打网到卖鱼全都他说了算。

年底，天寒地冻的，队员们由三马车上跳下来，先跺跺脚再搓搓手，这么冷的天又坐了这么长时间的车，每个人都憋了一下子尿，不用背人儿，一转身或一扭脸儿"哗哗"地尿。朱春来的女人捂着半边脸嘀嘀乐，春树逗她，看到啥了？女人说都是你带出来的好小子。春树心话儿你朱夫人也不是啥好娘们儿。

队员们由各自的袋子里倒出一堆东西：皮衩、棉袜角儿，还有布条儿。他们都坐下来，熟练地蹬上袜角儿，用布条儿系好，然后站起身，像穿裤子一样穿衩。袜角很厚实，不是老娘就是媳妇给做的。穿到靴口，就费劲了，得往里面使劲蹬使劲端一阵，才慢慢穿到靴头儿。朱夫人围着队员们来回转，舍不得走。一会问这样穿还不把衩穿坏喽，一会又兴致勃勃地替他们勒衩嘴儿，一边勒一边问：紧不紧？春树可不领她的情，将红腰带紧了紧。正被女人看到，没头没脑地问队员们："你们的媳妇没给你们做红腰带啊？""我们又不是本命年，系那玩儿干啥？""可是它的确有魔力，能绑住人的魂儿！"春树说快算了吧，别耽误我们干活！

数九寒天里打冻网，队员们已各有分工，先下去两个抱镩的。（镩：凿冰工具，头部尖。）吭！吭！吭！……打开一个三米多长，两米多宽的冰窟窿。负责穿竿的两个队员，各自扛着竹竿子来到窟窿边上，岸边的人把三马车的铁栅栏打开，往下倒网。由于是寒冬，网上的水分从没干过，网总是翻卷着，结结实实地冻着。一百多米长的网，队员们就像揭锅巴一样，一层层撕扯开。还有这么形容的：冬天下网，更像往锅里下方便面，当然，这话要在饥饿的时候才说出来呢，更像说给老板听的，所以聪明的老板都走开……只有朱夫人躲在春树的身后看得入神儿。"哎，春树，你还别说，细一琢磨，还真形象。蘸着水把网装上车，一层层地垛好。那时网是蓬松的，是无缝不入的。用脚一踩，就镶进铁栅栏缝里，经过一夜的冷冻，再打开栅栏，结结实实，弯弯曲曲的一块方便面压成了。倒下来，一入水，上面的冰马上融化，网就柔软得像面条了。"春树没理她，只顾指挥她的队员。你个德行！女人敢怒不敢言，朱春来已经吩咐了，今天一切听春树的；以后水城的繁荣都靠他呢。这会儿，队员们把网下好，一边六个人，各自的一边再出两个人分别负责打冰眼、穿竹竿。

春树冲着身后的女人说，快去房里歇着吧，用我们打网就是一样——省心加放心！女人没有走，仍跟在春树的后面。网拉到一半时，女人忍不住嚷道："靠近一些，冰眼打密一点儿。"春树说你懂得还不少，我们照活干，打不上鱼，不要工钱！女人听出春树不耐烦了，张春树你注意点儿分寸！春树脑袋嗡地一声就大了："我可是冲着我师兄的面子来的，你不就是因为那天晚上的事吗？"女人身子一颤，变得僵直，眼泪唰地流到下巴颏。春树一看就后悔了，还没来得及说点啥，女人一屁股坐在坑边儿，一把鼻涕一把泪地嚎："张春树你个大流氓！和你爸一个揍性——！"春树打死也没想到堂堂的乡长夫人会说出这些话！打网的队员们一个个钉在了冰面上，周边的空气凝固了，让所有人窒息。啪！地一声脆响，女人嘴角沁出了血。朱乡长仿若空降般横在女人跟前。师弟，委屈你了。春树朝队员们喊："卷网回家！不伺候他了！""师弟你要走了就是这水城的罪人！""师兄，我不走又能咋样？""不走，我就让你成为水城的英雄！""张春树你混蛋！"女人扑过来，用两只手疯狂地抓扯春树的脸。春树攒足全身力气把女人甩在冰冷的地面上，弟兄们给我接着拉网——！在与女人的撕扯当中春树的红腰带老老实实系在腰间，媳妇正用长长的睫毛蹭他的腰呢。春树觉得舒舒服服的。

最近水城来了两个女人，她们听说水城有个英雄叫张春树，是个狂热的联盟派，跑到水城的各个村镇收编被他们称为"保守派"的小网队和小鱼坑。那些小网队的队员和小鱼坑的主人个个都是犟脾气，不管联盟派多凶，他们都不买账。他们碰到一起，简直相持不下，于是只好使用武力。春树一向主张严办，抓到就毫不客气地问一句，承不承认、加不加入水城联盟？只要道半个不字，那就一声令下："举拳——预备——打！"那个不信联盟的就腿肚子转筋。

远近的人们对他又恨又怕。不过又有人看到这位大英雄腰疼得厉害，坐在椅子上头扎到裆里，站起来呀，脑袋能碰到地。大白天的就从腰里哧哧冒火星子，晚上就咕嘟咕嘟往外冒水。全水城的人都知道这位大英雄得了怪病。可是这位脸色苍白的魔鬼的兄弟就是一条烈性子的老虎，犯起病来，最锋利的刀子砍在他身上都得卷刃，稍一犯性子就会咔嚓咔嚓连一点儿渣儿都不留吞进肚子。有位好心的先生劝他红腰带是不祥之物，应该烧掉它！可他却冲人家大发雷霆，老子能当上水城的英雄就靠它的魔力呢！不过，话说回来，一旦加入联盟，过得都不错，租网租坑的人们也还喜欢他。愿意跟着他出去干那些被叫做"行业迫害"的不正当竞争的，更是个个都愿意为他的健康干杯，喝个酩酊大醉，醉了就瞎说，春树被朱县长做了转基因手术……

两个女人听后就伤心起来了，其中一个手里攥着的红腰带都褪了颜色。她们觉得自己就像个妓女，以至于离良家妇女的形象越来越远。两个可怜的女人就在水城里走啊，走啊。村口有一个做烧烤的摊位，特意为打网回来的男人们准备的，他们喜欢一边嚼着鸡架子，一边喝凉啤酒。两个女人买了两只羊肉串和一小瓶烧酒，在水城坐下来，望着漫无边际的大水，觉得心里很闷。都喝了一小口，噎得她们直打酒嗝，脸随着就憋红了，心脏就像被人捏了一把差一点窒息。她们仰起脖儿要喝第二口的时候，在不远处的鱼坑边有人在争吵。准是打网的和拉鱼的，经常事不算新鲜。可她们又同时想：会不会是张春树和朱春来呢？想到这儿，她们的心里就产生了一种莫名其妙的兴奋。

两个女人给水城的女人们讲红腰带的故事，讲到伤心之处，她们就陪着哭；讲到吓人的地方，她们就堵上耳朵，连眼睛都不敢睁开。两个可怜的女人就在水城讲了三天三夜，再也没有人来听的时候，便伤心地离开了。没过多久，她们就听说现在全水城的男人们出门时腰里都系着红腰带。唉，啥有魔力的红腰带？能系住他们的人儿却拴不住他们的魂儿！

兄弟网队

甄建波

一

　　春树的祖上以打网捕鱼为生，整日冲着大河大海可劲地呼，啥样的狂涛巨浪都怵他。都说宰相肚里能撑船，随着能量的剧增，祖上的肚里盛几个宰相也不成问题。别不信，到了春树这辈儿，关于祖上打网捕鱼的故事堆积如山。可是不管故事有多精彩，春树愣是不愿意提起了，他总认为这都是老辈人吃饱了没事儿时瞎编的，又不能当饭吃。所以在春树领导下的兄弟网队里可不兴这一套，谁提谁走人。春树的好兄弟兼兄弟网队的二头子老七和春树想法正好相反，因为近几年乡村文化和旅游业的蓬勃兴起势不可挡，这些故事能增加兄弟网队的文化内涵，如果加以打造，一定能使处于颓势的网队产业再次崛起。源于对文化的自信，老七瞅准时机和春树翻了脸，把大多数人和活儿从春树手里撬走了。从此，渔村有了两支兄弟网队，一个是春树的，一个是老七的。

　　可是，老七只单飞了不久，就散了网队，不再和春树争了，还邀请春树和他一起在渔村打造旅游村，成立旅游公司。都被春树拒绝了。春树媳妇劝春树："人家老七没忘兄弟情，不想再让你和兄弟们受那泥一身汗一身的累了，这样不好吗？"春树说："老七不就是想利用我这个正宗来替他做广告吗？然后准来个卸磨杀驴。老七就是个强盗，明抢不行，和我玩暗夺'祖宗'的游戏，我不让他'挂了'才怪呢！"说完，呛人的味道扑鼻而来，春树下意识地捂了一会鼻子。媳妇说："一到关键时刻，你就犯鼻炎，赶紧看看去，说你多少次了就是不听。"春树略显无奈："你们没人明白我心里是咋想的。"

最近几天发生的事儿在春树媳妇心里不停地祈拜。心情在夏夜闷热里浸得烦躁。手机一闪，老七发来的微信，照亮春树的脸，春树媳妇托着下巴颏看着睡着的春树发呆，他不相信丈夫之前说的那些是拒绝老七的真理由，因为老七偷偷告诉过自己，打着兄弟网队的旗号单飞的时候，春树找过他，当时他带着刀子把老七堵在了鱼坑的一个角落。那会儿老七已经坦然做好了换捅的准备。春树说："今天你必须给我一个不办你的理由！"老七说："自己去问。"春树去了一会儿就回来了，拍拍老七的肩膀，啥也不说了，兄弟们跟着你走的是上坡路，我放心了。虽然老七没说具体原因，也证明春树绝对不是那种小肚鸡肠的男人。那他为啥又对老七恨之入骨呢？屋外的一声闷雷牵回媳妇的神儿。不管那么多了，反正明天就是春树和老七这对兄弟和好的绝佳日子。春树媳妇悄悄点开微信，复制、粘贴，消息被发送到几乎沉闷了整个夏天的兄弟网队群。随后，她给老七发了一个 OK 的手势，整个人如释重负地倒在床上。

媳妇醒来的时候，春树正在拾掇工具，"我早就看到微信了。"说话间，春树已经拾掇利落，拿起一块月饼叼在嘴上。媳妇小跑过去，抱着春树的腰撒娇："亲爱的，千万别生气。"春树哼了一声："快五十的人了还犯浪。"他分开媳妇的双手，匆忙去会老七了。媳妇"噗嗤"一乐，"小样儿，我不让群里炸开锅，你咋肯去？去了就指定有缓。"春树的眼前五彩斑斓，各种粉面兑在一起散发出难闻的气味，呛得他鼻子一酸，泪珠子砸掉了月饼的香甜味道。队员们围上来，关切地问他："咋了？头子。"春树吐了月饼，抹了一把脸："大清早儿，天儿就闷得透不过气儿来，不出汗才怪呢。"说完，就像有一根细针在春树心上轻轻一撩，有点儿疼还有点儿痒。

二

春树远远就闻到了矗立在渔村村口那座高高的牌楼散发出的古朴气息。牌楼上的图案全部采用的浮雕设计，特别是上方中间的两个老者的眼睛，喜盈盈地望着远方。老哥俩笑得非常开心的同时，手上的活儿没停，分别往同一挂大网的两端系网绳。左面由上到下刻的是红拐儿、花鲢儿、银背鲫图案；右面是粗头儿、麦穗儿、小鲫鱼图案。尤其是在闷热的天气里，整个图案沉浸在由周围鱼坑聚过来的水汽里，让人伸手既得的同时又觉得雾里探花般的异常悠远。

一个文静的年轻人接出来。"小泉子——"大家一起指向他。小泉子热情地招呼他们："可把你们盼来了，齐总一会儿就到。"春树故意不解，"齐总？""噢，就是老七。我现在是他的助理。""行啊，老七成'总'了！"春树不愿意看着队员们兴奋地议论老七，仰头，把目光再次锁定在牌楼的图案上。

机灵的小泉子看出了春树的心思，忙把话题转移到牌楼上，"咱们是用图案代替对联。横批象征着继往开来。上下联分别象征着瞻前还顾后和喜新不厌旧。"春树情不自禁地点点头："还别说，有点创意。可你这样解释，游客们能理解吗？"小泉子一看春树来了兴致，赶紧接过话茬，"所以说嘛：这就得指仗春树头子祖上深厚的历史文化资源了。"春树脱口而出："老七这小子果然打起祖上的主意了。"

小泉子张罗着把春树和队员们请进会议室，让他们一边喝茶一边等老七。春树这时满脑子想的都是见到老七该咋说，毕竟从老七离开网队到兴办旅游村已经过去两年多了，最近老七三番五次地让自己的网队帮他出坑打网并加入旅游公司，春树都没有应。没想到渔村和周边的所有鱼坑都被老七纳入到旅游公司，更没想到老七已经把"祖宗"供上了，抢是抢不回了，不如趁着自己还有点用，和老七一起把"香火"拱旺点？不过自己也不能就这样轻易地投降，毕竟在媳妇面前放了狠话……哎呀，春树琢磨得脑瓜子快炸了。关键时刻，那些五彩斑斓的粉面给了他勇气和自信，春树决定拿出当年对待小弟的姿态对付老七。

三

傻小六撒完第三泡尿的时候，小泉子进来了："师傅们，对不住了，齐总有个重要的事情要办，恐怕来不了了，齐总叮嘱我照顾好大家。"春树站起来："我们不是来做亲的，到底有没有活儿干？没有我们就走了。再有，你是小泉子吗？""啊，是啊。"小泉子被问得直打愣儿。"是，就别再装！一口一个师傅们，你离开网队才几天啊？"小泉子听明白了，忙顺着春树的心思说话："春树头子，你别喷着，我改还不行吗？"春树说："对，咱们是兄弟，走，上鱼坑吧。""好，兄弟们跟我上鱼坑！"

路过街上，春树有点蒙，刚来时还冷冷清清的村庄，现在变得彩旗招展，人流不断。摊位摆得一溜一溜的，产品琳琅满目。游客们或精挑细选或驻足观赏。春树扫了两眼，"就那小干鱼子，狗腥狗腥的，有啥吃头呢？""是呢，还有小鱼儿贴饽饽，我一吃就卡嗓子眼儿。"傻小六也显得不服气。张松更会说："你瞅瞅，一个儿个儿还觉得挺新鲜，又拍照又发快手、抖音和朋友圈，不够他们折腾的。"春树听得心里美滋滋的。

坑鱼的前面戳着一面电子大屏幕。上面正播放着打网出坑的画面。"哎哎，你看那不是春树头子吗？嘿！真精神。哈哈，还有我呢？"傻小六兴奋地嚷起来。游客们也向大屏幕涌来，指着生动的画面评论，"原来我们只看过在大河、大海里喊着号子捕鱼的场面，还真没见过在鱼坑里拉网的情景，真新鲜，真好看！"

小泉子喊："各位，今天渔村的齐总本来想亲自看望大家，但是他有一件重要的事情要办，不过，齐总透露，今天来参加活动的所有人都会拿到一份福利，大家说，等一等不会觉得不值吧。""不会，齐总是干大事的，我们理解！""再次代表齐总谢谢各位！下面，请我们这里最著名的兄弟网队的队长张春树讲话！"春树紧张得心差点蹦出来。他埋怨媳妇，自作主张发消息。又恨老七，咋不提前跟我说一声儿，还有这一出儿呢！此时，春树躲无可躲，苦思冥想了半天，冒出几句："真不知道老七是让我来露脸的还是让我来丢脸的。其实也没啥可说的，我和老七，哦对，就是齐总，好长时间没来往了。昨晚他给我媳妇发微信，我才来的。我打了大半辈子网了，就想看看渔村被他搞成啥样了。"小泉子赶紧冲他挤眉弄眼。春树的心直突突，心话儿，得亏没瞎秃噜，毕竟是兄弟之间的事。小泉子赶紧凑过来，小声儿说："您别说这些呀，讲讲网队的历史。"春树脑子一片空白，急得直流汗。这时，只听音乐响起，一排穿着红旗袍的礼仪小姐手托罩着红绸子的牌子依次走过来。"姑夫你照着这上面的画面说就可以了。"春树眼前一亮，说话的是自己媳妇的亲侄女小春子。心话儿：老七够能的，我侄女可是正经八本的大学生。小春子掀起绸子，"您快说呀。"被小春子一催，春树才缓过神儿来。上面画的正是关于网队的历史故事，虽然没有文字，也足以让春树捋着脉络说下去。春树信心满满："干脆，我给大家说说网队的历史吧。我的祖上在这里，靠着这挂大网和神人相助，赶跑了恶龙——"此时春树上气不接下气，眼前一会儿是祖上斗龙的故事，一会儿是他和老七争斗的事，后来两件事情搅在了一起，择也择不清，捋又捋不顺，"咔擦"一下，春树的思路断片了。不知内情的游客们还侧棱着耳朵等着下文呢。

小泉子又凑到春树耳边嘀咕了几句，春树问："你说啥，我没听清。"小泉子也不理春树，露出神秘的样子，"春树头子说了，好戏还得用来压轴，网队的历史故事一会再揭晓。"

四

小泉子宣布："接下来是授旗仪式，有请主管文旅和旅游工作的何副镇长为咱们的兄弟网队授旗。"春树由何副镇长手中接过旗子，展开并高高举起，拼命晃动旗杆，晃得汗流浃背，晃掉难堪尴尬，晃出热血沸腾，"兄弟们，给我看清楚旗子上的字，过来和我一起大声喊出来！"队员们聚在一起，激动得振臂高呼："我们是兄弟网队，我们有旗号啦——感谢老七！感谢领导！感谢祖上传给我们的吃饭手艺！"春树实现了昨晚被窝里的打算：彻底投降。小泉子接着说："授旗仪式结束，请兄弟网队为我们的鱼坑开坑！"春树将大旗戳到水边，吩咐一声："穿衩！"礼仪小姐将装着皮袄的托盘端上来。对面的电子大屏幕出现了春树的面孔，然后传来一句金属般的声音："首先，有请兄弟网队总经理张——春——树，出场！"现场一片欢呼。"春树，春树，春树！"我当经理了！春树简直被这明星般的待遇醉倒了。他取过皮袄，麻利地穿上，春树看到了大屏幕上的自己穿着崭新的金黄色的皮袄，神气活现的样子。"接下来，出场的是……"十三个身着新袄的男人眼圈红了。有游客拿着手机给傻小六拍照时问了一句："师傅，感受如何？"傻小六把眼泪一擦："皮袄穿着不肥不瘦。"春树见小泉子冲他使眼色，他明白了，吩咐一声："下网！"一辆闪着银光的电动小卡车将鱼网送来。队员们把网小心地顺下来，天呢，真漂亮！中间的网片是火焰红；上面的网漂是星星状；下面坠着心状的网铰子，最惹眼的就是网漂上都刻有兄弟网队的字样，队员们这才意识到，皮袄的胸前都有兄弟网队字样的白色标志。张松冒出一句："太完美了！"

张松抓起网梢，把崭新的红色胶丝绳系在上面，然后甩给等在水边的队友。网被缓缓拉动起来，一条红色鲤鱼跃出水面，用"吱吱"声向网队挑衅。"哪儿跑！"队员们齐刷刷坠了一下屁股，大网加快了向前滑动的速度。刹那间，鱼儿们一群群一对对，你追我赶飞箭般向前射去，闹够了才隐去身影，只留下刻在网漂儿上的兄弟网队的字样变换着形状在水中荡漾。

游客们都看呆了，这景象简直是太棒了！他们问春树："春树头子，有拉网的歌儿吗？""有！"春树高声回答。"那就唱一个！"春树向队员们递过眼神，手掌撑作喇叭状，押长脖子高喊："兄弟们，唱起来！"队员们扯起沙哑的嗓子，唱着自编的网歌：

"一身泥巴，半斤酒，喝进肚里酸溜儿溜儿……"唱到这里，游客们开始擦拭眼泪。春树脑瓜一转，再一次喊："如今不一样了，换词儿！""知道喽！"

"一网不得鱼，

二网捞渍泥，

三网再撒网，

四网逮个大鲤鱼。"

唱得队员们青筋暴跳，泪流满面。

傻小六嘀咕了一句："邪了门儿了？今天的空气都是辣的。"

"上网！"

张松蹚着齐腰深的水，在高高溅起的水花儿丛里，把竹竿插进泥中，然后把网片支在上面。几条硕大的鱼向他袭来，撞到鼻梁骨上，张松一松手，去捂鼻子。傻小六赶忙奔过来，"哎呀，流血了。"岸上的游客们纷纷拿出纸巾递向张松，张松拿纸的一瞬间感到了一股温暖。

"划鱼！"

春树兴奋地喊："白鲢！"队员们就把叫做白鲢的鱼抓起来，然后齐刷刷投到一只网箱里。"拐子（鲤鱼）！"一条条拐子就被扔进另一只网箱……游客们争先恐后地挤到水边的围栏前拍照、录视频。

划完了鱼，队员们坐在水边一边玩手机一边等着装车。游客们要求和他们合影。春树躲到队员们身后假装打盹儿，他期待老七的出现，两个人哪怕说上一句话，春树心里就踏实了。傻小六禁不住盛情邀请，跳到水中抱了一条大鲤鱼走上岸和游客们一一合影。一个女孩儿抢下大鲤鱼跑到春树跟前与春树躺的一般儿齐，不由分说将大鲤鱼横在两个人的胸前，自拍了一张合影，然后低头操作。还没等春树反应过来，女孩打开快手，"好兄弟，不分离，争争吵吵，心也齐……"伴着这首歌，女孩儿举着手机给春树看："老哥，你看咋样？"原来女孩儿把合影整进了快手里。春树说："这也不像我了，白白净净，脸上的褶子也没了。"女孩儿说："我用了美颜功能。老哥，当年的你准保是个美男子！"春树得意地说："那是——没有的事。"傻小六突然指着女孩嚷："你就是那个女主播吧？还记得我给你打赏吗？"女孩冲他"咯咯"一乐，消失在人群中。张松拍拍失落的傻小六肩膀，"兄弟，挺住！"傻小六像一摊烂泥"吧唧"瘫倒在地。

小泉子过来问春树："咱可以开始发鱼了吗？"春树喊："装车！"队员们纷纷站起来找鱼筐。春树问："鱼筐放哪儿了？"小泉子说："头儿，现在装鱼不用鱼筐了。""那用啥装鱼？"小泉子按了一下手里的遥控，一台无人驾驶的机器缓缓驶来，到了水边自动停下来，后面的一节自动伸到装鱼的网箱旁，前面的一节探到水泥路上，然后吐出一方皮囊，稳稳落地后自动打开，成为十几平方米的盆地状。把春树和他的队员还有游客们看呆了。小泉子高声宣布："今天的鱼不用装车，白送给现场的游客们，这就是齐总和春树头子送给你们的福利！"话一出口，春树激动得差点流眼泪。于是，队员们开始下水准备装鱼。小泉子又宣布："兄弟们，请稍等一会儿，刚才因为春树头子没给我们讲网队的历史，其中有一个仪式大家还不知道吧？""啥仪式啊？"游客们好奇地听着。"那就是请春树头子把头鱼放生。"春树说："这些都是老七告诉你的吧？这样吧，放生是一定的，不过今天咱们发完鱼再进行咋样？"游客们说："可以！"小泉子也同意了："好，就听头子的。"队员们把划好的鱼装在传送带上，送出去一半距离，恰好水分蒸发干净，传送带"当儿"的一声，自动报出重量。看着游客们抱着鱼尽情欢笑，本该开心的春树再一次被"五彩斑斓"夺走了快乐。

五

老七终于出现了。

春树把最大的红鲤鱼搂在怀里，亲了一下它猩红的小嘴儿，然后用一根红线拴在鱼脊上，冲着老七喊："老七，露脸的事不能全让给我张春树一个人做喽！"

由于色彩的刺激和情绪的过度激动，春树晕倒在水边。

老七像离弦的箭射过来。

春树醒来后，看到老七在陪他。

春树问老七："是你背的我？"老七说："是啊。我在报当年不杀之恩。"春树又问："你知道为啥当年我没动手？"老七答："因为我做得比你好。"春树说："你高抬自己了。我被那些鱼呛得喘不上气来，连拿刀的力气都没了。"老七眼睛潮湿。春树的眼眶也红了，"你知道吗？当年你走的时候，我感觉整个世界被你从我的心上摘下去了。因为我们是兄弟。"老七抱住春树："我也相信会有这一天。"春树问，"你的大事办完了？"老七说，"办完了，我已经注册了兄弟网队的商标，还在申请国家级非物质文化遗产。"春树问，"非遗是啥？"老七说："非遗呀，就是兄弟网队的旗号永远不会倒！"春树问，"是不是也像咱们永远是兄弟一个意思？""对对对！咱们永远是兄弟！"

六

晚上，由天空的四面八方滚来闷雷声。正在坑边商量事情的春树和老七都闻到了一股异味。春树看到水里泛起白光，鱼坑里的鱼已经开始折腾了，他知道将要发生什么。"老七，这不会是你捣的鬼吧？"老七说："别开玩笑，增氧机还没装呢。"春树说："我去装！""春树，几千亩的水面你一个人装得过来吗？来人，撒增氧剂！""不行！老七你向我保证过啥？"春树掏出手机，"我打电话让兄弟们来帮忙。"老七说："你打的过来吗？"春树一看通讯录，"打是打的过来，可就我一个网队。"老七摆弄几下手机说："你再看看微信。""呀呵，啥时候把我拉进群的？""有的是招儿。"说话这会儿，春树已经把求助信息发到群里。

不一会儿，一辆辆拉着鱼网载着队员的三马车、小卡车匆匆赶来，车灯把鱼坑上方的天空都点亮了。老七问，"这得多少拨网队啊？""正好一百只！""春树厉害呀。"春树说："你这群不就叫兄弟网队一百群吗？"说完，春树冲网头们摆摆手，"兄弟们先别着急，我想想有没有别的法子，因为这些鱼是我们的财富，我们也要像兄弟一样对待它们！""说得好！"老七带头鼓掌。

这时候，所有的游客都出来了，表示愿意帮忙。老七和春树谢过他们的好意之后，为了游客们的安全，让小泉子把游客劝离。此时，鱼开始大面积浮头，多得像漫天的星星。它们张着小嘴儿，凝视人类，看样子是在求救。春树看到牌楼上祖上的眼睛，在夜幕下注视着自己。突然，春树想出一个法子，问老七，"你有没有那个带电的，能两边跑的圆轳辘？"老七说："不就是电动滑道吗？拿去！"春树让兄弟们将滑道一岸一个固定住，然后用一根手腕粗的麻绳将两点串联。"按开关！"大绳贴着水面向前滑行，掀起一层浪花。春树说，"这还不够，在水底再安装一套一模一样的设备，同样系上大绳把泥刮松动。"队员们又是一阵忙乎，直到装完。"按开关！"不一会儿，从水底开始冒泡。春树说："这是给鱼坑自然增氧，效果比增氧剂安全实用。"果然，浮头的鱼开始慢慢游动，直到可以自由地穿梭。

当所有的鱼坑都用上这种方法后，春树和老七才长出了一口气。老七问春树："附近的网队都被我拉拢过来了，你说话咋还这好使？"春树说："你快别跟我装了。"两个人相望一笑。

七

望着牌楼上祖上的眼睛，春树问老七，"你确定咱们的鱼坑不用饲料和鱼药吗？"老七说："让你说着了。我们是多品种立体养殖。""我听不懂，简单说。""简单说就是我们这里同时养着草鱼、鲢鱼、鲤鱼、鲫鱼……用草料喂养草鱼，它们排出的粪便可以肥水，有利于培养浮游生物，鲢鱼滤食浮游生物降低了水质肥度，而鲤鱼、鲫鱼又以草鱼吃剩的残饵、碎屑和底栖生物为食，起到打扫环境卫生的作用。经过这些鱼的共同作用，既净化了水域环境，又促进了各类鱼的生长。我们还适当撒一些鲇鱼、嘎鱼等凶猛一些的鱼类，利用他们吃掉养殖水体中的野杂鱼和体质较差或生病的鱼体，不仅可防止主养品种的发病以及疾病蔓延，还能降本增收。"

春树点点头，"这种养殖方法还是头一次听说，不错。"

老七说："我只敢保证咱们管辖范围内的鱼坑实现无公害养

殖。"不行，老七，你既然有好的养殖方法就不能只攥在自己手中，要分享出去。""好好，明天我就通过公司的抖音直播间推广。""还有，只要哪家不改进养殖方法，咱们就不给派网队，不发鱼车。"老七说："都依你。"然后问，"你咋突然想起这些？"春树捡起一条死了的鲤鱼，"老七，还用看看里面的样子吗？"老七摆摆手，"不用了，兄弟，看来我们没白在你身上下功夫。"

"老七，我的兄弟，我最惨的时候，沦落到摇着木船给鱼坑撒鱼药，红的、蓝的、绿的……鱼药五颜六色，美丽的粉面呛得我死去活来，更别说鱼了，体质稍弱一点的都被杀死。偶尔零星活计还是给人家打臭鱼，捂着鼻子卖掉的鱼竟被拉到罐头厂。还有，就是行业链之间的纷争无休无止。买鱼的埋怨经纪人，经纪人挤兑养鱼人，养鱼人数落出坑人，出坑人刚一吭声儿，另一拨网队半路杀出，卑颜屈膝截去了生计……老七，有时候，我甚至感觉自己成了帮凶和罪人。"老七郑重地给春树鞠了一躬，"是我对不起兄弟了。"四只手紧紧握在一起。

八

这里，曾经是九河下梢，濒海临山的地方。那会儿白水连天，云雾翻滚，周围全是一层层一片片的芦苇荡。十来斤的大鱼嚷嚷往上蹿。随着春树的讲解，文字像一条条小鱼儿蹦到相对应的画面上，然后结结实实镶进里面。小春子将第一块牌子举进渔事博物馆。我的祖上有哥俩，他们住在这里，靠着打网捕鱼，日子过得并不富裕，倒也弄个穷舒坦。一天，来了一条恶龙与他们对着干：专门劫道。那会儿，人们谈龙色变，只好绕道走，这样一来，就没人再来买祖上的鱼。于是，哥俩发誓："不除恶龙，决不罢休！"他们扛着渔网，找恶龙打架。那家伙根本看不起祖上哥俩，"噌"一下就飞上了天，带起的水浪就有十来丈高。从它的鼻孔和嘴里喷出两道黑烟，把天地万物裹成一团。祖上把网抛向恶龙。恶龙"嗷"地叫了一声，好家伙，跟地震一样。然后叼起大网和祖上摇头摆尾，差点把哥俩和网晃碎喽。正这时候，一挂金丝龙鳞织成的大网闪电般劈向恶龙。恶龙被一个神人收走了，祖上哥俩也得救了。

等这里太平了，祖上哥俩照旧靠打网捕鱼过日子。不一样的是，在茫茫大水中，他们的那挂鱼网像长了眼，每次都能逮到很多很多的鱼虾，简直变成神网了。更不一样的是，每次上网，哥俩都把最大个儿的红鲤鱼挑出来放生。

逃难或过往的人见他们为人仗义，就留下来跟他们一起打网捕鱼，在这里安家过日子的人也越来越多。在他们的带领下，日子过得有点滋味儿了。正在大家欢喜的时候，由海里游过来一条怪兽，身子像把锤子，嘿，凫水那个快呀。特别是两排大尖牙厉害，不光吃鱼还吃人呢。连恶龙都不怕的老哥俩能在乎它嘛。哥俩领着五六个棒小伙儿用大网把怪兽围住，走投无路的怪兽用尖牙撕扯鱼网，说来也怪，鱼网比钢板还硬呢，把那家伙的牙差点全咯碎了。不过那玩意儿也挺鬼头，窜出包围圈，向海里逃窜。祖父和他的兄弟划着船去追。哪知怪兽一回大海就掀起惊涛骇浪，忙乎得哥俩连眼都睁不开。和它打斗到天黑，败下阵来，两人一起掉进海里。

后来，他们被一位老渔民救起养伤。伤好后，哥俩想家走，又找不到家的方向。只好又住下来，日子一长，大哥娶了老人的闺女。

老人死后，大哥两口子成为网队的头儿。他们带领附近渔民继续出海打鱼。那时，祖上哥俩经常研究在海里打鱼的技术高还是在淡水里打鱼的技术高，研究来研究去，变成了争论后来变成吵架。一来二去，兄弟和海里的人好起来，孤立了大哥大嫂。终于有一天，兄弟俩把争论不休的话题给结了。他们要来一场打网比赛。那时的场面大了去了，比现在的人多得多。一百多个大鼓被鼓手们擂得震天响。队员们被分成三拨，大哥领一拨，大嫂领一拨，兄弟和那些反对派组成一拨。结果，大哥大嫂输掉了比赛。其实这会儿人们也都明白是咋回事了，因为大哥说过，"你们都是海里长大的，吃惯了咸水；我在白水里住惯了，同样离不开淡水。再说了，那里还有一帮兄弟等我回去呢。"临走时，兄弟带着他那帮海上的兄弟来送他们，兄弟俩约定每年在河海交汇的地方赛网。大哥大嫂回到了老家，继续带领兄弟们打网捕鱼，就这样一辈传一辈，这里变成了现在的渔村。

　　迎着闷雷声，憋了许久的雨开始星星点点落下来。人们不肯回屋，翘首等待透雨的到来。时不时地将目光移至远处的牌楼，透过祖上喜气洋洋的眼神，找到了奇迹，在这透明的、纯净的世界里，曾经的纷争、虚伪给网队带来的悲哀被赛网时的鼓声击碎。

找个**理由**

／甄建波

　　水城的风气每况愈下，首当其冲的就是主导产业网队。曾经家喻户晓的"一网净"春树网队被另一位网头老七戏称为"一网玩儿完"，坚硬的舌尖儿戳得春树肝儿疼。老七带领着一支杂牌军，天南地北，到处乱闯，去的地方多了，追随他的人自然不少。如今他又杀回水城，来跟春树抢蛋糕吃了。老七正利用网络占领水城的各个角落，他一天到晚想的是怎样让网队拽飞老板们的钱袋子。老板们阻挡不了他的强势崛起，所以那些最先看到利害变化的人都转投了老七。对于那些迫切死去或渴望和平的鱼来说，可不是什么好消息。

　　春树骂这些忘恩负义的人，却在睡梦中央求：回来吧。投奔老七的那些人头也不回。春树骂："看这些失魂落魄的可怜虫！"其实春树已经意识到自己遇到了信任危机，他正在遭到周围大多数人的背叛，他抓住傻小六儿的手："小六子，你还想着当初你妈是咋样求我的吗？""二大爷，我知道，她就差——"六子说下去、说下去……春树体内涌起一股惬意的冲动。此时的春树像个可怜的哲人一样，品味这最后一刻的和平，这种思想交流的幸福。他安慰自己：做愉快的事情不是一种罪恶。

　　春树认为自己的网队才是名副其实的水城正规军，原因是队员们都是水城土生土长的，默认注定一生只为水城人出坑打网，缘于这份忠诚，春树才带领着他的网队走到今天。老七网队就一杂牌军：东北青年、山东大汉、朝鲜族的小伙子……他们充满朝气，力量十足，老气横秋的老七尽管精明，但是能管得了这帮人？如果这些人跟了我……春树正在谋划一场虚空的策反，因为他压根就没有这么做，更因为老七把这些人管得服服帖帖。在水城一段时间，就听到两种争论：正规军和杂牌军哪个更厉害。春树盼着突然站出一个人撕裂这帮人屁眼儿一样的嘴，最好再责令这些个多事的人滚出水城！

这种状况愈演愈烈，弄得春树和老七这两位网头不得不拿出自己的状态。春树说外地人一个不要！老七更是大放厥词，和水城沾边的都给我滚蛋！春树显然占了上风。一时间，声讨老七的声音一浪高过一浪：老七真不知道天高地厚，胳膊肘往外拐，调炮往里攻了，让他滚出水城！春树得意洋洋，老七并不在意，心话儿你就等着吧，不出一个月我让你的队伍土崩瓦解！

水城各家人都把孩子送到春树网队。春树看到了曙光，他照收不误。结果出现了供大于求的情况。以前是一挂网，一百亩的鱼坑要干上十天半拉月，可如今人满为患，这点活儿还不够开工钱用的呢。春树一口气又置办了十挂鱼网，买了十辆三马车，一下子就是十来万的投入呢！春树下了血本。春树为找活儿东奔西走，央求老板们赶紧出坑。老板们说，这鱼才手指头大小，你总不能让我们把鱼苗儿出了当成鱼卖吧。春树说也是。后来春树想了一个辙：让他们轮流上岗。结果有的人愣是半个月没排上个儿。正在春树为咋样安排这些人着急的时候，老九找到春树，我那一百亩棒子该掰了。春树说："给我们！羊头狗肉一块儿挂！"跟队员们一说，没几个愿意干的，好说歹说答应了几个。可是第二天来的都是队员的爹妈。春树自嘲："得，队伍又壮大了。"老九说："你咋派些老头儿老太太，没一个能干活的！"春树说知足吧。

老九很知足，中午，特意给春树他们炖了一大锅鱼，告诉春树这是老七他们打上来的新鲜的鱼。春树一听就没了食欲，他威胁老九，不要在我的面前提这个人。老九挖苦："没办法，现实就是这个样子。"春树心不在焉，盛了一勺鱼汤，喝下一小口，结果出现肠胃反应。医生告诉春树，鱼的体内含有大量毒素，赤、橙、黄、绿、青、蓝、紫，所以你才连拉带吐。春树吓出一身冷汗。

老九打电话找春树给鱼坑使药，春树说我没空！老九说你没空，我就找老七他们了。春树说等会儿，没空儿也得给你挤空儿。老九说别有啥不好意思的，这活可比打网强。春树问："多天去？""就这天来。"春树说："也太着急了吧！你——"那边把电话挂了。春树赶紧顶着日头往老九的鱼坑跑。到坑边就听到一股臭味儿。鱼坑里漂着不少死白鲢，肚子都被晒爆了。春树说："这不要翻坑吗？"老九从三马车上扔下几个鼓囊囊的袋子和几个塑料桶。"可不是，撒得密度大，缺氧了。快点拌药吧。"春树问："咋拌？"老九告诉他，先把坑边那条八马力的柴油机船拽过来。春树连鞋都没脱，蹚着水把旁边的小船拉过来。老九吩咐，先往船上扔两袋子高锰酸钾。春树问啥叫高锰酸钾？老九挺不耐烦儿，杀鱼虫子用的。春树照着老九的吩咐把鱼药倒进船舱里。被大毒日头一照，闪着紫色的光。老九告诉春树，往船舱里灌四桶水，再用木铲拌均匀就行了。春树一切照办。弄好了！老九说，摇着柴油机，把握好螺旋桨把，撒开儿跑吧。突突——突突突——小船飞奔在几百亩的鱼坑里。柴油机把安在船上的吸水泵带得飞转，船尾巴抽出一条紫色的水线儿。春树算了算数量，按老九说的一个来回儿两袋鱼药的量，整个鱼坑跑下来，得用去二十袋高锰酸钾。春树不是没学过化学，知道高锰酸钾是啥东西。想到这里，又觉得胃难受。春树把小船驶到对岸，水被抽光了。就按老九说的，灭了柴油机。小船蹦——蹦蹦——蹦，停下来。

旁边的鱼坑在打网。一辆辆鱼车排成长队等候着装鱼。春树一边看一边加水。眼前的情景变得陌生起来，春树的心在腾腾跳。"春树你磨蹭啥呢？出了大半辈子坑还没看够？"春树被早已等在这里的老九吓了一跳。赶紧回过神儿来。"春树你是没看到那两天，对面那家那坑翻得，整个坑都白了，两口子坐在坑边哇哇嚎。"春树问那咋没看见有死鱼呢？"我当时发善心了，给我罐头厂的哥们打个电话，啥死的臭的全包圆了。"春树再也憋不住了，一张嘴，哇地吐了几口酸水儿。老九问，你的胃还没好呢？春树理都没理，摇着柴油机，掉头就走。巧的是一条白鲢嗖地窜进船舱，看样子精神还不错，春树伸手想帮它扔回水里，就这一会工夫，那家伙翻白眼了。春树说你别瞪我呀。回到对岸，老九说你待会拿家吃去吧，我都吃腻了。

两个小时之后，鱼药使完了。春树拎着那条死鱼刚要回家，被老九拦住了。"还有三船药，使完了再走吧。"春树问："还使啥药啊？"老九一指地上的三个塑料桶，高锰酸钾使完了，还有醋酸呢。这个春树还真没听过。当他取药时，老九往后退了一大步，看着春树去掀桶盖，老九偷着乐。春树没太注意，打开一桶，里面是白色的粉面儿。当春树拿空桶打水时，老九又偷着乐。春树没理他，一桶水浇下去，春树的眼前冒出一股白烟，接着一股刺鼻的酸味儿钻到了胃里，一瞬间，春树差一点背过气去。鼻涕眼泪地往外钻。岸上的老九笑得直不起腰来。"老九你真难揍啊！"老九说："别生气，别生气，一会儿就好。这家伙药劲儿大去了，有七分病的鱼都会被它杀死……"春树开足马力，想赶快结束这场屠杀。

日头落没了，春树使完了最后一滴鱼药。各种鱼陆陆续续地漂出水面。老九把工钱给了春树，急匆匆走了。春树反倒不着急回家了，捂着胃，像个失魂落魄的人，走向对面的忙得不可开交的鱼坑。

望着一车一车被运往全国各地甚至有可能出口到世界各国的鱼，想到世界人民的肠胃将要和自己的肠胃一样遭殃，春树心里生出两种感觉，将与世界人民大同的兴奋感与突然间就觉得帮人家出坑打网真是一件可耻的事情，自己是在公然和世界人民作对。显然，春树更喜欢后面的感觉。春树全身的血液开始涌动，整个身体开始膨胀，豪气就憋在体内，无法释放。我就要粉身碎骨啦！春树又是大汗淋漓。

春树再也承受不起这样的折磨，他觉得，得找老七谈谈……老七说："春树先生，你该去看看医生。""老七，你为啥就不信我？""春树，你让我信你啥？你总得给我一个理由，一个成全你做善人的理由。"

老七觉得到火候了，就一声令下，"都过来吧！我这边饿不死人！"那些先前嚷着让老七滚蛋的家伙比兔子跑得还快，加入老七的队伍，老七不计前嫌，愉快地接收了。看到老七这救世主的样子，春树开始还真有些伤心难过。这要搁当初，春树早和老七急眼了，不过这次看着人们过去了，表面上虽然很伤心，可心里却偷着念叨："老七呀，谢谢你嘞！你也快尝到啥叫人满为患的滋味了。"庆幸之余愁更多了，新车、新网总不能在家搁着，看着就堵心。

春树猜得没错，两支网队挤在一起，水城的鱼坑再多，也不够干的。春树是啥辙没有了，大部分时间带着一帮妇女给人家打工，时间长了得了个"妇女主任"的官称。看来在和老七的竞争中，春树丁点儿便宜也没赚到。老七心里明镜一样，但绝没有赶尽杀绝的意思，要想把网队做大还离不开张春树。

老七在巩固水城市场的同时没忘记向外扩张，启动网队里那几个被春树称作东北青年，山东大汉，朝鲜族小伙子的外地人，在老七眼里他们都是"香饽饽"。老七教他们打网的技术，把他们个个都打造成独当一面的青年网头。这几个小子也争气，到哪里都能叫响，有时候连老七亲自出马，老板们都不放心，都不忘记提起他们。于是就有人在老七的耳边吹风儿：堤防着点儿吧。老七说快拉倒吧，咋那些贼心烂肠子。老七心里有谱儿。先是对他们的个人生活格外上心，几个人的媳妇都是老七给找的，房子挑最好的买，当然使几个人成为水城倒插门的姑爷肯定不是最主要目的。找个机会把几个人聚在一起，商量开发外地市场的事情，老七表示了要把网队做成网络模式，他们都可以成为股东。结果这几个人个顶个地能干，市场越做越大。老七趁势成立了养殖业专业服务合作社：服务范围全世界，鱼苗、鱼车、网队……一条龙服务。春树心话儿你就吹吧。老七说，吹？就像建管道一样简单，傻子都能做。

老七建了一个网络运作平台。哪个市场遇到问题了，视频解决！远隔千里的鱼坑就摆在老七眼前，老七带上耳麦，山东青年指着鱼坑里的一片坟头儿，这坟咋解决呀？老七皱了皱眉，这是谁家舍得把老祖宗泡在水里？是呢，不光这样，人家还不让踩上去呢，怕破了风水。坟的主人挡住镜头，有辙！拿二百块钱，等完事我给祖宗们烧纸赔不是吧。老七心说："二百？二百够我车钱了。"坑主人问老七还有辙吗？不行就给他二百。老七说："别别，找截网把这些坟头都圈起来，上网之后抻开就行了。""对呀，这简单的辙我们咋没想到？"老七说那赶紧学着点吧。老七不光坐在电脑旁边办公，隔三差五去外地市场转转，现场指教。票子"哗哗"往腰包里刮。

老七找到春树："跟你干活的那些人咋办？"春树说："让他们跟你干去呗！你老七多能啊，一手遮水城。"老七忍不了春树的阴阳怪气儿，"告诉你，没人跟你抢水城的活儿，这些外地人我不是随随便便划拉的。让他们练好技术，去开发外地市场。网队没有啥师徒之分。不用掖着盖着，就那两下子。你要是不往偏处想呢，你就拨给我一些人，让他们有出路的同时，我也让你赚到钱。说实话也省着我四处喝罗人了。让手下人饿着肚子过日子绝不是你张春树的做事风格！"没错！春树拍了拍嘴巴。

老七接着说："你看你，张春树，你以前干的是打网的活儿，现在却领着他们砍高粱、掰棒子，还摘棉花，娘们活儿都干了。以后谁还敢找你出网。"春树也不愿意做挂羊头卖狗肉的事情。老七问："你就真不想有个规划？""那你给我规划规划呗。"老七说："你的格局太小了，心中没有梦想可不行啊。"春树说："你别跟我整那些个稀奇古怪的玩意儿我听不懂！""听不懂你也得给我听！"春树的头晕了，脾气跑得无影无踪。"你回答我一个问题，在一年之中，你想领着弟兄们赚多少钱？""我哪知道。""好，你要想带着你的伙伴挣钱的话，请你跟我合作。"

老七冲着队员们滔滔不绝。干一件事首先要建立自己的梦想，梦想是深藏在人们内心深处的最深切的渴望，是一种强烈的需求。它能激发你潜意识中所有的潜能。每当你想起它，就会兴奋不已。小六子知道啥叫梦想吗？正在琢磨着女人的傻小六儿脱口而出："我想娶个媳妇！"老七说："大伙别乐，对于小六子来说，这就是梦想。小六子实现这个梦想靠啥？""那靠啥呀？""使劲挣钱呗。""咋使劲挣？""咋使劲挣就咋使劲呗。""我再问你一遍，咋使劲挣？！""咋使劲挣就咋使劲呗！""我再问你一遍，咋使劲挣？！""咋使劲挣就咋使劲呗！""还你妈的有完没完？我家走了！"傻小六儿哭天抹泪儿，却没动。张松说："老七你不是欺负人嘛！问老子我！"老七不慌不忙，"张松你的梦想是啥？""赚钱孝敬父母、供孩子上学、给孩子买楼、娶媳妇，多了去了！""对！所有的队员都站起来，赚钱孝敬父母、供孩子上学、给孩子买楼、娶媳妇，多了去了！"兴奋得队员们热血沸腾。"说得好！我能让你们赚钱实现梦想，你们信吗？""不信！""春树能让你们赚钱实现梦想你们信吗！"老七突然提高了嗓音。"信——不——信！"春树快把脑袋扎进裤裆里了。这时张松带头喊，"老七——滚蛋！"队员们跟着喊，"老七——滚蛋！老七——滚蛋！老七——滚蛋！"老七脸上闪过一丝诡笑。"我还有最后一个请求，愿你们帮忙，然后我一准滚蛋！""说吧！啥玩意儿？""大家敢跟我喊吗？""敢！""好！老鼠，老鼠，喊！"又是一阵高呼："老鼠，老鼠，老鼠……"老七突然发问："猫最怕啥？""老鼠！"傻小六儿抹着眼泪问张松："你喊的吧？"张松说："玩儿蛋去，就你喊得欢！"老七信心百倍，"在我这里就能成全你们！我们不能再空喊口号了，人这一辈子有多少梦想都被我们这张嘴轻易挥霍掉了。因为我们的时代就是现在！"

春树说："老七呀，你这是要把水城的鱼赶尽杀绝啊！"老七说："在这个世界，谁发善心，谁就是白痴、傻瓜！""老七呀，做事情不能太绝，实话告诉你，我的网队能把鱼坑的泥巴兜净！""春树，你想说啥？老七，你这种模式太恐怖了，难道你一点自然规律都不懂吗？一个鱼坑一年养两季鱼就够快了，就你这恐怖模式一实施，老板们敢一年养四季鱼。"老七说："那有啥不好？养的季越多，我们的活就更多，赚钱更多。""可是你想过没有，老板们还不得疯了似的喂带激素的鱼饲料，鱼长得过快，就容易生病，老板们就得疯了似的往鱼坑撒高锰酸钾、醋酸……这些既是治病的良药又是害人的毒药！"老七用一种怪怪的眼神看春树："你有病吧！"春树说："你也有病，不比我轻。"老七说："我不想再和一个疯子磨叽了。"

春树又成为一个失魂落魄的人。他对自己说，我得找个阻止老七的理由……

春树走进水底。一座座礓石砌成的小房子千姿百态，上面点缀着扎菜编织成的饰品，红泥铺成的地毯直通远方，草鱼、鲤鱼、金鱼、乌龟、蛤蟆……施展各自的泳姿，奔波忙碌着。砖头建成的库房里面堆满了鱼饲料和各种药品。老鱼王不计前嫌，告诉春树："这都是我们的胜利品。你知道你们人类用什么方式喂养我们吗？整袋的饲料和整瓶的鱼药往坑里倒，多慷慨啊。"春树问："你们存它们有什么用？""小伙子这个问题问得好，不瞒你说，我们将它们收集起来，装进密封的袋里，东家不在时，我们就将他卖给其他人。""你们要钱有什么用？""瞧您说的，我们可以买通喂鱼的人，让他不要再喂我们。"春树说："你们简直是疯了，要绝食吗？""小伙子请不要笑我们，我们每次吃了鱼料，身体就撕裂般的疼痛，要爆炸知道吗？那时我们甚至怀疑是不是人类在鱼料里掺了炸药？在我们还不了解我们的身体爆炸时所产生的破坏力之前，我们只好委曲求全，干些愚蠢的勾当。""不，鱼王先生，你是个好领导人，我很钦佩你的做法，真是个有和平元素的好主意。那个喂鱼人答应了吗？""不，他没有。可是看在钱的份上，他只答应少喂，并撒得均匀一些。""那么剩下的呢？""背着东家整袋倒进坑里，然后我们再负责收集，帮他卖给别人，再用钱换他的同情。""这叫恶性循环！""小伙子，难道你希望吃到一个月之内就由一条小鱼苗迅猛长成三四斤重的成鱼吗？"春树说："如果真的那样，我宁愿一辈子不吃鱼。药品呢？""这个我们可以把他当成染色剂，你瞧我们的房子，有紫色、有蓝色、还有黄色。"春树说："这要是吃到你们肚子里该怎么样？""变成毒气，然后传给人类。"春树骂，这缺德的养殖方法！

老鱼王并不健壮，甚至面容憔悴。春树问："就没有对付人类的对策吗？"老鱼王把他的接班人找来，他是一条非常健壮的鲤鱼，是鱼王的未来继承者。"我的朋友，你是个好心人。但是我不能死，还要在这里等待下一批伙伴，告诉他们自杀或逃亡的方法，直到没人养鱼了。我们如果不这样做，就会给鱼类带来毁灭性打击的，更重要的是会给人类的健康带来毁灭性打击的。"春树为他的认真感动。无论如何没有想到，他们竟如此令人怜悯、如此地可爱，还有那份对于和平的深切渴望……他们的觉悟高于人类。但是他们的生存状态又是那么地岌岌可危。

春树明白过来的时候，看到老七指着电脑上设计的市场开发路线图，"咱们的发财计划到哪儿？"春树说："地图结束的地方。"老七说："对呀，春树，你终于想通啦！"

春树和老七来到河堤上，两个人都觉得神清气爽。老七问："这是哪儿？"春树浑身起了鸡皮疙瘩。"老七你是不是被这河堤上啥东西迷着了？"老七也起了一身鸡皮疙瘩。两个人并排坐在河堤坡上，看着下面的青龙湾河。河面上有几艘渔船在行驶，你来我往，渔人们有说有笑。一群白鹭围着几个钓鱼的人，蹦来蹦去，他们谁也无暇顾及彼此，专心地做着自己的事情。老七问春树："咱俩和他们到底谁是渔民？"春树回："他们是。"老七问："谁是杀手？"春树回："我们。"老七噌地站起来，这不是理由！你该让他们住手！春树被老七闹得又糊涂起来了：不同之处是啥呢？不过是隔了一条河堤，身份都是打鱼的……想来想去，春树还是觉得"我们"才是伪渔民。想到这里，春树重新振作起来，赶跑了那个失魂落魄的家伙，向老七追去。

"老七，以前我们的纷争太没意思了。""是啊，毫无意义。""不过，咱们就要做成一件大事了。""是啊，上帝啊，简直不敢相信。那咱们下一步该咋办？"春树说："喝酒！对！喝酒！值得庆贺。"春树说："我可以帮助你。""哎，这就对了，春树你越来越聪明了！怎么帮？"春树说："瞧，这是一条生存几年的鲤鱼，在清蒸之前，一定要把它里面的东西掏干。您也知道，要掏干这么庞大、古老而且还混着腐朽味儿的一条老鱼，得有多么不容易，可我还是用刀子狠狠地、一点一点地完成了任务，并且做得香喷喷，赛过奶油蛋糕。"春树恭恭敬敬将一具木乃伊送到餐桌上。"春树，你越活越明白了。我尝一口！"

老七捂住胃口，跪在地上，哎呀——真他妈的难受！

黄金**尾巴**

甄建波

一

老鱼王真坏。在我肆无忌惮地跳鱼尾舞的时候，交给我一件怪事情："长崽，这世间的聪明人太多，应该有一些傻子作陪衬，傻子可以知道许多聪明人不知道的事情，你可以带上令人狂欢的鱼尾舞到人间去旅行了。""好吧老鱼王，向你保证你的馊主意会让我满载而归。""好啊长崽，到时候我赐予你黄金一样珍贵的尾巴，我相信你的眼睛。"

二

母亲生下我后，经常抱着我去看我父亲织房子。我父亲是我们村有名的丝织师，他不光能给世上的凡人织房子，还能给水里的鱼织房子。那年春天，我们村诞生了第一座丝织鱼房，这座丝织鱼房就是我父亲带着我们村一群丝织匠们织起来的。丝织鱼房封顶的时候我父亲非常骄傲地站在房顶上伸开双臂仰望苍天，那样子就像一个跳水健将，谁都没有想到，我父亲居然把自己真的当成跳水者了。

父亲的身子从房顶上掉下来的时候我冲他咯咯地笑起来，父亲呀，原谅我，我是看到你快活我才快活的。我看到你从顶上朝水面飞落的样子就像长着翅膀的鱼，你的腥气笼罩着我，让我感到温暖感到安全；父亲呀，你把世界翻过来看了，你就是个被翻过来的世界，我能看到。这岂不是天大的喜悦？你们谁能懂我父亲的伟大？我歇斯底里地为父亲欢呼："我看到啦，我看到啦！"那喜悦就像得到了黄金一样珍贵的尾巴。我的手舞足蹈招来一片嘘声。我用小小的手指恨恨地挨个点数："你，你，你！还有你……"人们惊慌地散开了。我攥紧拳头，身躯在我母亲颤抖的双手中颠簸着。只有那个长着红头发、黄眼睛、鹰钩鼻子的傻傻欣赏我："长崽，你的笑真好听，简直就是托运灵魂的白鲢鱼的叫声，那些可怜虫还以为是魔鬼黑鱼来了呢！哈哈，哈哈……"

没了父亲，并不是我生命中最糟糕的事情。更糟糕的事情发生在来年的五月。五月的一天母亲突然全身发抖，她的身体就像一片残叶在秋风里抖个不停，母亲病了，母亲得了绝症。母亲在床上躺了一个多月，就去另一个世界陪伴我父亲了。当我看到母亲的坟与水里的父亲遥遥相望时，我拍响了巴掌，抱我的人赶忙把我丢在地上，是那个傻傻把我捡起来，吻着我的额头，别怕，你的掌声胜过他们的泪水。

母亲走后，我的本家叔叔和本家婶婶成了我的父亲和母亲。我的叔叔婶婶一直没有生孩子，我成了他们的儿子之后他们夫妻如获至宝。很长一段时间，我都受到他们的无限宠爱。他们甚至偷偷跑到傻傻的水族店为我祈福，然而我却不喜欢他们，他们对我所做的一切，我都用哭来反抗，直到他们抱怨，这买卖简直糟透了！我们村的人都说，遇到这样的好事情，他反倒不高兴，看来真是个白痴、傻子，收留他是一种不祥之兆。我叔叔显然相信了他们的话，非常愚蠢地叫着我的名字说："长崽，知道我是你的什么人吗？我是你父亲呀。"每逢这时，就有另外一个我替我大声回答，父亲在水上等你！我叔叔听了惊恐万状，猛一下把我捧在手掌上，可怜兮兮地问，"长崽长崽长崽，你是我的儿子对吗？"在我的防线就要被他的可怜相击溃时，傻傻对我说，别理他，来，跳舞，我立刻扭动起小屁股，在叔叔的掌心里跳起鱼尾舞。村里的人说，看啊，那就是一条鱼！叔叔脸色苍白，老天爷——饶恕这个孩子吧！我开心地在他的手掌里撒了一泡尿。从此我获得了自由，可以走出我们村转遍整个我们村，那里的人都认识我。

三

我们村热闹非凡，人多、车多、尘土飞扬，遍地垃圾，我敢肯定缺少了这些破烂东西的陪衬，还有街头的那座丝织鱼房，以及从那里面传出来的吱吱声，那才是狗屁热闹呢。老鱼王把这些都给与了我们村，再加上那个傻傻，这里的人该称赞我们村的伟大。

傻傻就住在村上的东南角，开着一个不起眼的水族店，傻傻和以前一样，长着一头红发，一双黄眼睛，稍微有点鹰钩状的鼻子，穿一件黑色的裙子，唯一不算标准的是她的腰有点弯，看人的时候对方条能看到她一半的眼神，恰恰是这一点，为她增加了几分神秘，让她有幸成为村人心中的骄傲。要是你留心观察一下店里的陈设物件，准会大吃一惊：天呢，这算什么水族店，映入你眼帘的都是些长胡子且凶恶无比的黑鱼、鲶鱼和嘎鱼类！于是，真心买鱼的人都被吓跑了。

在傻傻的店里待上一会儿后，我却感觉很有意思。她吩咐客人们的时候常常是这样的，我要出去一会儿，我得给那位小姑娘拿药去。你们先把纸条填好了，放在桌上排号等我。我看到一张张纸条雪片一样落下来，好吧，让我也加入进来吧，我请人帮忙填写了一张纸条：长崽。我把条子压在桌上，离开了花店。我敢肯定，没有人在我之前填写得这样明白。

然而我的别出心裁，并没引起她的重视，我等了一个礼拜不见回音。我估计她是无意中弄掉了纸条，在傍晚打扫房间卫生的时候将它装进了纸篓，然后倒进街上的垃圾箱里了。还有一种可能就是被那些同样去她那儿看病、算命的凡夫俗子们故意把我的纸条揉成一个球从窗户弹出去了，他妈的，要是那样，就让他们随那纸条见鬼去吧！

就在我对那里抱着各种幻想的时候，叔叔婶婶不准我再去水族店，说那里面有鬼，会吃了我的。嘱咐完，他们就去附近的农场干活去了，中午总不回来，连吃饭的权利都不给我了。这难不倒我，因为我是村里乃至村里的熟人儿。每到饭口时，我就挨家挨户闻着由他们那里飘出来的饭香，毫不客气地一脚跨进门去。这家的妇人就给我白眼儿看，拖着时间不揭锅。我反正是个大闲人，我就等着，耗着，直到那家的小孩子饿得哇哇叫，女主人才十分不情愿地去掀锅盖，老天爷怎么会造出你这个白痴。你说老天爷能造出白痴！女主人吓得脸色苍白。这可真是激动人心的时刻，我的心跳成一锅粥，幸福得一塌糊涂：我们村的人，吃饭喽！

算命的瞎子又指着一家的小孩子胡说八道，这孩子长大后，会成大器的，准不是吃家里饭的。我追着问：瞎子瞎子，大器是什么东西？瞎子翻了翻白眼儿，咦，仿佛有光。他说，怎么会是东西呢，那是本事，人物，英雄！我兴奋地转起圈儿来，唱起我们村的歌谣：迷迷咯咯，包菜馍馍，迷迷咯咯，包菜馍馍……我想我还没长大呢，就经常吃别人家的饭，我就是理所当然的英雄啦！兴奋之余，我拽起瞎子那根骗人的竹竿，跳着鱼尾舞带他去旅行。围着我们村跑了一上午。瞎子累得直放屁，他睁开了眼睛，我讨厌你的鱼尾舞，更讨厌这种方式的旅行！听着，傻子，你搅黄了我的生意，我要喊警察来抓你！我撒腿就跑，瞎子得意地闭上眼睛，我心想，哼！我才不是怕你呢，因为立在村中心的那座时钟已经指向了晌午。

但这次显然受了死瞎子的影响，我的买卖同样被他搅黄了，每到一户人家，人家就把门啪的关严，我能吃到的就条有闭门羹了。唉——当个英雄可真难，饭并不是顿顿都能吃到的。但是我不生气，我笑他们无知，把一个英雄拒之门外，他们也比傻子聪明不了多少。

我只能另辟蹊径，哪村哪户有了红白喜事儿，我就忙不迭地赶去。人们就为我盛上一碗米饭，上面顶着几块肥肉片子，我的口水马上就流了出来。

人们人见我狼吞虎咽的样子，就跟大伙说：这傻小子运气真是不好，他婶子怀上了，等生了自己的孩子，这傻小子就更没有好日子过了。

哼！我只管吃我的，让他们像鸟一样叽喳吧。

但是他的话不幸言中，我婶婶真的生了一个男孩。我高兴得在村街上边跑边喊：我有弟弟了！我有弟弟了！虽然从这一天开始婶婶就不再拿正眼看我，让我搬到柴房去睡，可我不在乎，我高兴得像捡了一条黄金尾巴，因为我有弟弟了！

弟弟小的时候身体瘦弱，经常招小孩子们欺负，我就挺身而出保护弟弟。那会儿数我年龄大，有股蛮力，收拾小家伙们不费劲儿。每次得胜后，我就牵着弟弟的手，往人多的地方跑，边跑边嚷：我是大傻子，你是小傻子……弟弟红着脸，一个劲挣脱，然而他却没我有力气。只能凶巴巴地冲我来一句：你个死长崽，傻长崽！

以前别人说我傻，我还不爱听，如今弟弟也这样说我，我真是兴奋极了。弟弟是在我帮他之后才夸我傻的，也就意味着傻等同于英雄了。以至于好长一段时间，我都指令一群孩子，围在我左右高喊：傻子，傻子……一句一句的英雄，英雄，听得我心花怒放。我告诉他们，你们这一群可爱的宝贝将会福星临门了。我旋转尾巴，变换舞姿，宝贝们都在学我的样子，我以一个领舞者的姿态带领他们围着我们村狂欢。这里的人民有意思，旋风般将各自的宝贝抢走了，而我就没那么幸运了，叔叔的一脚，让我驾着快车回家。

四

弟弟天天在疯长，我的战斗力却渐渐衰弱了。在我被别人打得人仰马翻时，他却没有勇气上来帮我一把，他是个十足的胆小鬼！

弟弟上学了，叔叔看我总是惹祸，就给我买了一盆鱼，于是故意与叔叔作对，把鱼倒到丝织鱼房旁边的一块浅水里。那里长满了野菜，什么马苓、荠茉、圆叶菜……多得很，鱼吃了就拉稀。我才不管呢，条顾坐到土坡上看水面上的父亲，父亲真是个自私的家伙吗？他走了人生的捷径。这话是傻傻说的。直到太阳落山，我才端起那一条条拉稀的鱼回家。

回到家，它们就向叔叔诉说我的不是。它们当然不会用嘴说话，它们用屁眼说话，把稀屎拉满了鱼屋。我叔叔心疼地给这条灌药给那条灌药，我躲到角落里看热闹。叔叔给鱼喂完了药已经累得不行，但他还是向我大发雷霆：该死的长崽，以后再让我见到有一条鱼拉稀，我就打得你也拉稀！我决定不与叔叔作对了。

我为了好好表现，决定对鱼好些，我觉得让它们吃好睡好还不够，最重要的是一个不落地将它们带回家，每天回来我都会数鱼。每次都会把我和傻傻算上。叔叔心情好时，就告诉不是一百条，是九十九条；心情不好时，就命令我，长崽，找去！我急忙跑到野外去找，仿佛那第一百条鱼就在不远处等着我去抱……当我垂头丧气走回来时，叔叔当着众人问我，鱼呢？我回答，追不上它。众人说，这孩子真傻，明明不差数。我跑到水族店找来傻傻当裁判，傻傻眼都不眨：一百条。众人纷纷向傻傻掷鱼粪，傻傻开始反击，猛一瞪眼，生出黄金一样漂亮的尾巴。我惊讶地揉揉眼睛，只剩下傻傻、我和我的鱼。

为了找回面子，叔叔又给我买了一条又小又瘦的麦穗鱼。它常常拖在后面，它一慢，所有的鱼都慢下来，我用鞭子抽它，招来同伴的不满，它们不拿尾巴抽我，疯了似的直扑那片长满野菜的浅水地。大口小口地像我见了肉一样狼吞虎咽。我先是轰，它们不动，我就用鞭子抽，抽跑这条还有那条，抽跑那条刚走的又掉头回来了。一会儿，我就筋疲力尽了。我给它们跪下了，亲爱的鱼们，别吃那些东西了，吃完会拉稀的，会死的！咱们做哥们儿好不好，以后我会像带我弟弟一样带你们！

他们竖起耳朵都在听。最小最瘦的那条向我蹒跚游来，我抱住它吻，小小你就是我的鱼王。小小接受了我的吻，向同伴吱吱——吱吱——替我说情，终于它们欢喜了，我也同它们一样欢喜。来吧，伙伴们，让我们一起跳鱼尾舞！瞧啊，它们是一群有魔力的鱼。

五

我一天天长大了，其实是在一天天变老。我也常常疑惑：为什么我比别人老得早？难道婶婶的话要应验了吗？活不长的傻子，数不清的鱼。

我叔叔婶婶无视我的成长，在他们眼里，我永远是一个随时都有可能死去的傻子，满足于我的只有吃饱，我能满足于他们的只有养鱼、放鱼。他们却不能不关注我弟弟的成长，在他长到十七八岁时，我发现他们投给他的眼神不光是疼爱，还有忧郁和焦虑。

有一天我听到他们的对话：儿子的学习成绩可不保险，就怕最后得留在了家里，那就得给他说对象。现在的年轻人，哪个肯跟个白痴大伯子一起生活呢！不过我们现在还很穷，又盖不起房子，除了期盼儿子争口气，还能有什么办法呢。噢！那个白痴的鱼可以帮我们赚一大笔钱！这倒是个不错的想法，这些鱼本来就属于我们的，只需找来贩子，把那些家伙往外一轰，咱们就剩下开心数钱的份了！小小跳到我的怀里，舔我的嘴。

叔叔婶婶担心的事情发生了，弟弟留在了家里。但令人高兴的是不久以后弟弟自己领来一个姑娘。我趴在窗户上偷看，她长得可真漂亮！嗯，这个弟媳妇我是相中了。

婶婶走过来让我走开，她就怕我捅娄子。而且她为了今天，还特意给我穿了一条牛仔裤，硬邦邦，紧巴巴，把人裹出几道弯来，特别是屁股那兜得难受，所以有时，我不得不用手去拽去扒。婶婶真是，为什么要我穿上自己不喜欢的衣服去给别人看？这样不就成了别人的宠物了吗？

那位姑娘在我叔叔婶婶和我弟弟的陪同下笑着走出来了。我跑上去迎着她，一把攥住她那纤细的小手儿：你不要走，留下来做我的弟媳妇吧。她尖叫一声，挣脱我的手往外跑。我说你别走，我的鱼尾舞你一定喜欢，我为她献上最美丽的舞步，整个院子尘土飞扬。长崽，我会记住你的鱼尾舞的。她跑回来吻了一下我，不过我讨厌你的家人。长崽，瞧你做的蠢事，院子都被你踩出坑了。看呢，那是谁的脚印。那些不请自到的观众真讨厌！叔叔和弟弟合伙打了我一顿，险些把我的腿打瘸呢。我忍着疼痛，坚持去放鱼。叔叔查数时故意找茬，长崽，为什么剩九十九条了！少了一条！他把我打得拉稀了，我求他，就让我做那第一百条赔你吧！傻子快去找鱼！我趴在地上，不能动了。我的鱼走近我，我闻到久违的父亲身上那股温暖的腥气，让我欢喜。他们伸出舌头舔我，痒而又滚烫，那伤痛带着余温早早地离开了我的身体。在它们那闪亮的瞳仁里，我看清了自己。我和它们拥抱、亲吻，那欢喜就像我已找回那丢失的第一百条鱼。我说，我的鱼一条也不缺，我可以让他们报数给你听，鲫鱼！回答我的是吱吱——吱吱——；鲤鱼！回答我的是吱吱——吱吱——，然而人们对于我的：一、二、三、四，给予更多的是嘘声。我指向他们，我们村的人民都是傻子！

我和我的鱼一起上路，遇见人就问，看到小小了吗？他和长崽一样很瘦很小，所以它叫小小。人们纷纷摇头叹息，这孩子真的没治了。我笑他们不懂得执着，不懂得珍惜，不懂得寻找……我兴奋了，我觉得它们已经不用我再赶了，既然是朋友，我就该扔了鞭子，在它们中间行走，我为我成为它们的一员而欢喜，于是我和它们当中老的小的一一拥抱、和它们亲吻。我对它们说，不用难过，我就是小小。人们像看电影一样围住我和我的鱼。叔叔怪我给他丢脸，大声赶我走，我并不示弱，站在大街上高喊，我再也不想做你的奴隶了！

我和我的鱼找了一天小小，也没找到。饥饿与困乏缠住我们，在天黑之前，我把它们领到我们村上。

六

我们村晚上的热闹超过白天，尤其是不时从饭馆里摇摇晃晃走出来的酒鬼们，高声哼唱着当下最流行的歌曲，还时不时地骂上几句，发泄够了，就又去烧烤摊上继续喝酒作乐，然后他们就去傻傻的水族店捣乱，刁难她，我决定在适当的时候把他们全都宰喽！

水族店的灯亮着，我让我的鱼在外面等着。进了门，傻傻举着那张纸条，迈着轻盈的步伐迎了过来，见到你真高兴，长崽。她真漂亮，一对眼睛炯炯有神，闪烁着挑逗的火焰。连衣裙蓬松着，遮住她的身体。她把我带到另外一间屋子，我向她哭诉我的一切，她就答应让我和我的鱼同住。她为我洗澡，用力为我搓身上的每块皮肤，弄得我火燎般疼痛。当她确认我已是一身洁白时，才肯让我上床。那一夜，我整个人就像躺在柔软的云彩里熏蒸。痛快！痛快！一个庞大的气球炸开来了，我终于看到那些个旁人眼里的"傻"慢慢地飘溢在地上，这一片土地就盛开了五彩缤纷的花……傻傻欢喜了好一会儿。我爱她此刻脸上绽放的被泪水冲洗过的笑容。

她把我带到另外一间屋子，我惊奇地发现那里也有一间丝织鱼屋。透过网眼，里面的都是些凶狠无比的鱼类。黑鱼、嘎鱼、鲶鱼、鳝鱼……绞成一团，互相撕咬。

我兴奋地问傻傻，他们都是你的客人？傻傻不屑地点点头，都是我的情人。长崀，我有这么多的情人，请为我欢呼吧。我沉默不语。傻傻欣喜地说，长崀，我知道你是嫉妒，因为你爱我，我看出来了，我也爱你，由你发出第一声笑时。好吧，我就让你看个够，傻傻开始用鱼饵逗他们，让他们打得更加不可开交。我问她，会不会把我也送进去吧？她说，不会的，因为你是我宝贝。我说，求求你，用你的魔法，帮我找回小小吧？我的鱼也纷纷过来，跳鱼尾舞求她。傻傻笑了，我说得没错，你的鱼像你一样可爱。

傻傻把我带到一座墓地，指着其中一座说，那里住着我的母亲。她是一条金色鲤鱼，活着的时候美丽无比。只是因为在一次劫难中被一条可恶的黑鱼欺负了，就被我的父亲残忍地抛弃了。我出生后就被定为异类，然而母亲在生前还是教我知道了正义的存在。为了完成母亲的心愿，我和鲢鱼叔叔悄悄地撬开一座坟墓，把母亲换了进去。这时一个黑影"嗖"地射过来，我向后退。傻傻说别怕，他就是守墓的鲢鱼叔叔，又聋又哑，却有着惊人的弹跳力。鲢鱼叔叔走过来，向我们望望，一点都不吃惊，坐在傻傻母亲的墓前，喝着一瓶味道浓烈的白酒。傻傻说："他爱我母亲，长崀，鲢鱼叔叔可是水族有名的大绅士，为了我母亲，他和家人闹翻了，被族里人弄成了今天这个样子。不过他更加爱我母亲了。"我说："这得感谢你们勇敢而又伟大的做法。"

七

常常有人抱怨，天啊，那个女人有什么资格享受爱戴，人们之所以向她那所充满邪恶的破屋子蜂拥，都是中了她的邪术。傻傻已经成为人们攻击的焦点，我为她担心起来，傻傻会逃出这些人的魔爪吗？于是在一天晚上，我领着我的鱼，站在我们村中心的大讲台上，向过往的人民讲述着傻傻的真实故事，直到把他们感动得痛哭流涕。

第二天，有人把傻傻拽进丝织鱼屋，控告傻傻以开水族店的名义给人算命、看病，更糟糕的是她连行医证都没有。更重要的一条罪名就是，傻傻水族店里养的家伙们个个都是勇敢的斗士。傻傻听了这些罪名之后，毫不惊慌。她取出支架，放好手机，高声说，点关注，不迷路，主播带你上高速。傻傻用直播的形式，将今天这场伟大的审判让整个水族都看到。之后，傻傻委屈地说，我没有强迫谁来这里，是人们把信仰和迷信混淆了，鉴于这一点，我和人们之间并没有什么两样，不是我让他们相信了，我对他们所患疾病的诊断或是对未来命运的预测是他们自己本身就这样认为的，他们只不过想找个人来证实这一点，而这个人必须是与众不同的人……很多角色供他们选择，只需和他们不一样就行了。而我相信科学，我的医术都是真的。

说完这些，傻傻就不见了。丝织鱼屋里一下子没有了傻傻，我领着我的鱼群冲进法庭为她辩护，然而我的话已经被人们的谩骂、责怪声淹没了，还说自己是正义的，敢藐视法庭！我像挨了棒击一般，痛苦得头都要爆炸了。我说，我不想害她，却无意中伤害了她，我这样说没有一点为自己开脱罪责的目的，都是那张纸条惹的祸，千真万确。不管怎样，现在，我必须击败他们！我们村的人请相信我。

突然，法庭的门开了，人们吓呆了，顿时鸦雀无声。我的兄弟领着他的网队闯了进来。他们扬起大网将这里的一切罩在里面。当然，我和我的鱼例外，躲在了兄弟背后。

事后，我们在直播里看到：看看，看看，我们村的人，他们都是谁？有您，号称魔鬼黑鱼，是您第一个夺去了傻傻的贞操，您曾经是个穷光蛋，讨饭都讨不到的软蛋，是吧，看着我，是傻傻向你伸出灵性的双手，引你走上有光的路。可是您呢，发财之后是怎样对待傻傻的？黑鱼站起来，我给了她很多的钱！关了水族店一辈子都花不完！钱钱钱，钱是王八蛋！我们村的人是这样吧？只有鬼才晓得您是怎样做的。就像我说，我是世界银行的总裁，你们信吗？你唯一做的就是为傻傻揽来了生意。嘎鱼同志，鲶鱼也站起来。我说您如果不想像黑鱼那样丢人现眼，就老老实实回到你的座位上，对，就这样，很好，您很听话。这一切的开始，都是你这条狡猾的鲶鱼操纵的。

法官，我发誓，我说的都是真的。草鱼向我掷过来怀疑的眼神，长崽，如果你不再冒傻气，我让你找回你的小小！对！对！人们齐声高呼。我兴奋到了极点，告诉我的鱼：来，伙计们，用我们的鱼尾舞击败他们的谎言！这里的人们都听着，如果像他们说的那样的话，那么我发誓：我会将世界上所有可能帮助我的人得罪光了！你们这一群一等一的混蛋、流氓！好了，就这样，就这样吧，一切都结束了，因为傻傻已经死了。

我知道傻傻被葬在母亲的坟墓里了，我去那里看她。她和母亲的坟墓开始闪亮，光彩耀人。聋哑老人不以为然，将酒递给我，示意我喝下。一杯下肚，我觉得浑身充满无穷的力量或是勇气，感谢你赐予了傻傻金子一般的归宿。

至于丝织鱼屋里那些只会"过家家"的蠢货们，早已经被弟弟的网队收装包圆了。

八

我的梦幻一般的旅程结束了，又回到村里，叔叔婶婶、弟弟、瞎子和村里所有的人们显然知道了我的作为，他们不为难我了。遗憾的是，我病倒了，不久就死了，叔叔把我葬在了一个鱼池的土岗上，他说，知道你喜欢小小。我望着他的背影，欢喜了好一阵，他竟走得如此轻松，仿佛甩掉个大包袱。土岗的对面是一片桃林，此时的桃花还未开呢。这地方真好，站得高看得远，能看到丝织鱼屋旁边水面上的父亲，能看到那间重生的水族店。瞎子来了，他是向我还鱼来的吗？瞎子说，你真聪明，是我偷了你的鱼，今天我已经还给你了。我望着他的背影，愤恨了好一阵，他竟也走得如此轻松。后来，从我坟前走过多少人、长的什么样子，我全然不知，离开我的样子竟都是如此轻松，真好，就让全世界的人都来这里寻找和体验轻松，这里才是天堂。

有一群孩子坐在一条木船上打闹。船在划过食台时，惊了一条红色鲤鱼，它嗖地跃起，调皮地向孩子们一努嘴儿，一个孩子脱个精光，一个鱼跃，攥住鲤鱼的尾巴，嗵地一声落到水底，冒了几个泡，两手空空地上来了，笨蛋，笨蛋！我拍红巴掌嘲笑他。

傻傻变成了一条鱼来陪我。我一下子将她抱到我的怀里，轻轻地抚摸它。晚上，我拥着我的傻傻，抬头数星星，一颗、两颗、三颗……八颗，八颗……傻傻咯咯地笑我，我也不好意思地笑笑，看来这漫天的星斗，不知要数上多少个轮回，才能数清。

傻傻和我相拥着站在坟岗上。寂寞了，我们就立在坟头上吱吱地唱上几声；快乐时，我们就在坟头上跳起鱼尾舞，舞后傻傻都会哭，我抓起洒落在草上的泪花儿，它们像眼睛一样透明。终于有一天，我、傻傻和红嘴鲤鱼交上朋友，以后无论是快乐还是忧伤，我们都邀他来，跳到它身上，要它带着我们去水中驰骋。

有一天，我们在水中作乐，身上长出鳞片来，我们成了水族中的一员。以后，我们常常探出头来，向遥远的地方观望。有人说，遥远的地方是美丽的，那有花开花落的桃园，有飘扬吱吱声的丝织鱼屋……都是我们喜欢的。我不能再等下去了，那样真的会变傻，我不想那些已经逃离的"傻"再回来。就在这个春天，桃花盛开的时候，我在心中盘算着逃离的计划。就在我为我的计划感动得流泪时，傻傻告诉我，你要找的小小就在你的身体里，说完变成一根青草让我吃掉，我长出了子宫，开始撕裂，小小完好无缺地从我的身体里走出来。

我的使命完成了，向老鱼王交了差。老鱼王很满意，赐予我黄金般珍贵的鱼尾。我对老鱼王说，这些还不够。老鱼王笑了，让我趴在通往丝织鱼屋的过道观望：无数的灵魂，时隐时现着赤裸的身子，争先恐后，各不相让，攀上一截金色的柱子，在他们"嗷嗷"的野兽一样的嚎叫声中，拧成了一条无尽的长绳。他们攀呀，攀呀，刚刚攀到顶端的被下面的拽下来……他们就这样重复着，重复着……却不见有一个攀到丝织鱼屋屋顶。我想摸摸他们，您不反对吧？老鱼王点点头。我的手怎么会发抖？气都喘不上来了！别怕，拿出你的勇敢。明白老鱼王，我跳着鱼尾舞向他们靠近，听着，你们都是老鱼王的宠儿，你们愿意接受改造的对吗？我捧起一条灵魂吻，感受着他们的炙热。丝织鱼屋条是捕鱼者用来引诱你们的，进去了就别想再回来……老鱼王赐予我九十九条鱼，我和他们一起跳起鱼尾舞，引诱他们过来。我们将由嘴里吐出的气泡变成一艘艘飞船，托运那些灵魂回家。

"网队系列"短篇小说创作大纲

甄建波

一 创作意图

首先,以天津宝坻地区农民的独特的"网队"生活为当代文学创作题材库增添一道亮丽的风景。

在众多的文学流派中,"乡土文学"无疑是中国现当代文学最大的艺术流派。被统称为"乡土文学"的创作当然也呈现出千姿百态,但就我个人而言,印象最深的还是由孙犁先生开创的"荷花淀派"和赵树理先生开创的"山药蛋派"。我希望自己创作的"网队系列"短篇小说将来也会被人称为"网队派"或者什么派。论者对我已发表的该类作品评论说:"每篇小说都有股水味儿。不是江南水乡小桥下的潺潺流水,而是大河大海可着劲招呼的那种水。这里虽然听不到渤海涛声,但那粗犷、那剽悍,是属于天津的,是属于渤海岸边这片热土的。他们就是在天津郊区一片片鱼塘边泥一身汗一身的出坑打网人……"

其次,通过不断尝试最终形成既有鲜明的地域特色,又能为广大读者所理解和接受的"甄氏"小说语言。

尝试将宝坻地区的方言土语与普通话予以适当调和,生成一种别具风味的"新"语言,通过运用这种"新"语言展开叙事、塑造人物来赋予小说特异的"甄氏"语言风格。例如:他看到春树了,可老七这次不想和他吵,还想告诉他把网队收回去吧,他还想当之前的那个让干啥就干啥的老七……一条鲫鱼被老七的膝盖跪疼了，嗖地蹿到冰面上，老七在冰板上爬着追它，竟没逮着，索性翻身躺在冰面上，尖尖地唱：打网别亮底呀——亮底就生怨气；亮底就呛滋泥；亮底就吃臭鱼——臭鱼不臭胃，臭胃不臭鱼……摘自《亮底》。

最后，在坚实的叙事基础上，构建一种融真实的场景与虚幻的意象于一体，具有诗化气质的小说艺术。

正如有论者和文学编辑朋友所说的，我的小说总是在"客观"叙事的同时，充分发挥想象与联想的妙用，借助某些虚幻性的意象，突出展示人物内心世界里某种介于理性与非理性之间的思想、情感与欲念，从而带给小说一种由不确定性所赋予的笼罩全篇的诗化氛围和诗化气质。例如：我们听到草拔节、花开放的声响；听到水底鱼儿窃窃私语声；听到灵魂深处困兽般发出的嚎叫，把躯体锁住，嘴巴堵上，那些所谓灵魂深处的话语，不过是咿咿呀呀由缝隙间挤出的零散音符，不能代表一首曲子的主题。不敢将它放飞，唯恐整个世界都装不下它，这与我们的身份极不相符——摘自《水上的旗》。

二　故事梗概

小说讲述了天津郊县农村泥一身汗一身的出坑打网人的生活。以网头春树与队员老七等人之间的纠结为主线，从不同角度用不同人称讲述了一个个鲜活的网队生活故事，写出了乡村的裂变与农民的分化。他们用更新着的经济模式来结构全新的物质生活形态，同时也在重新构建着信仰、追求以及人与人之间的情感元素。小说将人们带进一片激荡着经济狂潮的改革开放中的津郊农村新天地。

《三月里的网队》写了一群出坑打网人，着力刻画的是春树和"那小子"，尽管"那小子"在故事进程中始终没有出现。三月，桃花烂漫，小说在灿烂的花色里，将乡村的裂变与农民的分化，一层层剥开，那动作，有汗，有泪，间或还有血。与此同时，小说也充分地传达了"我"对当下乡村生活的切肤感受。

《天人的眼泪》主人公健生是个没考上大学的农村青年，高考这条改变命运的路走不通，只好子承父业干起打网捞鱼的营生。网队的辛苦自不必说，孰料打捞上来的是一堆发臭的死鱼，鱼坑的东家为减少损失竟将死鱼卖给罐头厂，而罐头厂对变质的死鱼照收不误！按说，东家雇用网队捞鱼，并将死鱼卖给罐头厂，从契约层面而言与网队无关。面对丑恶，如何作为？在场的人包括健生都面临道德与良知的拷问。健生虽然无力阻止丑恶发生，但他拒绝同流合污，没考上大学的健生，在回答这份人生考卷时表现得非常出色。

《亮底》写了一群以出鱼坑为生的"打网人"日常生活的一角。在一次出鱼坑时，老七挖了师傅春树的墙脚，自立门户，两队人马出鱼坑的位置相邻，在出鱼坑的过程中，老七心情复杂，有不安、羞愧，又有与师傅攀比之心，在春树意外出事之后，老七才知道，这次出鱼坑的活竟然是春树给他安排好的。

三　文学价值

用一种通过反复尝试而锻炼成熟的"甄氏"语言，叙述一族农民独特的"网队"生活经历及人生体悟，并借助想象而获致的虚幻性意象赋予小说亦真亦幻、似可知却又难以触摸的诗化气质，从而创作出具有鲜明的"这一个"特征的独特的小说艺术形态，为丰富中国当下与当代文学创作的艺术形态呈上了一桌"好再来"的珍馐美味。

用文学作品展示宝坻剃头匠风采

剃头是宝坻民间技艺中的一朵奇葩，从古至今就有"剃头刀子出宝坻"之说。自这门技艺产生以来，就养育了无数的宝坻百姓。宝坻剃头匠也将这门技艺不断创新、传承和发展，在此过程中，产生了许多动人的故事。

然而，朴实厚道的宝坻剃头匠永远不会用语言刻意去记录，他们只是用高超的技艺，纯朴的艺德，默默打动着顾客，打动着这个世界。人类因他们的存在而变美，整个世界也变得更加美好。

在采访过程中，他们有的躺在病榻上，为我讲述当年剃头时的快乐；有的拿着筷子，端着手臂，演示学徒时的样子；有的一边给客人剃头，一边和我分享出门在外的艰辛；有的声情并茂，回忆当年是怎样把一个个不景气的小剃头店，管理、经营得红红火火……从他们的讲述中，让我深深地感受到，宝坻的剃头师傅们不但技艺高超，而且为人善良、朴实、憨厚，做起事情来，认真、规矩、讲原则，这就是宝坻剃头匠的精神，这就是宝坻人的精神。

经过一年的采访，编辑出版了《顶上功夫：宝坻剃头匠的历史记忆》一书，共有103篇故事，在形式和格调上最大限度地保留了讲述者方言口语特色，体现了生活的原始风貌。通过记述宝坻剃头匠在全国各地的剃头生涯，反映了近百年来当时社会的历史风貌、风土人情和时代变迁。

随便翻开一页，鲜活的人物和精彩的故事就会跃然纸上，让我不能不想用文学的形式将《顶上功夫：宝坻剃头匠的历史记忆》一书中丰厚的文化内涵、较高的艺术价值和现实意义体现出来。所以就有了后面些许文字。

剃头歌儿

甄建波

一

宝坻县，

大水灌，

男剃头，

女要饭——

我奶问我爷："你的剃头技术从哪儿学来的？"爷说："瞎琢磨的。"奶说："你个老东西，就没点新鲜的？"爷说："有啊，我就是不说！不说就带进棺材里吧！""是啊，老爷子你咋那样儿啊，快死的人了，赶紧说吧。"被奶请来的忙乎人都急了。爷说："也好，趁着自己还没有被装进棺材，我就说……"

那是抗战末期，宝坻县城有一家刘唤剃头棚，人来人往，生意特火。剃头幌子迎风飘扬，棚里木桌上供奉的剃头祖宗罗祖喜怒无常，即便是给皇上剃过头，到了这家子，老爷子也自叹缺乏一颗大心脏。瞧啊，晚辈们都在干啥？把他辛辛苦苦研制的剃头技术弄出了火药味儿。听：

"老师傅，拿剃刀，取龙帽，脱龙袍，坐龙墩，剃龙毫，按龙头，掐龙腰，净龙面……"

这不是要造反吗？

这戏不戏、歌儿不歌儿的，可是不勾你的魂儿才怪。常来店里的人，即便不剃头，也要坐到黑儿，走时准把魂儿落棚里，转天再来取。

剃头棚掌柜的叫刘唤，天塌下来也得那样儿——我与父兄去逃难，学得剃头本事全。回到黄庄大洼淀，连年水灾肚难填。亏得哥哥不嫌弃，传刀开店度荒年。

一提剃头找刘唤，宝坻县城美名传。

刘唤从小与哥哥刘全一起被父亲用一只箩筐挑到东三省，亦名闯关东。在沈阳皇姑屯租了一间小房子落脚儿。白天，父亲一边担着剃头挑子一边打唤头，招揽剃头生意。有了顾客，兄弟俩就坐在小板凳上专心看着父亲咋剃头。晚上回来，爷仨儿面对面坐着，啃着窝头就着咸菜，父亲给他们讲剃头的要领。小哥俩儿眨眼听着。吃完饭，父亲教他们练腕子的灵活性，他们按照父亲的指点，用筷子当剃刀，拿梳子做人的脑袋，将一个动作重复做，动作只要稍一变形，父亲上去就是一脚，半个小时后，父亲给他们每人胳膊上放一碗水，哪怕溅出一滴水花儿，就挨父亲一个大耳光，最后还要同时打响唤头，小铁碗儿一次次摔到地上，父亲把他们打得都尿裤子了……三个月后，小哥俩儿一前一后各自担着一副小剃头挑子，打着一把小唤头，跟着父亲给人家剃头。他们不恨父亲，在当时满大街几乎都是同行的境地里，练不出过硬的手艺就等于死亡。后来父亲病倒了，在临死前将"宝刀"传给年长的刘全。小哥俩儿轮流担起父亲的剃头挑子，把父亲的尸骨挑回了老家宝坻黄庄洼。

后来，二十出头的刘全搬到宝坻县城，找他剃头的人踢破门槛儿，很快就盖起大宅院并成家立业，在他二十五岁时得了一个儿子，起名文玉。在文玉满月的时候，刘全让老妈子去请刘唤来县城给文玉剃满月头。刘唤没给哥哥丢面，按大户人家的礼节办。

一进大院，那个气派，简直看得刘唤眼花缭乱。在东北他曾和父亲去过大户人家，看到哥哥满院张灯结彩，高朋满座。还请了戏班子，锣鼓家什敲打得欢天喜地，戏子们都卖力地唱着。心想那会儿东北的大户人家也不过如此。老妈子拉了刘唤一把：别看热闹，想你自己的事。刘唤这才回过神儿来。于是放下剃头挑子，打响唤头，"当儿——当儿——"

"头打金莲紫金勾，

二打金莲来剃头。

是男抱在龙交椅，

是女抱在万花楼。"

老妈子应："是男孩儿。"

刘唤赶紧扯着嗓子喊："是男抱在龙交椅。恭喜恭喜！"

老妈子迎过来，递上红包。二爷请进！

晚上，刘全让刘唤留在自己家里，给他帮忙。刘唤执意不肯，告诉刘全，过不惯大户人家的生活。果然，第二天，刘唤把挑子挑回老家。因为当年父亲把刀子传给哥哥，他不服，不服有不服的道理。原来，有一次晚上，刘唤独自溜达，看到一家剃头棚，用白漆油的，没挂幌子没起店名。他挺好奇的，就趴在窗户旁往里偷看，里面挂的油灯，上边有一个大圆盘罩着，点洋油，屋里白亮儿白亮儿的。按说，他是不能趴窗户偷看人家剃头的，可是里面剃头的情景像吸铁石一样，把他吸在窗户上了，心话儿：咋着也得偷个一招儿半式地回去。只见里面有两位白发老人，正在给顾客剃头、刮脸。他们用的不是现在的刀荡子，也是皮子做的，但却是套在中指上，用的刀子是前宽后窄木把传统中国式剃头刀子。听师傅说，刀子要是蘸好火,非常好使。他们荡刀子与众不同,发出的响声非常好听,只是那声音不好用文字表示:bēn 儿 bēn 儿 bēn 儿,bā 儿 bā 儿 bā 儿。等刀子到头上,那音儿更脆了,欻儿欻儿欻儿;甩沫儿时是 piā 儿 piā 儿 piā 儿。一看就是老手艺人。两位老师傅的剃头技术已经到了出神入化的境界。后来,刘唤就把记下的偷偷练会了。这当然瞒不了父亲,虽然没有说啥,却在心底怪他偷学人家的技术,所以把刀子传给了哥哥刘全。刘唤就是这样认为的。

又过了几年,刘全见刘唤日子过得穷困,在文玉八岁时,再次请来刘唤,他让文玉拜刘唤为师,并把这把剃头刀子传给了刘唤,这一次刘唤没有拒绝,只是告诉哥哥,有一间自己的剃头棚足矣。从此刘唤也在县城有了立足之地。虽是一奶同胞,刘唤对哥哥也常怀感恩之情。

以上就是刘唤见到新顾客时必讲的经历,讲完后,顾客的头也剃完了。便拿起刀子小心擦拭。常来剃头棚的老人们看到这个动作,就知道离那样儿不远了,于是都把耳朵竖起来。刘唤双手捧着剃刀,在顾客面前走上一圈,脸色变得凝重,声音略显低沉:它本是清朝罗祖发明地,罗祖是咱剃头匠的祖先。那时候给皇帝剃头性命攸关,多少无辜的头颅要遭斩。罗祖他为打造剃刀几天几夜不合眼,亲自给皇上剃头把刀锋试。只见那小腕子抖得似花开,小刀子使得赛蛇游。皇帝老子笑开颜,袍袖一抖,剃头匠的死罪全豁免。

好嗓儿!好刀!如果这会儿又有顾客来,被雇佣的王师傅会把客人伺候好。刘唤更是爱不释手。这把刀,清朝民国三百年。东西南北刀锋显,各色人儿全剃遍。不信听我详细言?详细言详细言,顾客侧歪剃到一半儿的头。清朝十二帝,个个都把他赞,传圣旨永留皇宫不许往外传。八国联军把中国占，客客气气把他传。他不卑不亢把身子转，不知不觉强盗二字就刻进头发间。袁大总统要把那皇室重新建，规规矩矩把他请，恭恭敬敬奉一天。他一见总统就说短，结果皇帝只做了八十三天。他给百姓剃头从不怠慢，一招一式总把那吉祥传。给地痞流氓剃头他有手段，龙飞凤舞一个个地让他把丑态伸延。日本汉奸更不惮，明里认真暗藏奸。敢拿小鬼子的卫生胡开涮，一次次让鬼子失了威严。这把刀阅人无数能把忠奸辩，这把刀爱憎分明把人性饱含。这一气儿夸得我呀直冒汗，剃头刀子的故事三天三夜也讲不完。

爷说："我该走了。"奶急了："你咋那样儿，这听得刚上瘾，你走个哪家子？"没法子，爷接着那样儿说。

二

那天儿，就是到这儿，有人敲后门。刘唤只好停下来，掀门帘到后院，拉开门闩，一个女人慌慌张张门前站。"闺女你这是？""师傅我叫蒋兰，后面有一群疯狗把我撵。别说了，我都明白。我这地方窄憋，闺女我倒有个馊主意……"

刘唤拉着蒋兰的手，快坐下！手捻剃刀，三转两转把蒋兰的头发剃光。王师傅跑进屋，皇协军队长刘文玉来了。蒋兰起身，想往外冲。刘唤拦，闺女不要怕这混蛋，对付他我只需三言两语。王师傅快把头发藏起来，把我的衣服给闺女换上。哎！

刘文玉摇头晃屁股，念念有词："今儿个到这来抓地下党。说实话，我也真服了共产党了，吃不好饭，睡不好觉，天天把脑袋瓜子别在裤腰带里，跟鬼子挣命，是个儿吗？就（读 zou）前儿个抓住那个，让我打得死过去好几回，就那也不说实话，气得我牙根疼。还他妈不毙了干啥？你说他一撒手享福去了，听说他的老婆孩子哭得死去活来的，我这心里也过意不去。"刘文玉贼眉鼠眼地扫了一圈儿，"我说师傅，最近买卖够红火的"。刘唤说："侄儿啊，这都是托'红人儿'的福啊。"刘文玉脸色阴沉："哪有师傅损徒弟的。""侄儿啊，借我俩胆儿，我也不敢跟你刘大队长较劲。"刘文玉显得不耐烦："啰嗦啥呀！哎，对了，刚才我们正在抓一个女地下党，说是到你这门口就没了。"刘唤一指，向西边跑了。刘文玉说："你糊弄傻子呢？你咋知道跑的就是她？"刘唤被问得一愣，"噢，对对，我光顾剃头了，没看清。"刘文玉说："你呀，连当小财神的命都没有。知道为啥吗？你干缺德事了，跟个小孩儿抢刀子，哼，不说了，照理说有今天的日子，我还得感谢师傅呢。我可告诉你，逮着地下党，日本人给你的赏钱就够你全家吃一辈子了。"刘唤荡了一下刀子，"我哪有文玉你那本事啊"。刘文玉很得意。他看到了蒋兰，"这位大姐长得可真好看啊"。蒋兰摸腰间。刘唤赶紧问："王师傅，我内侄出家的事情你给安排得咋样了？寺里的主持说了，这兵荒马乱的，做啥仪式，夸您手艺比他们不差，自个办了就得了，回头把人一送就行了。他们倒也省心。"刘文玉说："庙里也不安全啊。"王师傅说："头剃完了，我这就把人送过去。"刘唤嘱咐："我这内侄长相和脾气跟个大闺女似的，你要替我请寺里多关照着点儿。好嘞！"

刘文玉坐下，眼睛一直盯着蒋兰的背影。"我师傅不但头剃得好，戏演得也不错嘛。"刘唤擦汗："演，演啥戏？""她那眉那眼那身段，傻子也能看出点端倪。分明就是女人把那男装扮，你咋说是内侄来到你这边？"刘唤死不承认："就是我内侄，长得好看，跟女的一样。文玉我哪敢和你狡辩，我不过是给人剃头挣点小钱。"
刘文玉说："别怕别怕，我不会说你啥坏话的。我前几天跟你说的
事咋样了？"刘唤没再示弱："她把店铺开哪儿我没意见，让我教
她剃头我没有时间。"刘文玉一瞪眼："没时间我就叫人把你的店
砸烂，没时间我就让你把门关。"叔侄这番对话，让本来想溜之大
吉的客人们坐沉了屁股，新增的脑瓜不只十个八个。"文玉，别在
这搅和了，你让叔多挣点钱行不？你升官发财我不艳羡，但你也
不要把好人冤。人生一世不平坦，救人一命心坦然。发如荒草头如
山，剃刀一转清荒山。"

　　刘文玉哼了一声："话里带刺儿啊，还轮不到你教训我。明儿
个我领着我的小姨子过来看你。"说完开门走了。王师傅推门进
屋。刘唤小声问："那闺女走了？"王师傅说："走了。王师傅，你说
她是不是地下党？"王师傅一边穿白大褂一边答："有点儿像。"刘
唤说："好了，管她啥党呢，跑咱这来了，就不能不管。"

　　第二天，刘文玉穿着一身伪军装，神气活现地出现在刘唤剃
头棚。"我说师傅，今儿我把我的小姨子杨燕给你请来了，你就负
责教她剃头！"杨燕一副风骚相儿。"听我姐夫说，师傅剃头手艺
高，你教我几招呗，我也开个店，我日本朋友多，干不过来的时
候，还能匀你几个，没准儿还是日本娘们呢。"刘唤说："我手艺稀
松平常二五眼，恐把您的生意耽误了，另请高明到下家吧。""师
傅，你敢他妈的下逐客令！""文玉呀，文玉呀，你咋跟师傅这样
说话呢？"刘文玉脸一红。杨燕咯咯一乐："老头儿脾气可不小啊，
姐夫你别急，看你小姨子的本事。"她走到刘唤身边，用双拳替刘
唤轻轻捶肩。刘文玉小声说："咋这贱啊。"刘唤心想，倒要看看你
葫芦里卖的啥药？索性靠在椅子上享受，"闺女——。""哎——

师傅。""想学手艺啊？"杨燕撒娇，"那可不，那可不！""这个态度可以考虑。"杨燕加快捶打速度，"我就说嘛，就说嘛，师傅是好人。"刘唤说："我不喜欢让人逼着上架。"看了一眼刘文玉。"妈的！你便宜还没占够吧？"王师傅赶忙冲刘唤使眼色，"刘师傅，你喝多了吧？"王师傅你瞧好吧。

我不吃硬来专吃软，这位闺女不简单。伶牙俐齿能把生意揽，明天你就来学徒，出师就在这一年。

一年？杨燕把双拳悬在空中："调笑你姑奶奶咋着？看来也不用等到一年，三天之后我让你滚蛋，这家老店住进我这新燕。哈哈哈，师傅，可你也别当真，没准哪天我高兴了会放你一马。"刘文玉不耐烦："快走吧，你跟个老头子有啥好磨叽的。"杨燕说："急啥！你不总说师傅的刀子不一般吗？师傅拿出来让我看看，看它是能说呀还是会道呀。"刘唤递刀，小心它张嘴咬你。杨燕接刀，"哎呀，这还是多天儿的刀呢？哪有日本人的刀子好，瞧瞧，这个脏劲儿。拿出手绢来回擦拭，快还你吧，纯粹一个老古董。"刘文玉说："好了快走吧，小心气急了他宰了你。"杨燕对刘唤说："请你仔细看看你的那把刀子生锈没生锈？走！"刘文玉追出去，"师傅，今儿我算栽你手了。你也不打听打听，在这宝坻城，日本人是老大，我就是老二。""呸，我管你老大老二！你们爱咋地咋地。就是那天皇来了我也不惮，大不了关张离开这不见日头的天。"稍微消了点气儿，心想，那女人虽然话语轻浮，却似乎总是话里有话。刀子，刀子？刀子！对！这把刀子有问题。"王师傅，今个都累了，拾掇拾掇歇了。""好嘞！"

刘唤来到后屋，把刀子翻了几下，然后抽出刀片，果然里面藏有东西，拿出来一看，是一张纸条：剃头刀子抹汉奸！

"好！就得抹了那个狗汉奸！"奶请来的忙乎人忘了自己是干啥来的了。爷身子抖得直往棺材里钻。

三

刘全提着一壶酒，走进剃头棚。一晃离家快四十几年，不缺吃来不缺钱，日子过得倒让我心寒。不知道是哪辈把孽造，生出个儿子他咋就当了汉奸！这倒好天天让人戳脊梁骨，哎——只好到兄弟这儿喝酒解愁。"兄弟呀，文玉又来你这捣乱着吧？宝坻人的脸都叫他们给丢光了。兄弟呀，别在意呀，看在我的面上，算了算了。来，咱老哥俩喝几盅？""好嘞！喝几盅。""兄弟，你再劝劝文玉？给日本人当差的这几年他没少挨骂挨打，有时连条狗都不如啊。"刘唤借酒劲儿，"好！我试试，不过我刚得罪了他和他的小姨子，这事悬。""小姨子？他哪来的小姨子？又指不定从哪烂草棵里趸摸来的呢。"

说话这会儿，刘文玉回来了。"妈的，小日本可真难伺候！这次再抓不到地下党，我就得'死了死了地！'"刘唤赔笑，"文玉你咋又回来了？噢，刚才是我糊涂，别放在心上。你回得正好，坐下喝两盅。"刘文玉瞥了一眼，"就这破酒啊，日本人的酒才好喝呢。"刘全急了，"瞅你那点出息！日本人长日本人短的，你别忘了日本人可是在咱们的地盘上胡作非为！""哎——日本人就是我爸，日本人就是我妈，那是我爸我妈有本事！"刘全骂："活牲畜！"

刘文玉与刘全对峙。刘唤忙拉开，"文玉你又回到这小店，有些话听了你别烦。"刘文玉说："要想继续把剃头行当干，最好别让我心烦。"刘唤说："劝你不要再替日本人把事干，鬼子一完蛋你全家都受牵连。"刘文玉说:"咱俩端的都是日本人的饭碗,效忠皇军理所当然。"刘唤说:"我是被迫无奈混口饭,伤天害理的事情我不干。"刘文玉说:"劝你不要瞎扯淡,抓到一个共党就能当大官。"刘唤说:"这样的官我不稀罕!你不要执迷不悟埋祸端。"刘文玉说:"你过你的独木桥,我走我的阳关道。再要胡说八道,就把你当地下党交给日本人领赏。""这么说,刘大队长是铁心帮日本人了?""我他妈是王八吃秤砣铁了心了!"刘全冷不丁跪在刘文玉脚下,"只要你不当汉奸了,我管你叫爸爸!"刘文玉不知所措,"您可别逼我,您这是折我寿啊。仰脖喝酒:我天生就是骨头软,当狗能把饭碗端。为达目的不择手段,管把黑白来颠倒。"

"爸爸呀,师傅啊,上弦没有回头箭。"喝一大口酒。刘唤双手捧刀也给刘文玉跪下,"我知道你当汉奸是为了跟我和你爸置气,这剃头刀子应该传你!"刘文玉伸手想搀起两人,又撤了回去,"晚了,你们早干啥去着?记得那年我正好五岁半。"

"我爸请你到城里来过年。让我拜你为师把剃头手艺练,我高高兴兴直撒欢儿。"刘唤接茬,"小文玉聪明伶俐有心眼,《净发须知》一字不落背得全。一双小手儿巧得让人赞,唤头打得唱歌一样甜。"刘全附和,再看看那站姿:"中正挺直多好看,持木梳更把兰花形状呈现在眼前。一个个动作扎扎实实活灵又活现,'净鼻''取耳''刮脸''放睡'还有那'三不剃''三不鸣'的老例儿都能挂嘴边。我眼瞅瞅不够,我心爱爱不完。欢喜的我呀,泪流满面,商量着把剃头刀子向你传。"刘文玉接茬:"没想到两个老头儿把我骗,我爸向兄弟把刀子传。就像炸雷响耳畔,从此我不相信还有好人在人间。"刘文玉醉倒在桌上。刘全和刘唤站起来,指着刘文玉,后来他把新刀换,生意做得很艰难。半年不到关门脸,一年之后把伪军参。那时他二十岁还不满，拿起屠刀罪孽滔天。刘文玉站起来，晃晃悠悠出了剃头棚。刘全擦眼泪："可叹我拉扯大这个王八蛋，可怜我丢尽了宝坻人的脸。天啊——地啊——，我向你们祈愿，我定拉那畜生陪我一起赴黄泉。"

忙乎人听得热血沸腾，刘全老爷子好样的，这叫大义灭亲！

爷吓得扑到奶怀里。奶说，这哪像要进棺材的人呢。

四

几天之后，刘唤又来剃头棚。刘唤辞掉了生意，想静静陪着哥哥坐一会儿。老哥俩还没开口，就听到外面传来刘文玉的骂声，快点，快他妈走！刘文玉挎着战刀迈进剃头棚，后面跟着两个伪军，还押着一个遍体鳞伤的女人，最后面跟着一个日本军官。

"呦，爸也在。"刘全闭眼，"你才是我爸，快脱下这层皮，跟我回老家去。""爸，您别拿儿子糟改了行吗？老家是哪儿？你儿子混到这份儿容易吗？今天终于把这个地下党逮着了。"刘全骂："就（读 zou）你妈和中国人有能耐！"刘唤眼尖，"哎，这不是你的那位小姨子吗？""啥也不是！她是地下党！"刘唤说："文玉，你们咋一演戏就来我这儿？逗啥呀，这不是你小姨子是谁？"刘文玉瞪眼："我吃饱了撑的，跟你逗。这娘们把我糊弄得不浅，老子差点死她手，多亏这位皇军看透了她，才救了我。"王师傅擦擦眼睛："哎呀，是她！掌柜的，咱俩让她给糊弄了。"刘唤细看，真是女鬼子。你说咱俩还傻了吧唧地救她。蒋兰眼神冷酷，一言不发。

刘文玉说："傻眼了吧？那天跟逗能似的，你们也别害怕，今儿个不是冲你们来的。师傅，给这娘们把头剃了，剃得跟那位女皇军的脑袋一样亮！"蒋兰疾步到刘文玉跟前，抬手给刘文玉两个大嘴巴。刘文玉捂着脸，"姑奶奶别打了，我说秃噜嘴了。"刘全来了精神："好！狗咬狗，好戏！"蒋兰上前要打刘全。刘文玉赶紧央求："哎呀，他是我爸，您手下留情吧。"蒋兰退回。刘全说："妈的，还听得懂宝坻话。"刘文玉央求："我的亲爸爸呀，你装会儿哑巴就不行吗？再耽误，皇军就急眼了。这是我们抓的地下党，这娘们嘴真硬！"刘全说："看得出，比你骨头还硬！"刘文玉转向刘唤，"师傅，给她狠狠地剃！脑袋剃掉了才好呢。"刘唤轻轻荡着刀子，看着杨燕："眼前这个女子面色平淡，对着闪闪的刺刀毫无惧颜。这才是真正的女汉子，不像刘文玉这个狗汉奸！"

刘文玉上来夺过刀子："轻磨、重荡、紧扒皮。剃头的窍门你都忘了？我来，咻咻咻，给你，别磨蹭！"杨燕走过来，坐在椅子上，"师傅，给我剃利索点儿，过会儿就干干净净地家走了。"刘唤细细地剃着，唰唰唰。杨燕说："您剃头的声音多好听啊。"眼泪像线一样从刘唤褶皱的脸上淌下来。杨燕说："别伤心。我是一只小飞燕，家就住在大河边。十八岁那年小鬼子闯进宝坻县，我爸卖鱼无端无故惹祸端。刘文玉领着鬼子来捣乱，小鬼子的刺刀把我爸胸膛刺穿。我悲痛欲绝昏死在河岸，醒来之时见一老汉伺候在我床前。他收我为徒在街头卖艺把那评戏唱，日久天长师傅对我道实言。原来他是地下党被派到宝坻县，就在那一天我光荣地成为一名共产党员。师傅临走把重任交给我来办，那就是除掉刘文玉这个大汉奸。我千方百计靠近他，我左右逢源将他骗，家仇国恨我与他不共戴天。没想到我不慎失手悔恨已晚，望刘师傅理直气壮为国为民除汉奸。"

杨燕小声说："小鬼子是兔子尾（yi）巴长不了了。师傅要早作打算，可别一不小心上了小鬼子的当，当了汉奸啊。"刘文玉叫："杨燕，你千万别再把糊涂犯，日本人胜利就在眼前。到那时再也没有战乱，东亚共荣让人喜欢。咱俩远走高飞让那鸳鸯羡，我剃头来你收钱。"杨燕说："我的刘大队长，你真是鬼迷心窍了！小鬼子已经撑不了几天。说啥东亚共荣全是把人骗，你要是有心就把那日本特务劝。"

刘文玉问："我劝她干啥？"杨燕说："你就别装了——啥事都不能瞒过我的眼，就在她试探你的那一天。算你还有良心耍了手腕，玩忽职守咋能把她瞒。"瞟一眼蒋兰。

蒋兰说："你俩不要把话头儿扯远，我和刘文玉不会有那一天。"唉——她走到杨燕跟前，轻轻抚摸她的脸，杨燕把头扭向一边。"你似牡丹般鲜艳，我和樱花一样灿烂，你我无仇也无冤。内心里我早把你当成姐姐看，无奈各为其主难结缘。"刘文玉兴奋不已："那你俩就拜干姐妹呗！一个嫁我做牡丹，一个回国做樱花。"

这时，由远处传来枪炮声。

蒋兰问："你到底愿不愿意给大日本皇军效力！"杨燕胸有成竹，"你出去看看，到底是谁被谁打跑了？"刘文玉神色紧张："燕子，你咋那么倔呢！你们共产党也有飞机大炮？日本人的飞机大炮搁在共产党身上就是一堆废铜烂铁！"蒋兰喊："蛊惑人心！把这娘们拉出去毙了！"刘文玉说："别别，刚才姐俩还说得好好的，再商量商量。"刘全说："商量啥呀！刘文玉，你要认我这个爸，你就带着这俩弟兄宰了这个女鬼子！"蒋兰冲到刘全跟前，抬手扇了两个耳光，之后拔出手枪。刘唤扑过去挡住。"小日本，没良心，白眼狼，喂不熟！那天的事我还没找你算账！"蒋兰奸笑几声："刘师傅，你不会想做仁慈的上帝吧？"刘唤啊了一声，没听懂。刘文玉说："就是谁都救！"刘唤说："哎，日本鬼子不算！"蒋兰问：
"刘文玉听了吗？今天我要把俩老头儿统统枪毙！"刘文玉说：
"不行！"抓住蒋兰的枪，对准自己，"您要毙，毙我，毙我还不行
吗？他俩可一个是我亲爸，一个是我亲叔啊。我早就该毙，那天的
事是我有私心。"蒋兰收起手枪："别当真。你对皇军这么忠心，我
咋舍得杀你呢？"刘文玉高呼："皇军万岁！万岁！"蒋兰指杨燕：
"好了，把你的牡丹摘了吧。是是是！等剃完头就带走！"

刘唤问："闺女疼吧？"杨燕说："挺疼的。不过一会"呼"地
一下，也就不疼了。"刘唤擦眼泪，"你真的不怕？"杨燕说："怕！
咋不怕呢。不过那是开始，这会儿不怕了。老虎凳、朝天椅外加大
烙铁，妈的，都一个味儿：香！"刘唤打冷战。杨燕说："师傅，说
实在的，我还真没活够，要是我记得没错的话，我儿子得有两三岁
了，这辈子还没听过他叫过妈呢！挺不甘心的。"刘文玉问："你
俩嘀咕啥呢？"刘唤赶忙剃头，这头不好剃呀，全是血印子。杨燕
说："您的刀子我不嫌弃，千刀万刀，不差您这几刀，再说了，您这
可是咱宝坻的名剃刀。"刘文玉吩咐："赶快把杨燕给我带走！该
枪毙了。"杨燕回头，"师傅，你的剃头刀子一点都不锈。"

一声枪响，让刘唤、刘全老哥俩心战，活生生一条性命眨眼消
失在眼前。

刘唤使劲荡刀子，擦出了火花。英雄啊，杀完汉奸我就返回大
洼淀，立座土坟把你纪念。

忙乎人个个磨拳擦掌，目不转睛盯着爷。爷由奶怀里挣扎出
来，奶伸出大拇指，为爷点赞！

五

又过了几天，刘全再次来到剃头棚，这次是刘唤让王师傅把他请过来的。刘全面容憔悴："哥，您这是？我跟那混蛋儿子打架了。真是死心塌地跟日本子干了。兄弟，我本来身体就不好，被这混蛋一气，我估计活不长了。""哥，说这话，可不吉利。""吉利？轰走日本鬼子才叫吉利呢！我呀，"刘全瘫坐在椅子上，"临走有两件事情求你。剃剃头来刮刮脸，干干净净回家转。还有一个大心愿，帮我抹了这个狗汉奸！唉，在他睡觉的时候，我就想宰了他，可是虎毒不食子啊，我下不了手。"

刘文玉气势汹汹走进来。"师傅啊，对不住了，收拾收拾，准备搬走。"刘全说："你！""唉，您别言语，不介，咱爷俩可就翻脸了。"刘全小声说："兄弟你就干吧。""哥，我想起帮文玉剃'满月头'的场景，刚来到您的大宅院，可真阔呀！"刘全说："我还记得你一进门就念：'头打金莲紫金勾，二打金莲来剃头。是男抱在龙娇椅，是女抱在万花楼。'""哥，你也没忘师傅教咱们的剃头喜歌？""哪能忘呢，那可是咱剃头匠的钱袋子。""唉——兄弟，没想到他都没成人！"刘全看刀子，"那时候你就是用的这把刀吧？""是，哥。兄弟，这把刀跟文玉无缘分啊——几十年前我离开大洼淀，只盼一家老小过上太平年。没想到儿子投靠日本人这帮坏蛋，看到他被打得满脸花（呀）让我心寒。兄弟呀，你就行行好吧，一刀让他把命断，魂归家乡，下辈子做牛做马也不嫌！"刘唤说："哥哥，放心。多少次看到文玉荷枪实弹瞪圆眼，领着鬼子烧杀抢掠作恶多端。小鬼子让他向北他不敢向南，多少同胞的血在他手上沾。想想前几天烈士那身胆，再看看奄奄一息的老人在眼前。决心冒险,也要杀汉奸!"

刘文玉带着两伪军进来。

"爸爸,你都病成这样了,快回家吧。"刘全微微睁开眼,"没用了。""那咋办?""咋办呢?文玉你先让师傅给剃个头、刮个脸,干干净净送我回老家。"刘文玉指两伪军,"你俩赶快找大夫去。""是!""妈的,小日本越来越重用我了,下个礼拜呀,我又会升职了。师傅,帮我把东洋战刀挂好!然后靠在椅子上,真舒服;他妈的,日本人使人可真够狠的,炸出油来,要不叫小鬼子,睡会儿。"

刘全指刘唤:"快点吧。"刘唤说:"侄儿啊,今天我给你放个大睡,好好歇会儿。"刘文玉稀里糊涂地应:"好,师傅要是把徒弟伺候舒服了,没定准我还能在那个日本娘们跟前替你说几句好话呢。那就先谢谢徒弟了。王师傅,过来帮忙。"王师傅把椅子放平。推拿按摩把病消,万岁头上敢动土⋯⋯

刘全含笑而去。

忙乎人欢呼雀跃之余,又觉得不过瘾,缺了点儿啥?爷说:"还有点儿呢。"奶突然站起来:"既然老头子好了,就让他先养养,以后再讲。"爷说:"不!"

六

一年之后,抗战胜利。刘唤站在三座坟前。"庆祝胜利的声音响耳畔,我把喜讯带到坟前。这一座又高又大惹人眼,里面埋得是杨燕。巾帼的烈士(啊)相信你还把人间恋,现在是欢天喜地换新颜。这一座结结实实黄土掩,刘全已经如愿回家园。大仁大义的老哥哥时时露笑脸，总有一天我会陪你把话谈。文玉住在最小最荒的那里面，实际上里面只有几块砖。但愿你重新做人除污点，我会为你割短荒草见见天。"

爷把自己讲疯了，抄起一头儿系着铜钱的棒子唱要：

"哗铃铃，哗铃铃，

手中的铜铃响不停，

我眼看来到剃头棚，

剃头棚里手艺全，

五花拳打得对，

起个名字叫放睡，

王三姐寒窑睡，

她的丈夫薛平贵。"

……

爷最终被装进棺材里。奶说："你个老东西，藏了大半辈子的故事说完就不管我了。"忙乎人们身上直起鸡皮疙瘩，他们被爷摄了魂儿："这老头儿到底是谁？他咋那样儿呢？"

老城的剃头匠 / 甄建波

　　旧时的宝坻城里，剃头匠们担着剃头挑子走街串巷的是老宝坻人特别熟悉的场景。沿袭到现在，老人们仍然把理发都称作"剃头"。"剃头挑子——一头热"是老年间传下来的俗谚，可如今的宝坻街头，剃头挑子没人挑了，却生出不少赤、橙、黄、绿、青、蓝、紫的头发，更有了不少离子烫、玉米烫、陶瓷烫等新名词，在剃头不仅仅是将头发剪短的年代里，这一切都是从前的剃头匠无法想象的。

　　宝坻人把理发叫做剃头，是沿用了清代的叫法。清初，满人进关，颁布削发垂辫令，采取"留头不留发，留发不留头"举措，"剃头"之名由此而来。剃头匠作为一种老手艺人，有着精湛的手艺和朴实的人生，他们从不奢望哪天能赚个盆满钵满，也知道靠着这份手艺绝对不会让自己和家人挨饿，只是带着自己的剃头挑子，老实本分地过完一生。

　　解放前，老城的剃头匠们挑着"剃头挑子"，行走在宝坻的大街小巷，上门服务。热的一头是个火炉子，上面扣着一黄铜盆，数九寒天，水必须是滚烫的，用来洗头、敷面、刮脸，"剃头挑子——一头热"这句俏皮话就源于此。

　　当时剃头比较简单，老人剃光头，中年人推平头，小孩儿则一般都是剪"锅铲头"。如果遇到哪家的孩子满月要剃胎头的话，那场面就热闹了，这不仅仅因为剃胎头是家中的大事。而且这活路非常考验剃头匠的手艺，在众多围观者的注目下，剃头匠要把又哭又闹的孩子头上的绒毛利索地剃干净，就是在寒冷的冬季也非要把剃头匠整出一身汗来不可。剃完胎头，孩子家里照例要给剃头匠端出一碗好吃的，不管是米饭是面食，碗底都藏着几块肥肉，这是规矩。

每个行当都有自己的规矩，剃头也不例外：一是唤头"三不鸣"，过庙不鸣，免惊鬼神；过桥不鸣，免惊龙王；过剃头棚不鸣，免惊同行生意。剃头也有简单行业道德，工作前不能喝酒，不能吃葱、蒜等带刺激气味的食物。

另外，在给出家人剃头的时候，不能说"剃头"或"推头"，要说"请师父下山落发"。在操作程序上，也与给一般身份的人剃头不同。给出家人剃头要遵守"前僧后道"。就是说，给和尚剃头要从前向后，一次剃通，俗称"开天门"；给道士剃头正好相反，是从后向前，一次剃通。除了行规外，还有许多行话。剃短头、光头称作"打老沫"，因为剃这种头型时要打肥皂；剃长发称作"薅草"，把头发当作蓬乱的草；刮脸称作"勾盘子"；刮胡子称作"打辣子"……对于这些，作为宝坻老城的剃头匠无不精通。

"剃刀刘"是从老城草场街走出的一名剃头匠。16岁被父亲用一只箩筐挑到东三省，亦名闯关东。在沈阳皇姑屯租了一间小房子落脚。白天，父亲一边担着剃头挑子一边打唤头，招揽剃头生意。有了顾客，"剃刀刘"就坐在小板凳上专心看着父亲怎么剃头。晚上回来，爷俩面对面坐着，啃着窝头就着咸菜，父亲给他讲剃头的要领。小小的"剃头刘"眨眼听着。吃完饭，父亲教他练腕子的灵活性，他按照父亲的指点，用筷子当剃刀，拿梳子做人的脑袋，将一个动作重复做，动作只要稍一变形，父亲上去就是一脚，半个小时后，父亲给他胳膊上放一碗水，哪怕溅出一滴水花，就挨父亲一个大耳光，最后还要同时打响唤头，小铁碗一次次摔到地上，父亲把他打得都尿裤子了……三个月后，"剃刀刘"担着一副小剃头挑子，打着一把小唤头，跟着父亲给人家剃头。他不恨父亲，在当时满大街几乎都是同行的境地里，练不出过硬的手艺就等于死亡。后来父亲死了，"剃刀刘"担起父亲的剃头挑子，把父亲的尸骨挑回了老家宝坻。从此，宝坻城里多了一位闯过关东的剃头高手"剃刀刘"。那会儿，他把唤头打得山响，老城人都爱听，都争着让他剃头。但他却不喜欢给日本人剃头，结果被抓到宪兵队严刑拷打，说他是地下党。被放出来后，他不能剃头了，他的双手被日本兵打残了，他就教徒弟，除了给顿饱饭，他什么都不要，他死时宝坻还没解放，但在他眼神凝固之前，他看到了徒弟们打响唤头庆祝解放的场面。

一副剃头挑子，营造一个以怀旧来寄托安宁、怀想童真的角落。当年流行的发型，以现在的眼光看来已经变得"老土"，但不变的是"剃头刘"那一辈剃头匠对生活的执着，给宝坻老城留下的绵长的历史余韵，真的希望能够很好地传承下去。

想念

甄建波

听我的爷爷说过,旧社会,老家十年九涝。为了填饱肚子,他15岁时离开了家,独自一人进城学剃头。没想到小小年纪,却干了一件谜一般的大事。

爷爷学艺不久开始支摊,有一个外号叫"高粱秆"的国民党兵,常来找他剃头。那天,剃着剃着,爷爷听到远处有隐隐的炮声,心里一激动,问了一句不该问的话:"老总,看这阵势,咱们这座城是不是守不住了?"

本来正闭着眼享受的"高粱秆",冷不丁挪了一下身子,蹬着小板凳给他剃头的爷爷摔了下来,脑门子跌了个大包。爷爷爬起身来,还没来得及言声儿,"高粱秆"扬手扇了爷爷一个大嘴巴。这还没完,过后他还找来个警察要逮爷爷:"这小子敢蛊惑人心,又想谋害国军,查查他是不是个小共产党!"

那个警察见爷爷还是个瘦小的孩子,替他说了一大堆好话:"这是我哥们儿的亲兄弟,还小,不懂事,他们家穷啊,所以跑出来学剃头,他哪是什么共产党啊。"警察又自掏腰包,封了"高粱秆"的嘴。

从那以后,爷爷和那个警察有了走动,知道他姓李,是管户籍的。不久,国民党开始疯狂地抓壮丁,十五六岁的孩子也不放过,城里的年轻人都往乡下跑。爷爷想多挣点钱,就留在了城里,

"高粱秆"来剃头时,又盯上他了。情急之下,爷爷就去找

李先生。"李先生，他们要抓我去当壮丁，怎么办啊，您能帮帮我吗？""我给你办个新居住证吧。"李先生看爷爷个子长得矮，就把他的年龄改成了13岁。

又问爷爷："你姥姥家姓啥？"爷爷说："姓信。"于是，李先生就给爷爷起了个新名字："信解天。"

"高粱秆"再来时，拿着新居住证翻来翻去地琢磨。"信解天？"有意思，却又想不出啥意思。

第二天，李先生找到爷爷，试探地问："你能替我去送封信吗？"

爷爷一拍胸脯："那咋不能啊，就冲您救过我，这信我也得送！"再以后，爷爷替李先生送了三四次信，收信人几乎都是一些店铺的老板。

有一天晚上，李先生急匆匆地来找爷爷，说："这是一封密信，明天一早就得送出去，你还敢去送吗？"

爷爷斩钉截铁地说："敢！"

李先生和蔼地一笑："你就不怕我是共产党？给共产党送信可是要被杀头的啊。"

"虽然我不知道您到底是干啥的，但肯定您不是和国民党一伙儿的，我乐意帮您。"爷爷回答得很自信。

李先生说："这次不像往常，容不得半点差错。"

爷爷想了想："这次我担着剃头挑子去送信，不会有人怀疑我的。"

李先生问爷爷："信藏哪儿呢？"

爷爷把信（其实就是个小字条）折了几折，塞进剃头挑子的缝隙中，想想不妥当，取出来又藏进刀荡子里。李先生放心地走了，可爷爷觉得这样还不保险，得想个更好的地方……

天刚蒙蒙亮，爷爷已经来到了城外的柳堤上。可巧，撞上了一伙国民党兵。那不是"高粱秆"吗？爷爷看到他心里有些犯怵。国民党兵走到爷爷近前，"高粱秆"说："我知道他，他就是个小剃头的，不是共产党！"

"不行，那也得搜搜，万一要是个小共产党呢。"领头的发出了命令。

"高粱秆"一马当先，走到爷爷跟前。爷爷迎着说："是您啊，老总。您这是要去哪儿呀？""高粱秆"一脸不屑："我倒要问你，这么早，干啥去？"一双贼眼似盯进爷爷的肉里。

爷爷担起挑子："剃头去！不早了，您看日头都露半拉脸了。柳堤下一个村的人都在等我剃头呢！"

"高粱秆"搋住剃头挑子："别想溜，搜身！"爷爷说："老总，我一个小剃头的身上能有啥？""高粱秆"两眼射出贪婪的光，游弋在爷爷身上，上来就把李先生给的几块饭钱翻去了，然后又拉抽屉、搜挑子，将剃头刀子挨个儿拿出来查看……

"啥也没有，弟兄们撤吧！"

"等等！"领头的围着剃头挑子转了转，指着刀荡子说，"再查查那个！"

"高粱秆"问："那是刀荡子，咋能藏东西呢？"

"那也要查看查看，万一这小子要是藏了什么东西呢！"

国民党兵蜂拥而上，爷爷的心都快要跳出嗓子眼儿了。

"高粱秆"一扬胳膊抢下刀荡子，说："都破得离了层了，换条新的吧，这块皮子就归我们了！"说罢，扬起刀荡子转身就走，那伙国民党兵也跟着离去。

爷爷傻眼了，下意识地跺了跺右脚：信在鞋窠里？

一轮红日将柳堤照得鲜亮。

爷爷有惊无险地送信回来，却再也没有见到李先生，直到那隐隐的炮声越来越近，李先生也没有出现过，爷爷自此有了念想。多年后，爷爷听说李先生已在攻城时牺牲了，又听说他在省城做了大官……

刀神与枪神

甄建波

　　他勤勤恳恳跟四大爷修理钟表，四大爷很喜欢他，又因为没有儿子，四大爷想让他过继给自己。四大娘不愿意，她想让自己的侄儿过继。他找过四大娘理论，四大娘小嘴儿叽叽的，把只比自己大一岁，长得其貌不扬的侄子说的事儿事儿的，说他干爹是"啥啥"帮的头儿。后来四大爷劝他，你可别惹你四大娘的侄儿呀，人家人小靠山大。他一气之下就离开四大爷家，跟二姨夫学剃头了。可是他对过继的事始终耿耿于怀。

　　后来二姨夫去了一家起重机械厂上班。他到天津挂甲寺一家理发馆谋生，算半师半友。拿的钱比正式师傅少，四六分成，理发馆得四块钱，自己分六块钱。他学习特别上心，那会儿没人手把手教，讲究"偷艺儿"：刮脸怎么顺刀子，到哪儿地方又怎么戗，这手又怎么扒……他在给老师傅们打下手的时候，就留心观察，其间，他没少偷到"干货"。他说，要想学得快学得好，人就得学"贼"点儿。

　　一天晚上，他看到一家用白漆油的剃头棚，没有幌子没有店名。他挺好奇，就趴在窗户旁往里偷看。里面挂的是盘灯（油灯）：上边有一个大圆盘，罩着一个泡子灯，白亮儿白亮儿的。按剃头行业的规矩说，他是不能趴窗户偷看人家剃头的，可是里面剃头的情景像吸铁石一样，把他吸在窗户上了。他认为咋着也得偷一招半式回去。只见里面有两位白发老人，正在给顾客剃头、刮脸。他们用的不是现在的刀荡子，也是皮子做的，但却是套在中指上，用的刀子是前宽后窄的木把传统中国式剃头刀子。听师傅说，刀子要是蘸好火，非常好使。他们荡刀子与众不同，发出的响声非常好听，只是那声音不好用文字表示：bēn 儿 bēn 儿 bēn 儿，bā 儿 bā 儿 bā 儿。等刀子到头上，那音儿更脆了，欻儿欻儿欻儿；甩沫儿时是 piā 儿 piā 儿 piā 儿。一看就是老手艺人。欻儿，指的是那刀下来以后，手腕往上一弹，刀子上粘的肥皂沫 piā 儿地甩出去了，根本不用手撸。两位老师傅的剃头技术已经到了出神入化的境界。

回来后，他就照着那两位老师傅的动作反复练习并不断创新。不仅剃头技术突飞猛进，他还总结出一套理论。他认为荡刀子要上磨七下磨一。上刀刃多荡，七下；下刀刃轻荡，一带就行。如果把下刃磨大了，上刃磨小了，刀子就会立着走，横着刮，一刮一溜口儿。必须平剃，就像给小猪子刮毛似的，一走，就走一溜儿。钢口硬的重点，软的轻磨，这才是从正式剃头棚里传出来的技术。

还有刮脸的指法，他认为大拇指要顶着刀把后边，二拇指捻着刀片……最讲究的就是吊腕子，像不像三分像，站有站相，不能大虾米抽鸡爪儿，抽筋带弯腰。得把身子挺起来，胳膊伸出去，这些都是"偷艺儿"得出的理论。

一个月过后，他找到那两位老师傅比试，独特的见解再加上高超的技术让老师傅们折服，这件事在剃头界引起轰动。他成了远近闻名的刀神。

那年，他 15 岁。

他想开个属于自己的剃头棚，既能潜心研究剃头技艺又能带徒弟赚钱，可是他没有本钱。于是只好在天津南市一家理发店当师傅，赚钱、攒钱。偏巧，他遇到一个姓侯的特务队长，看样子有钱有势，正好利用他整垮四大娘的侄儿，夺回过继权，又可以让他帮自己开个剃头棚，真是一举两得。于是，特务一来，他就赶紧替他拿帽子，挂衣服，如果不剃头，他就给侯队长沏好茶，扶他半躺在椅子上，替他擦皮鞋。总之，想尽一切办法哄特务队长高兴。一次侯队长逗他给自己做干儿子，他马上跪地上就叫干爹。侯队长拿出名片，让他去鞋店拿双好皮鞋，而且也没少给他买新衣服。后来，特务队长又娶个四姨太。刀神也不知道这事儿。结果给四姨太烫头，人家左照右照，挑毛病了。他不服："这么照那么照，想多好看，好看你给哪个男的看？"这话捅娄子了。四姨太哭嚎着走了。一会儿，侯队长拎着马鞭子进来了，一问谁给四姨太做的活儿？他说我！咋着？你不知道他是我的四姨太？他说，你多咱儿请我喝过喜酒，多咱儿跟我说这事着？你给我嘛好处了？队长气得把鞭子往地上一摔走了……事后他给他干爹和四姨太赔礼道歉，还认了四姨太做干娘。

终于有一天，特务队长出钱帮他开了一间气派的剃头棚，他很感激他，他把特务队长精准定位为：爹。再后来，他就利用剃头棚做幌子，帮着他爹做事儿。当然，特务队长也给了他很多好处，他也就不在乎老师傅们说的话了。特别是那句三教九流不如剃头，他认为为了图几个子儿至于什么人都伺候吗？

一天，特务头子对他说，这阵子留点儿意，咱这儿不太平，冒出个共党，听说枪打得准，远比你用刀厉害。刀神提心吊胆了好几天，也不见他来，心想：只要不跟我学就死定了。

这天，店里来了个比他大一点的孩子，点名要他剃头。他一看，正是四大娘的侄儿。报仇心切，不等爹来了，因为爹这座靠山得把那小子的靠山压扁喽。他把他叫进里屋，本想来个抛刀剃头，吓唬一下他，然后再狠狠整治他。没想到刀子刚一离手，就听"啪——啪——"两声，刀神抱着脑袋跑了出来，头皮被枪子打了薄薄一溜儿沟儿，血哗哗往下流。

　　枪神手下留情了。

赶狼

甄建波

他腰伤未愈，就开始收拾剃头挑子。他媳妇劝他，"再养几天吧。"他心疼地看看面黄肌瘦的媳妇和炕上三个骨瘦如柴的孩子，"没啥大碍，只当被那几条恶狼咬了几口，我早去早回就是了。"

媳妇拿出家里仅藏的两个玉米面儿饽饽，用线绳儿穿好，递给他。他随手挂在扁担上。他用一只肩膀担着剃头挑子，腾出两只手打响唤头。遇到路人，他就张罗他们剃头、理发。他们行色匆匆，无暇顾及他的买卖。直到晌午，他的眼前出现两条路，一条是山路，一条是河边小道。有行人告诉他，"两条路的尽头有人家。只是山路可以抄近儿，河边小道需要绕远儿。"他抬头看看山路，有人影在来回走动。但是他的腰还没好利落，顺坡爬到山路上有些犯怵，他心话，只要能找到活儿干，绕点远儿就绕点远儿吧。

日头偏西时，他来到一个大屯子。把他兴奋得忘记了饥饿和劳累。他放下挑子，左手握住唤头把儿，稍稍向上倾斜，把右手的铁棍儿穿过空膛儿，腕子一抖，"嗡儿"打响唤头。等了不一会儿，屯子里的大人小孩儿都围过来。他也摆好了架势，就等着人们找他剃头、理发。等到日头落了，也没人理他。看着人们乱糟糟的头发，不禁发问，"乡亲们，你们一个个跟大头翁似的，不难受吗？"一个孩子凑过来，"我们没钱。"他这才注意到屯子一片狼藉。"这里刚被国民党伤兵给抢了。"一位老人从人群里走出来，也没经他允许，蹲下身帮他收拾工具，"趁天还没黑，赶紧打哪来回哪去吧。"人们也开始散去。"等会儿，今天不要钱！"人们愣了几秒，"呼啦"又围过来。

他忙到后半夜才完活儿。屯里的老乡劝他在破学校里住一宿再赶路。他惦记着媳妇和孩子们，决定连夜回家。老乡问他，"带洋火了吗？"他问："我又不会抽烟，带那玩意儿干啥？"老乡又说："那就打唤头。"他有点丈二和尚，摸不到头脑。老乡说："我们这里有狼，那家伙怕亮、怕响。你遇到它们就划着洋火、打响唤头，准能吓跑它们。"临走时，老乡向他兜里装了半盒洋火。老乡说："这半盒洋火是屯里唯一的亮儿了，本想再给你扎个火把，可是整个屯子的油都被国民党兵抢去了。"

出了屯子，他犯嘀咕了，走哪条路能不碰上狼？后来一琢磨，山路连着水路，两条路都有可能与狼相遇。要是走河边的路，一旦遇到狼，大敞窝开，没处躲没处藏，十有八九被狼吃了。干脆走山路，里面有荒草柯、小树林，都能用上。他担着挑子走上山路，就听下面的河水哗哗地响，心里直发毛，生怕狼从下面窜上来。他看看装钱的空匣子，媳妇和孩子们又要挨饿了。胡思乱想中，他迷路了，钻进一片树林，里面全是坟头。突然，他看到远处刷刷地直冒绿光。是狼！他吓得汗毛都竖起来了。他一屁股坐在坟堆上，剃头挑子滑落在地上，家伙什散了一地。他急忙掏兜儿找洋火。结果掏到了冰凉的大腿根，原来裤兜被树枝挂破一个大窟窿，洋火丢了。

放着绿光的瞳孔从黑暗中向他靠近。借着月亮儿，一头大狼正蹲在不远处瞪着他。他打个寒战，气儿都不够出的。求生的欲望让他首先做出反应，冷不丁把断了线的饽饽划拉到手，扔了出去，狼蹦起来去追。他利用这个机会，站起来就跑。没想到狼去的快回来的更快，他就觉得头顶上呼的刮了一阵风，被狼摁在地上。它张开嘴，露出大獠牙，他使出吃奶的劲儿，用力一滚，一条裤腿被狼扯掉。

他的腰被咯了一下，他又一划拉，是唤头。正这会儿，他看到周围出现无数道绿光。他忽地想起老乡的话：狼还怕响。他把唤头攥在手中，还没等打响呢，狼的血盆大口笼罩过来。他本能地用唤头去迎击，结果唤头被顺势插进狼嘴。狼开始用力撕咬，然后又使劲甩头，看样子是想把唤头吐出来。他这才看清唤头被插反了，把儿朝里了。这时的他已经不那么害怕了，全身心地投入到战斗中。他从草地上找到那根铁棍儿往狼嘴里捅，狼一扑棱脑袋，铁棍儿横了过来，他下意识一拨棱，"嘎啦"一声，擦出火星子。狼的脑袋就像过了电，颠个不停。趁这机会，他从狼嘴里抽出唤头。狼一声嚎叫，眼里又露出凶光。已经黔驴技穷的他，仿佛被狼附体一样，站起身来，瞪大眼珠子，与狼对峙。手却没闲着，接连拨打三下唤头，奇迹出现了：三道白色的光柱腾空而起，划出美妙的弧线，随后是"轰隆、轰隆、轰隆"的响声，他把唤头打出神响。紧接着，他胡乱地收拾一下，踩着颤动的山路一溜小跑。至于那些狼，逃得比他快多了。

媳妇一边帮他轻轻包扎着伤口一边安慰他，"你这叫大难不死必有后福。"他的眼里闪着希望的光火，看了看孩子们，"值得！媳妇，过不了几天，孩子们就不用饿肚子了。"他问媳妇，"你知道我跟狼拼斗时咋想的吗？""咋想的？"媳妇低着头问。"我把狼当成前几天来咱家抢粮的那帮国民党兵了。还告诉你，他们兔子尾巴长不了了。"媳妇赶紧捂住他的嘴，"别瞎说。"他说："不信你听——"他和媳妇同时抬起头，侧着耳朵：是解放军攻城的炮声。

迷路

甄建波

　　他是这条街上年龄最小的剃头匠，同行的老乡们都把生意让给他。剃好了多赚点钱；剃不好，有老乡帮忙，反正钱还给他。傍黑儿，他拿着钱欢欢喜喜地回到师父那里。

　　师父问："听说，老家人把生意让给你做，你连句谢谢都没有？"他当时很不服气，"师父，芝麻粒儿大小的事儿至于吗？"师父没再责怪下去。

　　第二天，他的生意少了，连中午吃饭的钱都赚不上来。让他气愤的是，之前帮他的老乡们似乎都在看他的笑话。他发誓：剃出个名堂。师父是当块儿有名的剃头匠。他总给一些大人物剃头，其中有一个国民党的大官叫倪富，好大的派头，从来都是师父亲自上门操刀。特别是给小孩剃满月头，非找他不可。有时师父不在，他想去顶替。主顾不干，小徒弟给孩子剃头不放心；师父也不干，师父这人就是独。

　　有一次师父回老家了，倪富家的老妈子风风火火找上门，"跟你师父说好的，给老爷的孙子剃满月头，咋给忘了呢？"他毛遂自荐，"我替师父去！"老妈子一愣，"小孩蛋子，这可不是闹着玩的，你只要把孩子弄哭了，就会挨骂。万一剃破点皮儿，就得吃枪子儿，不行不行。"他摁停老妈子摇晃的脑袋，"你放心，我肯定能办好。"老妈子说："我不信你。"他说："那你就等我师父回来吧。告诉你，他没十天半拉月回不来。"老妈子一拍大腿，"豁出去了，拿上家什跟我走。"

一进大院，那个气派，简直看得他眼花缭乱。满院张灯结彩，高朋满座。今天还请了戏班子，锣鼓家什敲打得欢天喜地，艺人们都卖力地唱着。老妈子拉了他一把："别看热闹，想你自己的事。"他这才回过神儿来。老妈子问。"懂规矩吗？"他说："懂。"老妈子跑进去，站在里边的台阶上向他使眼色。于是他就学着师父的样子，高声念喜歌：

"头打金莲紫金勾，

二打金莲来剃头，

是男抱在龙交椅，

是女抱在万花楼。"

老妈子应，"是男孩儿。"

他赶紧扯着嗓子喊，"是男抱在龙交椅。恭喜恭喜！"

老妈子迎过来，递上红包。"师傅请进！"然后小声说："你可千万注意啊。"他说："你放心。"

倪富一身便服，也不像师父说得那么凶。倪富问他："多大了？"他说："十六了。"倪富露出鄙视的眼神，"妈的，你个小毛孩子能行吗？"没等老妈子说话，他一拔胸脯，"长官，你放心。"倪富考他，"你给我说说满月头都有嘛样式？"他说："桃子头，小平，阿福头，小脑袋后面留个小辫子这叫平安幸福头。"倪富说："好小子，嘴皮子挺利落。再给我说几句这头咋剃法？"他拉开架势，露出扎实的基本功，"右手持刀，左手把头，先剃前额，后剃脑勺。"倪富说："行了行了，我信得过你。"

该他走运，正赶上小孩睡着了，没咋费劲就剃好了。倪富挺满意，赏了他一百块钱。那会儿在外面剃一个头才一毛五。倪富的大方把他感动得哭了，发誓许愿：愿意一辈子伺候倪富。倪富高兴地留他吃饭。他假装推辞，"师父不让他在主顾家吃饭，这是规矩。"倪富一划拉光头，"这是嘛规矩，今天不但请你吃饭，还有好事让你去做。"他才明白师父说的都是谎话，"你不想发达，还怕别人发达。"那天，他头一次喝酒，头一次沾女人，头一次弄明白人怎样才能做到往高处走。

后来，这块儿总响枪。听说要打仗了，还总闹地下党。有一天，天快黑了，老妈子连呼带喘地找到他，"快给老爷子剃剃头吧，他挨黑枪了，快死了。"他说："这地下党咋就杀不绝呢？连我老乡隐藏得那么深，都让我给揪出来了。"老妈子瞪了他一眼，"哎呀，少爷你快去吧，我可不懂这党那党的。"到了倪富家，老爷子已经就剩一口气了。师父叮嘱过他，给临死的人剃头，下手要快，剃两三刀就完事。还得由后头剃，不让那股臭气喷到。可这人毕竟不同，自从给倪富做事，老爷子对自己最好。常劝他多做好事善事，对于这些他都没在意，只当成假惺惺地装样子。想到这儿，他假模假样拿出刀子，中间一刀，两边各一刀。倪富急了："妈的，你小子这叫糊弄家里人！你为啥不好好剃？"他说："这叫开天门了，就是老爷子已经快升天了，还折腾他干啥。剃头有规矩，到这就不给剃了。""那后边为啥不剃？"他问："您留后吧？难道您不想留后了？"倪富一跺脚："都是我把你小子惯的，处理好老爷子的事，'剃刀队'队长让你当！"他给倪富鞠了一躬，问奄奄一息的老爷子："让小子把您舒舒服服地伺候走吧。"一旁的倪富说："我们没白疼你小子。"老爷子有气无力地斜了他一眼，从他的眼神里射出两支毒箭，吓得他"哎呀"一声把刀子扔了。就在他发愣时，老爷子说："你滥杀无辜，前几天被你们害的那个老乡就是个剃头的，咋会是地下党呢？过来，我告诉你谁是地下党？"他长出一口气，脸对脸地献上谄媚，"噗"的一声，一股臭气喷到他的脸上。

……

"徒弟，咱不参与剃头之外的事。"

"您放心，师父。俺老孙去也——"

师父叹了口气，"他一直就活在云里雾里。"

散文

三轮车夫

甄建波

这满街的三轮车，我该坐哪一辆？

先别开口，等车夫问。

"去哪儿啊？"

"随便转转吧"。

他爱听这话。他会尽可能地拉长战线。

他把车绕到了小巷里，小巷的宁静，里弄的和睦，给你一种回家的亲切。

"师傅，你这一天挺辛苦吧？"

他很会顺你的话说。

"可不，不过没法子，大人都下岗，孩子要上学，不挣点儿咋办。"

他的话，引起了我对他的同情。

"不过也不错，就是真把我安排在好地方，也未必能行。40多岁，又没文化，还不如靠这力气吃饭呢！"

"一天挣多少钱？"

"十来块吧。"他似乎不想说实话。

我不信，故意逗他。

"我该花多少呀？"

他笑笑说，

"瞧赏吧！"

闲谈间就出了小巷，到了闹市。

前面是红灯了，他一刹车，车子戛然而止。

"咱还去哪儿呀了？"

"去书店。"

"买书？"

"嗯。"

"买啥书"？

"文学的，我喜欢写作，报纸上经常有我的东西哩。"

"你真棒。"

他显出羡慕的样子，后来变成了沮丧。

"我兄弟也好写呢。在初三还得过市里比赛二等奖。可现在，哪也没考上，还是一直写，就是总也没人给发。有时写得闹头疼，我真替他着急。"

前面的车缓缓动了，他也蹬了起来。到了书店门口，他停住了。我说别等了，就给了账，一共要了7块。

当我抄起一本定价为27块钱的书爱不释手时，一掏兜，坏了，就剩20元了。就极不好意思地蹭到老板跟前。

"差7块行吗？"

"不还价的。"

老板冷冰冰地说。

买书的人不多，只有几个，却有十来双眼睛盯着我，我颇感尴尬。

"剩下的我垫上！"

我一扭头，是那车夫。

他不但替我补交了七块钱，而且又买了一本儿。

"你是行家，这本我买回去，给我兄弟。"

来到书店外，未等我开口，他就执意送我一程。再次坐上他的车，就不再那么心安理得。

他一直把我送到东站，还替我打了票。我很感激，又很惭愧。堂堂男儿竟困窘到如此。正想着，一个大肚子男人挤了我一下，吧哒，书掉在地上，还被他踩了一脚。我忙捡起，不光是脏了，还残破了几页。大肚子不但没道歉，还酸不溜秋地吐出一句。

"捧着一堆纸当宝贝！"

"哗——"在场的人哄堂大笑。大肚子荒而唐之地蹦上车了。

我在他那高大身躯下怯弱了。我抓起那本书，慌忙地嚓、嚓，扯下几页。

"你这是干啥，拿书出啥气！你这是打自己的脸，这书还有我的一半呢！"

车夫夺书。我是无地自容了。"嗖"地钻上车。巧得很，竟一下子坐到了大肚子旁边。他正用不屑的眼神看我。

车慢慢启动了。车夫追过来，顺着车窗扔进那本崭新的书。

"我的这本给你。记住喽，兄弟，一定要写出个名堂，写出争气的大书来。"

羊哨

甄建波

外婆嘴里衔着哨子告诉我："那会儿我喜欢洁白，就像我喜欢赶着一群洁白的羊羔在野外流浪的日子。

羊总是要分开的，后生的快长成壮羊时，先生的便被卖掉或被宰杀掉了。如今想想，那时候的我不过是在为它们的死傻傻地做着储备。

它们惊恐的呼救和凄惨的呻吟，总要让我落泪。也就在这时，我固执地认为：食一切生命都是残忍的。

每逢家里宰杀羊时，我都要将剩下的羊赶到旷野里。独自一人站在高岗上，为它们吹响洁白的哨子。呜，呜呜……悠扬而又哀伤，我看到由这些羊的眼睛里滚动出清亮的泪花来……"

至今我的耳畔还能响起外婆那运送灵魂的哨音。

每次清晨，外婆都早早起来将我叫醒。把干粮袋围在我的腰间，将宽大而又柔软的水壶背带儿挎在我的脖子上，然后把一盏小红灯笼递给我。我曾问过外婆：

"为什么不把哨子送我？"

外婆冲我神秘地笑笑：

"它的声音只会让你的耳朵嘈杂。"

我见到外婆的眼睛是那么温暖而又柔和，就像灯笼的光火。

她和村里的其他妇人没有什么两样，端着满满一盆脏衣服到河边去洗，洗净后再端回来，然后就到集市上买菜，也会因一两毛钱和小贩争个不休，回来后，一边掐摘着烂菜叶，一边骂小贩的吝啬。赶上地里忙的时候，她就去帮父母干些农活儿，在清闲的日子里，偶尔也会和她的姐妹们打打纸牌……

清闲快活的外婆很早就守了寡。那会儿村里要修一座很高的建筑物，出于对它的好奇，外公盼望能站在最高处向四外放眼望望。有一天收工后，其他人都拖着疲惫的身子回家了，唯有外公沿着脚手架偷偷攀到顶端，呼呼的风声让他感到一阵的恐惧，刚要往下来，听到由西边传来羊的叫声。外公向那边望望，西边的太阳刚刚摘掉了光环，血一样让人敬畏，外婆就是在那时赶着她的羊回来的。

美，真是太美了！与她朝夕相处了这么久，竟没发现她此时的美来！就在外公忘形地欣赏他的美人时，外婆也看到了他，她想给外公一个惊喜，她冲外公吹响了哨子。这一次外婆竟忘记了：这只哨子永远也吹奏不出欢快的调子来。外公真的伤心了，他虽不懂音乐，可外婆吹出来的哨音从来就不是为音乐家而准备的。外公脚底的景色朦胧了，他习惯地抬起手，想抹一把眼泪，可世界还未来及变得清晰时，他的脚下一滑，耳边又风声大作，那一刻，外公觉得整个世界都在飘升。

外婆想外公，想的不吃饭，不想放她的羊，也不想再要那只哨子了。

一次，她梦到外公对她说：是你的哨音让我感到我是由上面轻轻飘下来的，有幸把这世界翻过来看了一回，没意思。我落在许多羊的脊背上，它们不让我下来，我就随着那片白茫茫的海浪……离你越来越远，渐渐的我变成了一只羊——你的羊群里最小最弱的那只。

外婆告诉他："我不想要那支哨子了。"

外公说："为什么不要？它的声音太美了，让人忘却了眷恋所带来的忧伤。"

就这样，外婆留下了那只哨子，却不轻易吹响它。

外婆的婆婆是个吃斋念佛的好妇人，却又舍不得外婆这样的媳妇。每逢外婆伤心落泪时，她就教她念佛，外婆听不懂婆婆念的什么，可又不想回忆那些伤心的往事，就学着她的样子数数，默默地念：1、2、3、4、5……数着数着，那些伤心的往事还真的忘了。

后来外婆重新拿起了牧鞭，整日赶着她的羊在旷野流浪。

日子久了，她更加喜欢这些羊了。它们在旷野行走时，就像一片白云降落到陆地上，使原本灰色的土地显得迷蒙、神秘。她有时看一下地上的云，再看一下天上的云，这天上的和地上的要能聚到一起又会是怎样一种景象？她就枕在这连起来的云彩上，吹响了久违的哨声。所有吃草的羊都抬起头，静静地听着。外婆把眼睛瞪得大大的，大大的，直至渗出泪花。

外婆很快就找到了那只最小最弱的。那只羔羊如愿以偿地得到了外婆的体贴与慈爱，它见到外婆就像见到母亲一样亲。它最爱听外婆的哨音了，有时竟随那哨声翩翩起舞，似乎它对世上的悲喜有着全新的注释。然而羊的生命是短暂的，那只小羊很快就死去了，外婆就重新寻到一只来代替，这样一代一代往下传，当我由她手中接过牧鞭时，外婆老了。原本清秀的面容上皱纹堆累，长长的一头白发散落在双肩，身子干瘪、瘦小，背向前弓得厉害，不变的还是那双慈祥的眼睛，闪烁着固执和宽容。

那一天的夜里，我回来晚了，刚把羊赶进圈里，小舅舅就说："你外婆去找你了。"

我的心倏地缩成一团，暗自嗔怪她不该去找我。我提起灯笼，想回去找她。这时羊圈里的那只小羊仰起脖子冲我咩咩地叫唤。

"你想去吗？你可是外婆最疼爱的。"

小羊露出了真诚的渴望。

小舅舅说："带它去吧，它可能比我们更熟悉你的外婆。"

我领着小羊找出老远、老远……

"外婆——外婆——"

回应我的只有那阵阵风声。

小羊的耳朵一直竖立着，两眼警觉地注视着前方。此时此刻，我竟分辨不出它到底还是不是只羊了。

小羊浮躁起来了，洁白的身子轻盈地弹跳了几下，梗直脖子，扯起嗓子叫个不停，莫非它听到什么了？

我灵机一动，把手中的灯笼拴在小羊的犄角上，一拍它的头，"去吧。"

小羊飞快地跑下去了，灯笼的火光在小羊起伏的头顶上明明灭灭。

我追随那光来到小河边，小羊不见了，只见到那束亮光飘摇在水面上，随着缓缓的流水远去了……

天蒙蒙亮时，我找到了外婆。她口里含着那只洁白的哨子，正呆呆地盯着眼前的一堆新土。在外婆的身旁，还躺着那盏湿漉漉的灯笼。

在距村外的那座很高的建筑物不远处，有一块草地，用一圈木篱笆围着。里面一年四季装满一群羔羊，等到它们长成壮羊时，主人就将它们牵走，不知带到何处去，然后又牵回一些，清冷了几天的小羊圈又响起咩咩的叫声。

风起了，人不去管它，因为它们身上披着厚厚的羊毛；下雨了，人不去管它，因为要让雨水洗去它们身上的污痕；一场洁白的雪落过，人去圈里查看，牵走那只精神仍旧饱满的，不去理睬那些将被冻得瑟瑟发抖的。

"牵走的那只必是健康无残疾的。"

这是我用一只洁白的小羊羔换来的一句话。

小羊在他的怀抱里咩咩地挣扎着，那一刻，它那惊恐的眼神打动了我。

"你能告诉我要带小羊去哪里吗？"

他伸出手掌向那木篱笆指去。

"带它去那里。"

我带着愤怒的声调质问，"为什么要让它们受那么大的罪？"

他用不屑的眼神看了我：

"从那里历练出来的生命更加顽强健康！"

"它会死吗？"

他的身子被我问得一颤，很显然我的话刺激了他。

"为什么要这样问呢？把它还给你吧。"

他放下小羊，匆匆离开了。

我知道我对他说了不该说的话，我一定要兑现我的承诺。

我弯腰抱起小羊，快步走到篱笆前，轻轻将它放在里面，小羊再一次用哀怜的目光求我。

"去吧，我的朋友。"

我离了羊圈，不忘回头看看，透过篱笆墙的缝隙，小羊还在向我张望。

回去后，我对家人撒了谎："小羊丢了。"

外婆偷偷问我："小羊真的丢了吗？"

"嗯，真的丢了。"

我坚定地冲她点点头。

夜里，我被噩梦惊醒了，我哭着跑到外婆住的院子。外婆开了门，接我进去，我一头钻进她的怀里：

"外婆，我只是把小羊放在圈里了。我梦到它的那双眼睛总是看着我，总那么哀哀怨怨地盯着我。"

外婆摸着我的头安慰我："孩子，你没有做错什么。"

从那以后，我常常去看它。

它和它的伙伴们相处得很不融洽。在它长成壮羊后，接连撞坏了几只伙伴。我每次去，他们都怒气冲冲地告诉我：

"真想把它的犄角撞断！"

那会儿它焦躁，它烦恼，它到了该找女伴的时候了。

小羊在某个夜晚，越过篱笆墙，找到它的女伴。都是那么哀伤的眼神，几行伤心的泪水，唇与唇相撞时的热吻……它们几乎用人的语言在诉说：真后悔当初没能跑去偷吃伊甸园里的果子——那有生命的和分别善恶的果子。夜，慢慢暗下来，它悄悄蔓延到小羊的脚下、身旁，将它连同它的梦吞噬掉了。

那是我最后一次看它，这一晃已经过了四季，它完成了历练。

它见到我，出乎意料地用一种温柔的眼光看我，竟还有些依依不舍。

回去后，我把这情形对外婆说了。

"它大概已经知道明天将要被宰杀掉了。"

我的心在剧烈地跳动中疼痛着。

"外婆——"

我伏在她的肩头哭泣着，外婆将我安置好就出去了。

清晨，我飞奔到篱笆墙外，里面空荡荡的。有人说：去圈里牵它时，它早已不见了。

晚上，外婆把我叫到屋里，一边用慈祥的目光瞅我，一边慢慢地取出那把哨子，郑重地挂在我的脖颈上。

"吹着它，去找找看吧。"

我遵照她的吩咐，吹响哨子，离开家，来到村外。借着月光，我远远见到前面的那只竖耳倾听的小东西，"咩——咩——"

"啊！小羊，小羊，我的小羊回来了，外婆！"

其实小羊并没有丢，它是在追随着哨音，慢慢靠向外婆的心坎儿啊！

灯窑

甄建波

　　一张薄薄的窗纸，借一点煤油灯的亮光，灶台前，母亲那双粘在面盆里的双手才运用自如。奶奶坐在灯窑旁守着油灯，不时拿起灯罩，向里面续点煤油，然后用一根旧筷子，熟练地拨动灯捻儿。

　　"妈——您就别费力气了，我能看清楚。"

　　奶奶扔了旧筷子，盘腿坐定，嘴撅起来，佯装生气的样子。

　　外屋的母亲"咯咯"地笑，好像是看到了奶奶的孩子相儿。

　　屋里屋外，灶台前，灯窑旁，两代人的心，被同一盏煤油灯照亮。奶奶揣起手，抬起浑浊的眼睛，看灯窑顶上被熏出的那片黑。

　　"哇哇——"睡在炕梢儿的婴儿醒了。

　　"小耗子儿，上灯台儿。偷油吃，下不来。吱吱，吱吱，叫奶奶……"

　　我小的时候，奶奶常常把我搂在腿上，轻轻地颠呀颠，唱啊唱——我坐着奶奶的腿长大了。

　　有了电，电量却不充足。停电时，奶奶就拿出早已备好的红蜡烛，神气地坐在灯窑旁，点起蜡烛。她时不时地举起剪刀，剪去一截蜡捻儿，精神也同那烛光一样瞬间焕发。

　　"妈——您就别剪了，我能看清楚。"母亲重复着那句老话。

　　趴在小木桌上写字的我，也抬起头，看到奶奶额头上的皱纹在慢慢舒展。

　　在电力逐渐充盈之后，这些红蜡烛心甘情愿地当起了（电灯）替补。灯窑开始赋闲了。奶奶就在灯窑里存放纸牌和针线笸笤……再不用守在灯窑旁续灯油、剪蜡捻儿了。

我家盖了新房，奶奶守着老房子不愿离开。她偶尔约几个老姐妹唠唠嗑儿，更多时候是冲着灯窑发呆。春节到了，这是我家住进新房之后的第一个节日。我们几个孙子和孙女，硬是把奶奶拉到了新家。奶奶一进屋子就说："这么豁敞！"当她把几间屋子转完，又皱起眉头："连个灶台都没垒，灯窑留在哪了？"

大家都笑了。

奶奶说："是啊，这么好的屋子，留一个大洞是不好看！"我却笑不出，那方方的灯窑，仿佛一个框子，能框住奶奶的魂儿。

赶猫

甄建波

深夜，妻子将我推醒。

"你听，墙头儿上有动静。"

"是一只猫吧？"

妻子惊呼起来：

"哎呀！墙头儿上有我新晾的鱼干呢，快去将它赶走！"

我攥紧拳头，像个梦游者撞开房门。

初冬的深夜，星月惨淡地赖在头顶，不肯释放它们的能量。这就更能突出墙头儿上那对闪闪发光的东西。

"喵——"

嗯，是猫的眼睛。

它见有人来，倏忽就半转了身子，腰肢高高耸起，一颗头颅载着机警的目光向我射来。

我蹲下身，捡了一颗石子攥在右手。然后向挂在墙边的那团黑乎乎的东西走去：是妻子晒的鱼干，并没有被动过的痕迹。

我扯下一只，向它抛过去，它却不来吃，索性向我靠近。此时，星月吐出光芒，我才看清这是一只黑色的猫。

"来呀，吃吧。我那狠心的老婆要我挨着冻赶走你呢，以后你找老婆，哦，或许是老公呢，可要小心呢。"我张开右手，吧嗒，石子掉在地上，溅起丝毫的土渣儿。

它支棱一下耳朵，没有躲闪。似乎由这一阵的试探之中，看出我并无恶意，就转正身子，蹲在那里，与我对视，目光也就不再那么焦灼了。

我突然有一种想和他亲近的感觉。

就趁这柔和、寂静的夜晚努力把它读懂吧。

我见过许多只猫，虽然很少有屈膝不动的，可它们在见到人时那种仓皇、狼狈的样子，简直就是一种实实在在的屈从！

不像它，就这么不卑不亢的与我对视。这个小东西难道和我有类似的想法：也要把人类读懂吗？

"是吗？小家伙。"

它冲我眨眨眼睛，可爱得像一朵浮云。

我走上去，抚摸它那光滑、纤细的皮毛。和它一起，在这寂寥的夜晚，吸吮着星月的精华，眯起双眼，踮着脚尖，漫步于砖墙瓦砾之上，忘记了白天的喧哗、浮躁与无聊；忘记被别人指使的无奈……由哪一家飘出午夜的酒香？由哪一家传来不息的鼾声？又是哪一家的窗帘上还映着情人做爱时的影子——

它神气活现，大大方方，洋洋洒洒，与我交流，与我下棋，与我喝酒——醉了，就撒撒酒欢儿，耍耍酒疯。用它那微尖的小爪儿，轻挠我的脸和脖子。

"噢乖，咪咪的小宝贝。"

我露出醉态，告诉它：不要看人类凶巴巴、气昂昂的样子，其实他们很想知道自己在你心里的印象。是善、是恶、是美、是丑——伙计，千万不要错过机会，你尽可把多少个岁月无从抖落的压抑在心底的话一股脑地说出来，说出来——啊，消逝了人类体内的毒瘤，岂不是带给你比和同族交配时还要美妙的感觉！

"你还不将它轰走！"

烦人的老婆，她怎么能懂此时的美妙？

猫的眼睛冲着我的老婆，放射出一种让人不寒而栗的光芒来。我看过叫作《猫灵》的片子，虽然平庸，可猫在复仇时，真是撕人心、扯人肺的。何况从它那泰然处之的神态你就该明白：臭婆娘，谁动了你的鱼干？！

这便是人从动物那里得到的为数不多的脸红的机会。

从它那不屑的眼神里不难看出，它从来就不想做人们手心里逆来顺受的宠物。可它却不能不忍受人类那类似施舍的一个轻抚、一记亲吻、一块美味的食物。有朝一日，自己也雄赳赳、气昂昂对着人类呼来唤去。

今天寂寥的夜空，它跃上墙头，挨家挨户地巡视，对人类再也用不着仰视，渐渐读出人类的渺小来。它再也不是一只偷嘴的猫。它是一位不必再挥舞长剑，要那臃肿的仆人桑丘来伴随的骑士：唐吉柯德——猫。到那时，它就是天底下最棒的猫，人灵之中的No.1！

这小东西就差一枚虎胆。

"赶紧给我滚开！"

妻子气呼呼沿着墙根追赶它。

它眯起了眼睛，迈着一种得意的步伐逃跑，不！它不像在逃，人也不是在追赶。它稳坐在红墙做成的马鞍上，人这匹无所不能的马便载着它去追寻那美丽的爱情去了！

妻子开始点数鱼干儿："少了一条！"

年

甄建波

年是孩童时将鞭炮偷偷掷进女孩子手提的纸灯笼里那股坏。女孩子的惊呼、咒骂，伴着间或的抽泣，窃喜过后是想跑都迈不开步儿的胆怯和愧疚。看到她那张被烟火熏黑的脸和花棉袄一角被炸开的白花花的棉花，就知道自己闯了祸。脱下自己的棉袄给她披上，然后瑟缩着哄着她回家……

年是站在卖鞭炮的掌柜的身旁，"快来买呀，五毛钱一挂，一块钱仨。"无偿替人家吆喝的那份傻。人们蜂拥而至，你买两挂，他来三挂，送出去的是鞭炮，挣回来的是钞票，喜气就挂在掌柜的眉梢上。巨大的成就感，激发出我全身的能量，扯着嗓子嚷"买不到别后悔。"掌柜的悄悄看了我一眼，收回那挂鞭炮，买鞭炮的人撤回递钱的手，悻悻离去。

"给，就剩这一挂了。"

我如获至宝，捧着这挂鞭炮一路小跑儿……

年是我躲在门外，透过棉门帘的缝隙看到父母争吵时的那种怕。儿时的年对我家来说也是一种负担，没钱，却还得过一个体面的节。一进腊月，母亲就整日唠叨，催促父亲及早准备年货，父亲被唠叨烦就骂母亲几句。可父亲再固执，也撑不过腊月二十七，村上的最后一个集，那一天父亲是整个集市最威风的一个男人，肩扛、手提、怀里抱……那些早已把年货采购齐全的再无力置办，我这个小人儿像跟屁虫一样，在父亲的后面蹦蹦跳跳招摇着。回到家,母亲绷着脸质问:"镜子买了吗?"父亲说:"忘了。"母亲拿毛巾沾了一点酒,一面擦旧镜子上的污尘,一边数落:"二十天前就把牛吹出去了,说换面新的。"父亲受不了母亲的鄙视,硬生生将母亲拽到一边,拿起炕笤帚向镜子砸去……

年是手托着一卷红纸,在教书先生的冷屋子里跺着脚、磕打牙等着写对联时的那份期盼。从腊月二十七到腊八再提前到腊月初一,生怕挤不上个儿,延误了贴对联的时辰。先生人品好,毛笔字写得更是了得。春节临近,全村的人都找他写对子,听先生说,最忙的那天,由"开门见喜"写到"招财进宝"由"粮食满仓"写到"牛马肥壮"……一直写到晚上12点。先生不抽烟不喝酒,到头来赚到的只是些剩下的红纸。

年是将头埋进奶奶的怀里,向她磨压岁钱时的那份狡诈。奶奶将嘴贴近我的耳边:"去,看看妹妹睡没睡。"我跳下炕,光着小脚丫儿去对面屋看了看,妹妹调皮地向我一努嘴,我又跑回来告诉奶奶:"妹妹睡了。"奶奶爬到被褥旁边,将手伸进去,掏出一个手帕裹着的包儿。奶奶轻声儿唤我到跟前,她打开手帕,手在里面翻来翻去,夹杂着钢锛儿的撞击声。奶奶抻出一张"五元钱"塞到我手里,然后就忙不迭地系紧手帕,把它塞回原处。我心里暗自盘算:要不要把它偷过来。然而小孩子毕竟记不住太多的事情,一眨眼这个念头就忘了。

年是蜡烛一节节接起,燃着在碾棚里的那束光。一进腊月,碾棚外面就排起长龙,你端一簸箕玉米,他扛一袋子高粱……我和奶奶抬来一袋子谷米,在外面等候。眼看天就要黑了,奶奶叮嘱我:"拿好蜡烛。"我摸了摸兜口,它还在。天黑时轮到我们了,我和奶奶欣喜地将谷米抬到碾子上,里面的那根蜡烛已经变成蜡根儿，我掏出自己的蜡烛，点燃，轻轻筑在上面，我还故意数了数"一根、两根……，一共五根。"我和奶奶推了一会儿碾子，咕噜噜……咕噜噜……墙上、屋顶满是我与奶奶、石碾的影子，转呀转呀，我看到蜡烛上的火苗在突突跳动，我们的影子也随之跳动，真好！我扔下碾子，坐在角落里，看着他们动……"别睡了，该回去了。"奶奶叫醒我。我站起身去拔蜡烛，奶奶说："咱不要了，这不哪家也没拿走嘛。"进来一个人，烛光一闪，又一支蜡烛被筑在上面，小小的碾棚再一次鲜亮起来。

年是大伯醉酒时脸上飘浮的那抹红。大年三十，炖一锅肉烫几壶好酒，请来单身的大伯和我们一起过年。大娘过世早，我的两个姐姐又相继出嫁，平日大伯出去干活，过年时我的两个姐姐就想把他接走，父亲说："哪也别去，我这里才是大哥的家。"正月里姐姐们来我家，两小家就融为了一大家。

年是一家人聚在一起吃饺子、唠家常儿、看电视；年是你去我家我去你家问候，"过年好啊""过年好"；年是亲戚朋友一次崭新的相逢，一杯酒，一肚子的话；年年都在重复，年年都在进行。

相会**春天里**

甄建波

几年前的一个春天，我有幸随中央电视台《道德风尚》栏目摄制组采访"双百"人物邢燕子。我与邢燕子虽未谋面，可她的感人事迹令我钦佩，我怀着无比崇敬和激动的心情，早早来到邢燕子的老家——大钟庄镇司家庄村，期待着与她第一次见面。

家乡人深爱着燕子

燕子回家消息不胫而走。我们的车子快到村边，远远就看到村口聚集了很多人，车刚停下，乡亲们就围过来，关切地问，"燕子来了吗？"我下车说明身份和来意，人们才回到原地。这里有大人、孩子和邢燕子并肩战斗过的"燕子突击队"队员，他们是专门等候邢燕子的。这场面足以说明邢燕子在家乡人民心中的位置。我也像乡亲们一样急切地盼望着燕子的到来。

上午九点钟，采访车风尘仆仆地开进村里。人们又围过来。邢燕子走下车，就被"燕子突击队"队员围住了。邢燕子与她们热烈拥抱，已经两鬓斑白的老姐妹们眼里都噙满了泪花。人越聚越多，街坊邻居，亲戚朋友，侄子侄媳，挤满了收拾得干干净净的院子。众星捧月一样，往屋里让她。"燕子""大姐""邢奶奶"，亲昵的称呼回荡在小院。邢燕子与他们亲切握手打招呼，彼此嘘寒问暖，场景令人感动。

村支书王永祥告诉我，她当年带领大家打冻网、堆土牛、织苇帘子，和大家一起战天斗地，受苦受罪，却从不抱怨，我们都敬佩她；这几年，她又被评为海河骄子和感动中国的"双百"人物，燕子大姐是司家庄村老百姓的骄傲。

邢燕子还没坐稳，摄制组的王导演就请她来到后院录制节目，在大家的簇拥下，她来到后院指着压水井说，"这里原来有口老井，现在变成这样了。"她双手握住压把，一个孩子把一盆水倒进去，她一上一下地压着水。"我就喜欢听着水音儿干活。"压了几下，她就气喘吁吁，"不行了，人老了就不中用了，要是在当年，压它个几十桶都不在话下。"看到院子里的菜地已经平整好，邢燕子说，"该种蒜了。"说着，由墙角拿来铁挠钩，一边拉沟，一边说，"我对这东西最有感情。"

随后，摄制组又到村里其他地方和田间地头、河边去录镜头。每到一处，都有热情的乡亲们陪伴。一个十几岁的女中学生十分崇拜燕子奶奶，还主动客串了一把青年邢燕子。临近中午，大家争相留她吃饭，时时处处让我感受到了家乡人民对她的情谊。

燕子情系家乡

听亲属介绍，邢燕子患过高血压、高血脂和心肌供血不足等病症，记忆减退，好多事情都淡忘了，但唯独对家乡的一草一木记忆犹新。这一点在拍摄过程中得到了验证，有好些点位，连燕子队的老队员都找不好了，可邢燕子一下车就能找到。王导演夸她记忆力好。邢燕子说，"这些地方已经烙在我心上了，别担心，想去哪我当向导。"说完扭过脸偷偷告诉我，"出了村我就转向了。"我赶忙问，

"为什么？""变化大呀。"邢燕子说，"现在的宝坻和当年相比真可以说是沧海桑田呀！就说大中服装厂吧，我们干那会儿，只有几个人，厂子还只是个小作坊，几乎都靠手工制作，不但累出活也慢。现在多大的规模呀，工人就有600多名，用的是全自动缝纫机，这样工人干得才带劲！"邢燕子说，"我特别关注《天津新闻》《天津日报》和《人民日报》等媒体有关宝坻的报道，也通过区里组织活动多次回家，亲身感受到了家乡的变化。现在我们宝坻的财政收入一年比一年高，引进的大项目一个比一个好，老百姓的腰包一年比一年鼓。记得我上次回来的时候，镇里专程派人陪我转了一下，宝坻新城、京津新城、四个新建的市级示范工业区及新农村建设，到处是一个'新'字；农田水利建设步子迈得非常大，地平了，渠多了，旱涝保收。"对于家乡的环境，邢燕子更是赞不绝口，"宝坻树多、路宽，环境美，想上哪儿就上哪儿，我们没做到的事情，宝坻干部群众都做到了。"老人的脸上流露出欣慰的笑容。

是啊！燕子是我们宝坻飞出的燕子。她对自己的家乡一往情深。在与镇里的负责同志交谈时，她也不止一次表示歉疚。她说："这些年来，我的成绩都是组织和家乡人民帮助我的结果，我愧疚没能给家乡作出什么贡献，尽管想尽一切办法，利用各种资源，想给家乡引进几个好项目，都因为能力不够，没有谈成。只要我还有一口气在，我还会继续努力的。"

燕子精神是我们的宝贵财富

在采访拍摄过程中，邢燕子曾两次在我的陪同下回家吃药，吃完药又马上赶回拍摄现场。即使是排空镜头，她也执意跟去。她说："采访是党交给你们的任务,配合好采访也是党交给我的任务,为了完成好这两个任务,我连性命都可以不要。"她的话让我感到震撼。采访一直持续到下午一点半,摄制组的王导连连向她致歉。邢燕子说,"道歉的人应该是我,你们是来专程给我拍片的,我却经常躲回家里当'逃兵'。"一番话把大家逗乐了。

在采访间隙,我曾问过她,现在怎么看自己过去的经历,在当年那么艰苦的条件下,靠什么扎根农村,奋发图强,创造出一流的业绩,成为一个全国家喻户晓的时代楷模?她肯定地回答:"靠精神,就是对党忠诚艰苦创业。那时的艰苦创业,主要目的是吃饱穿暖,不能等着国家救济,因为国家也穷。只能靠自己的双手,丰衣足食。"邢燕子深有感触地说:"如今,时代不同了,环境也发生了变化,但艰苦创业精神不能丢。当然,我说的艰苦不光是指物质条件的艰苦,还包括开展工作的艰苦,要和群众打成一片,集中群众智慧,组织群众把事情办好,把工作干好。"

对于自己的村庄存在的不足,她也直言不讳。"现在村子还是土路,与我们宝坻的发展不同步,原因很多,但有一条就是,不等不靠不伸手要,党员干部要带头,立足自身,多想办法,解决问题,这样才能得民心、顺民意。"

一天的采访摄制即将结束,夕阳之下,邢燕子挽着老伴的手,站在"燕子桥"上,满怀深情地凝望着静静的河水和家乡的田野,久久不愿意离去……应我们的邀请,邢燕子通过媒体向家乡人民表达了祝福和谢意。"感谢大家这么多年了还记得我。感谢党和人民给了我'双百'荣誉,这份荣誉是属于宝坻的、家乡的,我想这份荣誉必将激励我更加关注家乡的变化,为家乡建设尽心尽力,发挥余热。"我们也衷心祝愿燕子大姐身体健康、晚年幸福。

老阿姨

/ 甄建波

七岁时的一场大病，使我住进了天津儿童医院，老阿姨就是我的护士。

听父亲说，那会儿，医院考虑到我是农村孩子，经济条件差，并没有像其他有条件的病人那样被切断气嗓，为我保留了一点知觉：吸痰、打氧、扎吊针……在奄奄一息中，我都感受到了。

医生埋怨父亲："这孩子得的是神经根炎，现在烧得很厉害，再晚送来一会儿，就会转为脑炎甚至有生命危险了。"

待我完全清醒时，一位五十几岁的老护士守在床边。她很胖，走起路来还有点儿晃荡。看到她，我就想到我的奶奶。可老阿姨比奶奶要高，皮肤要白。特别是她身上穿的白大褂还有头上戴着的白帽子，让我不禁想到村里举行葬礼的场景。于是，我瞪大惊恐的眼睛看她。

"孩子别怕，就当住姥姥家了。"

我一听，脸上就露出不快的神情。

老阿姨疑惑地问："这样说不好吗？"

"不好！爸爸说我这病就是在姥姥家着凉得的！"

"你姥姥肯定也不愿意你得病，她也想帮你的，却又力不从心是不？你小小年纪，不要把人看得那样坏嘛。"

她说的话，我虽然不能全部听懂，但在当时却像一杯水，浇灭了我心中的怨恨，我似懂非懂地感知到了什么叫"宽容"。

我一连几天睡不好觉，我很害怕。又不敢和老阿姨说，我孤独极了。

一天夜里，我想家了。想奶奶、想妈妈、想爸爸还有和我一块玩耍的小伙伴们……我哭了。

这一切没有逃过老阿姨的眼睛。

她走过来，坐在我的床边，一边帮我按摩双腿，一边和蔼地问"小波，你哭嘛？"

"阿姨，我想家了。"

"哎呀，瞧瞧咱孩子，多懂事儿，多有心啊。可咱已经是大小伙子了，还哭鼻子，阿姨可要笑话你了。来——"阿姨拿过一条毛巾，一边为我擦泪，一边接着说："孩子，你很幸运，没像他们一样遭罪。"

我顺着她的目光望去，才注意到旁边的那些小病友们，安详地躺在床上。脸上盖着氧罩儿，腹部一起一落的，不断发出"吱儿——吱儿——"的怪声。

"你现在的任务就是治好你的病，你妈妈要是知道你现在的样子会伤心的，睡吧，过不了多久你妈妈就会来看望你的。"

我将信将疑地合上眼睛，真的梦见妈妈了，可是她只是说现在正忙着收庄稼呢，完事儿就会来看我。我失望极了。

半个月后，妈妈才来看我。我却一反常态，对她出奇的冷淡。妈妈几次想抱起我，都被我已经恢复一点知觉的身体反抗开了。

我冲她喊："你走吧，我不想家了！"

妈妈无奈地退到门外，隔着门镜，流着眼泪看我。我背过脸，过了一会儿赶紧将目光追过去看她，妈妈已经走了。

"砰"的一声，门被推开了。老阿姨气冲冲地向我奔来，指着我的脸数落："小波子，小波子，你这孩子可真是太可恶了！整天喊着想家了想家了；吵着，见妈妈见妈妈，今儿，你妈妈来了，你却赶她走，你嘛意思啊？"

听着老阿姨连珠炮似地数落，我懊恼地撕咬着床单……

一连过了好几天，老阿姨都不给我好脸色。我寂寞、害怕极了。

一次，我变成一条小鱼，顺着窗外的那条河游呀游呀，却怎么也找不到回家的路……突然，冲出来一条黑色的大鱼，凶神恶煞般向我扑来。我被吓坏了，像无头的苍蝇一样，在水里撞来撞去……妈，你快来救我吧，我保证不再赶你走了。

我激灵一下醒了，感到身下湿漉漉的。坏了！尿床了。

偏巧，老阿姨过来了。情急之下，我急促地喊她："阿姨快来呀，我要尿尿，快，我憋不住了。"

"憋着点儿啊，憋着点儿，阿姨胃口疼，跑不快了。"

她边嘱咐，边探下身，由别的床位底下抄出一把尿壶，跟跟跄跄跑到我跟前。当她掀开被子时，我怯生生说了句："阿姨，我尿了。"说完，"哇"地哭出声儿。

她摸了摸那块湿，慢慢直起腰，喘着粗气说："小波子，为嘛要说谎呢？尿就尿了，阿姨为你换床单去。"

换完单子，她见我还在哽咽，就把我揽在怀里，说："别哭了，这几天阿姨对你照顾少了些，阿姨改——"

见老阿姨这态度，我得寸进尺地缠着她抱我到窗前望会儿。啊——我真的看到那条河啦！我不清楚我住的是几楼，只觉得老高老高。居高临下望去，那条河已经浓缩成一幅画了。

我搂住老阿姨的脖子，小声说："阿姨，你就像那条黑鱼，我怕你。"

老阿姨没有责怪我的童言无忌，她把嘴贴近我的脸，狠狠亲了几下，就要背我往回走。我感觉她不高兴，急忙搂紧她的脖子，将小嘴儿贴在她的脖颈上，我感到热乎乎的。

"阿姨，你给我唱一个小耗子儿……"

"嘛小耗子？"

"就是我奶奶经常给我唱的'小耗子儿，上灯台儿'——"

"噢，好好好，我唱，我给我的波子唱。"

"小耗子儿，上登台儿，偷油吃，下不来。下不来该怎么办？"

我说："我不知道，我不知道，让你唱呢。"

"哭着——喊着——叫奶奶——"

此刻，快乐得我简直要在阿姨的背上撒欢儿。

三个月后，我的病情渐好，被转到轻病号房。气氛一下子活跃了。病友们都能到地上甚至楼道里行走、玩耍。我很羡慕，又非常嫉妒。我就闹，就发脾气。把被子、枕头都扔出去。病友们劝我，我说："我谁的话也不听，只听老阿姨的，你们知道老阿姨吗？"

他们都冲我笑了，其中一个小病友朝东一指。我扭过头，的的确确是她！她正冲我笑呢。

此时我才恍然大悟，重病房与轻病房只隔一道高高的厚厚的玻璃墙啊！我真傻，这三个月来，我还一直把它当成一面镜子呢；我真傻，这三个月来，我还一直把她当成一个人的老阿姨呢。

转到轻病房，就不用输液了。只是按时吃药和打针，也可以吃东西了。说真的，我早就受够了在重病房的那种进食方式：由鼻孔插到胃里一根胶皮管儿，拿针管子吸满奶，再挤进胶皮管里，然后，鼻孔、嗓子眼儿，一直到胃里一条线地热下去。

现在不同了，一日三餐。早餐单调一些，只是喝点粥，吃一个鸡蛋。中午是肉包子或是肉卷子，晚上是米饭氽丸子。难怪几天下来，老阿姨再来看我时第一句话就是："我的波子白了、胖了，精神多了！"

这人一有精气神顾及的事情就多了，特别是小孩子。先是为了争到一个梨，我和建立争得脸红脖子粗。当然，占上风的还是建立，因为他可以自由走动。当时，我的两条腿还不能走路。气得我把身旁那堆表哥送给我的小人书一本一本地扔向他。建立又一股脑地向我扔回来，弄得我半截身子被小人书埋了起来，引得其他小病友的嘲笑。

战胜的建立咬一口大鸭梨，嘴角儿渗出甜汁儿。

"就不给你吃，馋死你！"

这家伙真是得理不饶人。

我被他气得"哇哇"地哭。

过了几天，老阿姨拿着几只大鸭梨来了。

我一边吃，一边冲着建立吧唧嘴。

这小小的举动逃不过老阿姨的眼睛。

看电视，对于那时的我来说简直太新鲜了。看着伙伴们一到晚上，就往放映室里跑，我呢，独自一人坐在床上，来回翻那几本旧小人书，我想：小人书里那些战斗的场面，要是在电视里放出来得有多带劲呢！我终于忍耐不住了，就大喊一声"我要看电视！"

嘿，竟由门缝里挤进几个脑袋。然后哗地冲过来，不由分说，抱腿的、搂腰的……把我抬起老高，我拼命地喊叫："阿姨，快来呀，他们要——"

"他们要抬你去看电视。"

阿姨正微笑着靠在门口。

最卖力气的是建立,"让我来背他。"

我说:"不用你,不用你!"

吵闹间,我被伙伴们拥上了建立的后背。我真的急了,张嘴咬了建立的肩膀。"哎呀,你咋咬人呢!"

但是建立够意思,没把我扔下来,还是坚持把我背到放映室,直到看完电视,又把我背回来,可是,这期间他一句话也没对我说。我迷迷瞪瞪地不知道该咋办了。只听到其他小病友的责怪:"狗牙吕洞宾,不识好人心!"

当时我真怕他们一拥而上揍我一顿。

第二天,我向老阿姨说了这事。

她问我:"你说该怎么做?"

我把嘴贴到老阿姨的耳边:"阿姨,你能帮我把建立叫过来吗?"

"可以。"

我红着脸,摸着建立肩膀上的那道牙印儿,"建立哥,你疼吗?"

说着,眼泪流出来了。

老阿姨轻轻拍了一下建立的头,他忙说:"没事儿,没事儿,我禁咬着呢!"

转到轻病房,像我这病还有辅助治疗,最让我头疼的是电疗,稍让我欣喜的是,这个送我去的人是老阿姨。

每次,她都要把我推到楼道上,先不着急推我上去,让我多看一眼楼道上的风景,其实那上面又有什么风景可看?

一次,到电疗室的楼梯口,却停电了。她望望那只有十级的阶梯,颇为踌躇了一会儿,然后就深吸了一口气,把我背起来。先是双手拢着我的屁股,两步一个台阶,后来,换成了一只手搂着我的腰,腾出另一只手,扶着扶手向上挪。我看不到她的表情,只觉得她背的是一座山。十级的梯子，足足上了十来分钟。

最后，她放了一个很响的屁。我们俩嘎嘎地笑了半天儿。

到了电疗室，她还要哄我熬过那就像电棒粘身一样滋味的电疗。她替我大声数着："一！二！三！……"

末了，嗓子都喊哑了，头上直冒热气，仿佛被电的是她。

有一天，我住院的押金用完了，父亲执意接我出院。几个月的光阴该结束了。

老阿姨劝他："波子要是再治疗一阵子，肯定会好的。"

归心似箭的父亲无意之中冒出一句："你说得轻巧，你让我到哪去下这笔钱啊？"

老阿姨被噎得目瞪口呆。

父亲抱起我就走，老阿姨和几个小病友一直追到楼梯口，忧伤地望着我。

"小波子，你就这么走了吗？"

"嗯，走了，阿姨。"

"你们爷俩儿等一下啊。"

她从餐车里拿出两个肉卷子塞进我的手里。

我自认为我的病已经好了，我想我就要变成一只小鸟了，飞到窗外去了，看一看久违的外面的世界了。

一晃几十年过去了，我的父亲都已经七十多岁了，我也快到知天命的年岁了。父亲常常为他的那句话感到愧疚，也总催促我去找找、看看老阿姨。我不是不想找到她，可是时境变迁，又是茫茫人海，我找不到她老人家啊！

迷茫之中就写下了这些文字。也不知她老人家能不能看到？

爸

/ 甄建波

在疫情面前，爸，曾经的"天不怕，地不怕"，一句喊了"不干不净吃了没病"多年的人，转变了。

出门口倒垃圾，戴上厚厚的口罩和皮手套。话痨性格的他在遇到村人时，也只是扬手以示问候。爸说，恨不得站在当街聊个痛快！可还是忍住了。

爸虽然脾气不好，对生活细节也不太在意，但是勤快助人注定是他一生的口碑。已经70多的他在去年仍能带着一帮老哥们儿靠着人家干零活儿，赚来一家人的日常开销。这会儿，他也闲不住，兑好大队发的消毒水，全副武装背着喷雾器由大门口到当院及各个角落进行消毒。爸说，病毒真该死！要不是它，我早出去挣钱了！

爸爱看电视。这阵子遥控器总把手上。疫情报道、电视连续剧《东方》，还有戏曲，三样节目来回转，或许他觉得三者有联系？我问过他："爸，咋总是这老三样儿？"爸说："不看，心里就不舒服。看了吧，还难受。你看那些医生和护士，盒饭都凉了，还在救人。那些病人，和死（神）对着干，还笑得出。我明白，他们的意思是让我们放心。"爸只对我说出了一个理由，可我明白，在大是大非面前，一个朴实的农民能调节好心态，已经很不易了。

春节，对于爸这辈人来说，最盼的就是个喜庆热闹。可听到大喇叭喊：不拜年。心里失落的他还是拿起电话一一给他的老伙计们说了声，过年好！同时让我通过手机给亲朋好友们拜了年。

由于心脏和胃口都不好，年前去医院检查了，开了药，挺管用。还有一种药是外区县的乡镇卫生院开的，眼下快吃完了。我问他，要不跟村里说明情况，去开药。爸说，还有几天吃的药，在这紧要关头，先别去了，弄得两个地方的人都不放心。

这几天，雪一直飘。爸靠着沙发，呆呆盯着，揣摩不出他在想啥。只是雪停的时候，戴好口罩和手套去院子扫雪。

时不时地说，这场雪过去，春天就该来了。

乡间菜谱

甄建波

心事开花

没有人问过她的名字，只记住那张给烟熏火烤成的古铜色的脸和擀毡的长发。人们喜欢叫她"花子"。

在树下，在墙边……某个旮旯、角落，任意做窝。

往一只铁器里添一些煤块儿，点燃，随后高声吆喝："崩花子，崩花子喽。"

跑过来一个孩子，双手捧着一只盛满玉米粒儿的海碗。

花子满心欢喜，接过海碗，将玉米粒倒进爆花机里，把盖儿封严，将爆花机架在火上，攥紧摇把儿，不紧不慢地摇着。

"哗儿——哗儿——哗儿——"

翻炒自己的心事。

偶尔抬一下头，已经有很多人等候了。摇爆花机的速度开始加快，机子上的那块压力表已经走过两个格子，她停止了摇动，戴上一只手套，搬起滚烫的机子，将机子的一半塞进皮套桶里，拿一根铁管套在爆花机的扳手上，一只脚踩住露在外面的机身，用力一搬，"嘭"地一声闷响，飘出一股浓香，皮套下面的口袋里变出一堆洁白的玉米花。

她再一次把心事分成份儿，装进爆花机里，摇啊摇啊。苦的、乐的、愁的……都能让它盛开。

天黑了，人们散去。她踩灭了煤火，站起身，和天空对视，只有几颗星星孤零零向她眨眼。她将剩下的爆米花串成串，蜻蜓点水般蘸一下矿泉水，吃到嘴里，魔幻版的味道穿越全身，整个人鲜亮起来，灿若夏花。此刻，她才像个女人。

转天，儿子开车接她到新开的农家乐，专门培养爆花队伍，这样，她们就可以一年四季为游客们服务了。那张古铜色的脸和她的"戏法"，还有"魔幻味道"得以传承、发展。

白玉呈祥

小时，她常常端着花瓷碗，去村上的豆腐房要豆腐渣。那会儿，豆腐渣的主要用途就是喂猪。当然，人们都知道豆腐渣也可以做人的食物，可偏要偷偷摸摸取，偷偷摸摸回。原因只有一个：怕人笑话，怕人说自己和猪吃一样的东西。现在想想，那时生活虽苦，可人们还是讲究面子的。

玉米面包豆渣馅儿饽饽，足足美美地吃上一顿，两三顿都不想吃饭了——胀肚呗！就是现在，她偶尔也要吃一顿豆腐渣掺油渣馅儿饺子，咬一口，让她美得流眼泪。只是再不敢吃那么多了。

和几个同事一提，她们都瞪大了眼睛，她猜得出她们想说什么了："哇——你吃猪食啊！"

可出乎意料的是，她们几乎异口同声地说："给我们弄点吃吧！"

害得她由村里二娘的豆腐房扛回一米袋子豆腐渣。

二娘问她："你家养猪了？"

她笑答："我在和猪争食哩！"

后来，二娘的豆腐房被一个神秘老板注了资，一家变两家，两家变四家，四家变成了一个大公司，二娘成了公司的技术顾问。

从此，二娘带领乡亲们创业，二娘豆腐渣、二娘豆腐、二娘豆皮……插上翅膀，飞出国门。

终于有一天，公司将"二娘系列"集成专利：白玉呈祥。就是在这一天，她作为"神秘老板"现身。

无心飘香

每到立冬，她除了把丰盈的白菜收拾好，还捡回一些没有长心的，人们都管叫菜帮子。

她说，"人要是没心，算是没治儿。可这没长心儿的白菜，我照样做得好吃！"

她在院子的角落扯起一条绳子，把这些没心的白菜搭在上面，任北风吹打整整一个冬天。或许这呼呼的风声能为它们唤出一颗心来？

有人问过她，"为什么要晾那么久？"

她回答，"那样才好吃。"

其实她是故意延长时间。那会儿，家里不富裕，特别到了冬天，菜市上蔬菜贵得很，所以整个冬天，家里上顿下顿熬白菜，即便是自家产的，到了开春儿，所剩无几，春天同样是个蔬菜贵的季节，她才用这些无心菜来接济。

春天万物复苏，空气也开始湿润起来，那些看似干瘪的无心菜，呈现出浅淡的黄与绿的底蕴。她每天都要从绳子上摘下几棵，用清水洗净，掺一些粉条，泡一碗黄豆，将它们混在一起，炖熟。吃起来感觉很劲道儿，如能像黄牛一样慢慢咀嚼，你会体会出一种叫做艰辛的滋味。她并不局限于这一种做法。偶尔清炒，有时用水一焯，再凉拌。最好吃的就是切碎用来包饺子。

去年，因为气候原因，村里和周边村庄的白菜患了"无心症"，看着干瘪的白菜，她的眼里闪出亮光。她带领全村人和周边村庄的乡亲们不分昼夜，倒班将白菜晾晒起来，几乎到了工作狂的状态。这才只是个开始，她把自己的想法讲给村干部，村干部与镇里的相关同志奔走各个旅游村推销风干菜。为了赶进度，她们用机器风干了一部分，按照她教的做法拿给客人试吃，结果游客们赞不绝口。

从此，风干菜成了客人们必点的美味佳肴，也成了人们抢购的风味小吃。

她相信，被风吹干的无心白菜，还能创造很多奇迹！

麻桃吐金

看到路边或水渠零零散散生长着一种植物，觉得眼熟，想了好半天，她记起是小时候常见的麻桃。为什么叫麻桃，这是它的学名吗？她不知道。因为点缀在麻桃旁边零星的金黄色小花，她为它起了个很好听的名字，叫麻桃吐金。从此这个名字就在村里传开了。有些人夸她聪明、有文采，将来可以当个作家。也有些人说她显摆，见到她就喊："麻桃吐金，麻桃吐金。"喊着喊着，成了她的代名词。在小学四年级的时候，她被这个名字叫跑了，其实是跟着父母搬到城里住了。从此，麻桃吐金这四个字就消失了。

她有时回农村老家探亲、随礼就顺便去野地转转，赶上麻桃吐金的时候就连麻桃和金色小花一同吃进嘴里，每每这个时候，才能看到她快意的笑容。再后来，就没见到过她。

一次，我在农家院儿吃饭，主人招待我们的饭菜里有炒麻桃籽、凉拌麻桃秧尖、麻桃叶蒸米饭，最后就是一大盘子那个。一激动，我差一点把女主人当成她。

跟我同桌的有一位南方来的老板，问这些都是什么饭菜，女主人把前几个麻溜地说出来了，就是最后那盘子菜说不出名字来。总是说："这是用麻桃和麻桃秧开的花做的。"我再也憋不住了，随口说出："麻桃吐金。"同时替她出主意，弄个系列，这个系列就叫麻桃吐金。

主客都非常满意。南方老板还请来当地的书法家题写菜名，还要缀上我的名字，被我婉言谢绝了。

南方老板说："我家里就是开菜馆的，专门收集各地方的野菜，特别是那些早已被人遗忘的野菜。我的生意非常火爆，等我回家可以带上麻桃吐金。"女主人说："这些东西非常少了，我这里的还是前几天来吃饭的一个客人推荐的呢。不然，我也想不到这玩意还可以做这么多菜。""那个客人是女的吗？"我追问她。"是，长得还很好看呢！"我确定就是她。"什么时候她再来，麻烦您向人家要一下联系方式可以吗？""你认识她？""一个村的，不瞒你说，麻桃吐金就是她起的名字。"

我跟南方朋友说："今天推出的这些菜非常有意义，就是忆苦思甜，寻找乡愁。您的菜馆如果调整一下经营理念，收集全国各地濒临灭绝的野菜，然后把这些搞成产业，传播中国的味道，最后再编一本《中国乡间菜谱》……"

那天，我们都喝多了，我也悄悄叫她一声："麻桃吐金。"

祖母的北山

一

铁匠推着独轮车,上面载着风箱、铁锤和煤。他的女孩在腰间盘了一根绳子,甩出长长的一截系在独轮车的前头。"嘎吱吱,嘎吱吱",独轮车的声响,更像从女孩细小腰间发出的挣扎……

他们离开北山,一路走来,到了山外面的一个村庄。向祖父的母亲借来锅灶,白水豆条汤泡玉米疙瘩。祖父的母亲也就是我的太奶奶,去拉他们同吃,铁匠憨憨地说:"这样吃得牢靠。"

太奶奶又去拽女孩,女孩怯生生看了一眼铁匠,铁匠没去阻拦……

女孩的脸上泛起亮光时,铁匠却说:"要回山了。"太奶奶差派祖父去送他们,送到山口,女孩抱住祖父的脖子不松手,并不停地亲吻他。祖父慌了神儿,挣脱之后就向回跑。

"娃,你跑个啥劲儿? 我们山里人不会赖上你的!"

年轻的祖父仿佛听出了大山里面的疼痛。

二

若干年以后,那个女孩奇迹般成了我的祖母。祖母曾和我们说过:本不想逃离北山,她也曾尝试向北山的深处行走或探索,从

散　文　/ 255 /

而找出一种更高更好的生存方式——比如遇见神。山路弯弯到天边，于是年轻的祖母就来到了天边——是一座山的尽头。那里没有人烟，万能的造物者怎么没有在天边修建一座快乐的城堡呢？祖母转过身决定向回走了。其实天边就是一条绝路，只会有一个或多个空荡荡的神在那里守候。

终于有一天，祖母悄悄离开北山，离开了做铁匠的父亲。于是在一个苍茫的夜晚，崎岖的山路上就有了一个裹过足的小脚女孩在行走。

祖母说：那会儿自己很可笑，对北山的背叛仍在加深，以至于一口气给家里发了十封信，竟有五六位姐妹找上门来，其中还有一位是自己的堂妹妹。最终留住四个做了平原汉子的女人。我的堂姨奶愤愤离去时留给祖母一句绝情的话："我们山里人不会再认你！"祖母说："真可笑！"

姐妹多了也有好处，一次和一个村妇争执时，四个姐妹都来了，她们又各自唤来自己的丈夫，四个男人的后面又追来七八个孩子，再加上祖父自家的，足足来了半个村庄的人口。其实倒不是祖母想逞威风，怪就怪那个女人撒泼，要祖母滚回山里去！祖母一直认为这句话是对她最大的侮辱。因为祖母憎恶那些烟熏火燎的日子，一个小姑娘蹲在风中、阳光下，拉风箱，拉长了岁月，熏黑了脸庞。曾有一些调皮的男孩子追着她喊："鬼脸女儿，鬼脸女儿！"

三

我们一家人都爱吃祖母做的白水豆腐条汤，而祖母最喜欢用赵北山做的豆腐。赵北山向祖母保证过，他给我家用的都是山豆，并向祖母展示了那条用来采山豆的空口袋。

祖父总要在吃饭的时候，满脸醋意地说："买豆腐就去买豆腐，你在那儿黏糊个啥？"

"嘿，谁让你别人的不吃，偏要他的？我要是不抓紧学会喽，还不气死你？"

祖父真就早早地死去了，不过并不是被气死的，而是正常病故。尽管祖母向豆腐房跑了很多次，可做豆腐的技术终究没有学来。

每到过年，家家户户都要预备很多豆腐，几家豆腐房的生意火得不得了。赵北山先给我家做，不慌不忙不紧不慢地做。十几家等买豆腐的婆娘不耐烦地簇成一团，她们被赵北山拖得直骂街。祖母这几天就坐在豆腐房里，家里的一切事务都归了父亲。这两天仿佛永远是祖母私定的假期。祖母天天在豆腐房看。看石磨，看够了石磨，看拉磨的驴。看完了拉磨的驴，看吊包。仿佛什么都看够了才把目光移到赵北山脸上……奉命盯梢的我们也随着祖母看，看石磨、驴、吊包和赵北山……直到祖母端着新做的豆腐离开。

祖母六十岁时，听说北山的情形变了，修了宽展的柏油路，进山或出山再不需肩挑背扛了。祖母竟动了进一次北山的心思。这一回祖母背叛了自己，她却调侃说："该轮到我这片儿老树叶寻根喽！"

走出村庄又走进大山，似乎没有什么区别，或者要算作生活上的一种退化，要知道山里人的生活并没有完全改变过来。

祖母在迷离之际念念不忘的还是北山，毕竟北山里有和她血脉相通的人，更有那位做铁匠的父亲——我的太姥爷，可他老人家从来没有找过祖母，祖母不无伤心地说："你们的太姥爷肯定恨死我了。"

由这一点来说，祖母该是个悲剧性的人物。自从来到祖父家里，她白天勤勤恳恳地过日子，晚上等家人熟睡后，她才能腾出时间想想家人，抹几把泪水。她对北山始终是虔诚的，院里的粮仓、墙头上晾晒的野梨干、山楂片，还有那条连哼哼都像唱山歌的狗……这些都是北山人生活的缩影。

祖母死了，死了才大彻大悟。人总爱犯这个毛病。

四

赵北山起早贪黑做了几大道豆腐，特意多放了山豆。父亲就是在这个时候找上门的。

"订豆腐！"

正在卸驴的赵北山嘿嘿一乐，"三道，早为你准备好了！"

"十三道！"

赵北山一愣，慌忙把驴往套里赶。

"不用驴拉磨，要你自己来！"

赵北山脸上的肌肉开始僵硬了，很快又舒展开了，"好，好小子，我就自己来，不过票子要加倍！三天之后来取豆腐！"

声音像山雷炸响在人们头顶。

三天之后，父亲领着忙乎人来取豆腐。赵北山正趴在磨杠上，盯着前面那座白花花的豆腐山。父亲吩咐一声，"搬！"把一打钞票丢给赵北山。

赵北山接住钞票，望着屋顶猛然大笑，一会就笑出几行泪水，"老——嫂——子！"

头一垂，殷红的血喷在豆腐上。歇了三天的驴，眼珠子都红了，"啊——"地一声长鸣，抬起一条后腿，踢向父亲。

山里人向着山里人，祖母的丧事那天，她的四个姐妹都来了。吹鼓手把唢呐的调子吹得悲凄凄，她们恭恭敬敬在祖母的遗像前鞠躬。账房先生摊开纸张，等候第一批随礼人来上礼。出乎人们意料的是，四姐妹竟一甩袖子走人了，她们去看住院的赵北山了。

缺少了祖母的几个老姐妹及其家人的捧场，祖母的丧事办得有些萧条。看热闹的少了，那些吹鼓手打不起精神，把乐器吹打得南腔北调，颇为滑稽，与灵棚里的气氛不和谐。父亲一气之下，赶跑了他们。剩下送葬的一群人幽灵般地在街里或野外行走。

赵北山出院了，几乎全村子的人都去看他，唯独我家没去人。父亲捂着被驴踢伤的大腿直纳闷：赵北山做豆腐从来都是冷落这些人，按说人们该去恨他；而自己的腿被驴踢得这么重，反倒没有几个人来慰问……想来想去，父亲坐不住了，吩咐我明天去赵北山那里看看究竟，可转天我看到的却是空空如也的豆腐房。

赵北山走了，谁也不知道，就连北山四位姐妹都一头雾水。四姐妹舍不得让豆腐房就此败了，齐心协力接过来经营，村里又响起了毛驴踢踢踏踏拉磨声。不为挣钱，就为留住北山人的性子。如今豆腐房还在，只不过石磨早已换成了电磨，祖母的老姐妹们也相继作古了。要说的一件事情就是，现在的豆腐房是由我父亲来经营的。

五

终于有机会带上祖母未尽的心愿去趟北山了。

山风迎面吹来，这是北山送给我的亲吻。几十年前，祖母也是在这里就这样亲吻过祖父：潮湿、温润，而又羞涩……我坚信祖母的灵魂已经回到了娘家回到了北山。

"嘎吱吱，嘎吱吱。"大山里响起独轮车的声音。

接下来的事情就是寻找祖母的家了。真是太难了！我只好追索着祖母几十年前留下的记忆去寻找。

大多数山里人都反问我："还有那么个村庄？"

看来这一次是要无功而返了。

忽然觉到眼眉上溅了星星点点的水汽，那水汽无疑是由前边的一片水塘里吹过来的。我凝神望去，竟看到无数浮在水面的房屋。山里人告诉我："该修水库了，这里原来就是一个村庄，现在村里人都搬走了。"搬走了？在那些搬走的人群里，是否就有我那偶尔令我魂牵梦绕的亲戚？

这片祥和的大水预示了幸福的到来，与水灾、涝灾……这些古老的话题并不相干。有几个人乘坐着游艇，穿梭于水村中间，不知是游人还是负责移民的工作人员。也许这片村庄就是祖母、北山爷……或是他们的先辈居住过的地方，那些古老的气息还荡存在水面上。

我不知道这些和开发、改造有无关系，可从这几个山里人羡慕的表情可以断定：人群在搬走时，肯定不会再有那种流离失所的感觉，他们是向着更高更好的生存方式进发了。

其实这些山里人并不闭塞，他们对美好生活的憧憬总是远胜于平原人和城市人的。前些天听说某城镇因搬迁的事情闹得沸沸扬扬，可山里人对待这个问题就一个字，"搬！"瞧，开明着呢！

北山爷说过，在山里那会儿，做出了豆腐，要挑着挑子去卖，一道豆腐没卖完，天就过了晌午。不知翻过几道山，磨破了肩膀，磨破了脚板……出山时脚下蹬的那双鞋还是祖母做的。

我的脑海里闪现出一个念头：既然已经有了好的归宿，寻找那些亲人也已经不重要了，只要我们彼此惦念着就足够了，这也足以用来告慰祖母的灵魂了。

六

心情稍稍轻松一些。

踩着一条落叶铺成的小路，向山的深处走去。由脚底传来簌簌的声音，空气里弥散了桦树叶与山榆叶的味道。

不难想象，在祖母离开的日子，我的太姥爷每到打铁回来，站在山口时那副望眼欲穿的悲惨容颜。可他再没有走出北山去寻找我的祖母，从此他就失去了一个好女儿，一个得力的、贴心的助手，他再没有收过徒弟。也许那会儿我的太姥爷还认为：他的女儿会回来的……这就是一个山里汉子的倔强而固执的性情吧。

我放眼瞧见其他山道上还有一些说笑的游人，他们显然不知道山里发生过的一个个严肃的故事。难道人类对山的向往只是停留在表面或是为得到一种感官上的愉悦吗？人类显然低估了山的力量，从而也忽略了山自身就存在的灵性。

我一直心存一个可笑的想法：一座山被憋得发了疯，就变成人的模样，悄然地溜出去。见到外面这些矮房时，说，能不能将房子盖得像我一样高？于是世间才有了高耸入云的大厦。这是山给人类的一次也是最后一次的启发，独属于山的智慧。

就生命本身而言，山是不具备生命的，可它却有一种滋生、孕育生命的功能。也许造物者在造山时，就悄悄对它们说过：亲爱的孩子，默默，默默地……就是你的职责。山就回答：亲爱的父亲或母亲，感谢您给了我无穷的力量和魁梧的骨骼。

那么就让我们伸出手掌，贴在山的脊梁上，将祝福送与山吧，同样送与已经彻悟的祖母。

其实每一座山都有一双远古的隐形眼睛，每一个人在这双眼睛前面都是一个赤裸裸的灵魂。人类的美与丑，穷困与富有，都清晰地呈现在它眼前，只是不说罢了，因为它们时刻记得自己的职责，而且坚定地认为，会好的，一切都会变好的！这，同样包括我的祖母。

山腰上生长着一枝向日葵，细小的身干上顶着一个花盘，里面的葵籽被山鸟啄食光了，一颗头颅才得以轻盈地追随着太阳。它太想它的父亲了，它的父亲就是太阳神。

它向父亲倾诉着：它住够了那只温暖的瓶子或瓦罐，于是它离开了梵高，离开了它的十三朵兄弟。

七

走下山腰，走过山脚，与一位背驼足有九十度的老太婆的目光相撞，那么慈祥，就像祖母在世一样。

"孩子，你知道我是谁吗？"

我摇了摇头。

"你是第一次来北山吧？你可以到上面采摘几个柿子带回去，不用付钱。"

她的眼神，她的声音，让我在心中涌起希望："……你知道他们的下落吗？"

她没有回答我，低下头去，用扫帚一片儿一片扫去柏油路上的落叶和尘土。

她的样子让我更加坚信：她就是当年我那位亲爱的祖母的化身。如今她知道愧对于娘家了，所以才永远弯下腰肢，作为一种自罚。在她们身上有一种东西，是灵性。对，灵性的，飘忽不定的灵性。

既然这世间根本就没有神仙，那么这位老太婆或祖母就是北山里的神仙。

哦，北山，刹那间变成了我心中的神山！

一直紧随老太婆的那条狗，叼了一下我的裤腿儿，我本能地踢了它。老太婆说："别低看了它。"

她告诉我，这是一条不愿再和主人回到山外面的狗，可怜巴巴地卧在半山腰上。曾经有一只受了伤的小松鼠，躺在它的眼前，它张开嘴巴，伸出舌头去舔松鼠身上的伤口。那只小松鼠开始很害怕，后来明白了，在这只松鼠眼里的这只庞然大物并没有吃掉它的想法。这只狗饿得本想去下面找一些吃的，可发现有几只山鸟正冲小松鼠跃跃欲试，这只狗就没动，直到那只小松鼠爬进树洞里，它才离开……

我听后竟莫名其妙地想到了赵北山。于是我向老太婆问起山豆的事情，她愣了愣，"山豆，这里有山豆吗？"

突然我的耳畔响起一串山歌：

"白（儿）豆腐，

开红花（儿）——

拉磨驴（儿），

脾气（儿）发——

空袋子（儿），

没（儿）山豆；

空袋子（儿）

锁情人（儿）——

……"

"赵北山的声音！他会在哪儿？"

山就是他的家。

"他的家在哪儿？"

家就是他的山。

我把家里的事情说给老太婆听，她终于抬高了头颅，"人抛不下感情，那会他们辛辛苦苦逃出大山，又在驿站相遇，这本身就是一种奇迹，不做出一些事情才怪呢！"

我不再问下去了，攀到上面摘柿子，双手捧着黄澄澄的柿子爬到山顶。

"哎——"

"哎……"

远处的山在回应着我。

是啊，来一次北山，不冲那群山唱两句儿，喊几声儿，就会留下遗憾。此时压抑在我心底的一些陈年旧怨就这么消逝在北山里了。若干年后，我的后人再来这里喊山时，回应他们的将是一大串快活的音符！

八

夜幕快要降临了，我感觉到那些山奇迹般地在行走。它们生来就是一对大脚板，可行走起来却是无声无息。是怕破坏即将到来的宁静吗？等到夜幕褪去，它们又会悄然退回原处。就像祖母，白天总是忙忙碌碌⋯⋯到了傍晚，才会站在高岗上，凝望北山。即便连一抹山影都未见到，可她的灵魂依然踏上了思考的旅途。

后 记

感谢

上小学时，我的语文成绩在班里总是名列前茅，而作文成绩好正是决定了我领先其他同学的因素。记得第一次上作文课，老师把我们带到村里的米面加工厂，写一篇加工厂见闻。当时只有我一个人围着院子转来转去，留心观察着周围的情景，然后才走进机声"隆隆"的车间里。记得那篇作文刚交到老师手，他就把我叫住："写了这么多字啊，你从哪抄来的呀？"老师的脸上连一点怀疑的神色都没有，对于我是一种莫大的耻辱。我委屈地冲他摇着我那颗小脑袋，心里暗自发狠：一定写出好文章来给你看看！

如今我的那位老师看到我还会面带愧色：看来那时我否定的是自己的判断力。

初中毕业后，由于家庭条件困难，我没再继续求学，而是走进村里的一家小印刷厂打工。一边上班一边到田地干农活，那会儿我几乎扮演着工人和农民的双重角色，感觉就一个字：累。在那时的农村，年轻人一旦到了我这种状况，也就提前宣判了自己的前程：攒钱盖房子、娶媳妇、生孩子，然后给孩子攒钱盖房子、娶媳妇……

在工厂，拼命地干活儿，手掌上印下了洗不掉的墨迹；下了班，去地里薅草、耪地、牵牲畜扶犁……热辣辣的日头烤得汗水顺脸流，有时被一场大雨浇得透心凉，雨停后，打着喷嚏也得继续干活……这份艰难，到底和谁倾诉？在乡下，很难找到一个能听我倾诉的人，因为他们也和我一样。

于是就想到了写作。当我全身心地把汗水、泪水、油墨的脏迹，统统地变为文字，统统地抛给文学，心情一下子得到了释放，通过文学，我又结识了那么多老师、朋友，直到现在，在我的身边、稍远一些的地方，甚至天涯海角，都有人在关注我、关心我。

我感谢我的那些朋友、老师。

我感谢文学，又觉得愧对文学，我把负担都给了你。